LUZIFER
VERLAG

DAVID LEADBEATER

DAS GRAB DER GÖTTER

EIN **MATT DRAKE**-ABENTEUER

LUZIFER VERLAG

Deutsche Erstausgabe
Titel der Originalausgabe: THE TOMB OF THE GODS

www.luzifer-verlag.de

Umschlaggestaltung: Michael Schubert | Luzifer-Verlag
Übersetzung: Philipp Seedorf
Lektorat: Manfred Enderle

ISBN: 978-3-95835-675-7

Dieses Buch wurde nach Dudenempfehlung (Stand 2022) lektoriert.

Bibliografische Information der Deutschen Nationalbibliothek:
Die Deutsche Nationalbibliothek verzeichnet diese Publikation in der Deutschen Nationalbibliografie; detaillierte bibliografische Daten sind im Internet über *http://dnb.d-nb.de* abrufbar.

TEIL 1

DER STOFF, AUS DEM DIE HELDEN SIND …

KAPITEL 1

Hinter dem kleinen Flugzeugbullauge spiegelte der graue Himmel den Zustand von Matt Drakes Seele wider.

Er ließ den Blick durch die Kabine schweifen. Hübsche Stewardessen in roten Röcken und weißen Blusen verteilten Mikrowellengerichte und boten den Passagieren Getränke an. Der aromatische Geruch von gebratenem Fleisch und gekochtem Gemüse lag in der Luft. Eltern und ihre Kinder unterhielten sich angeregt. Für Drake war dieser Flug die Rückreise.

Die Reise nach Hause. Zurück nach London.

Drake lehnte den Kopf zurück und sah Richtung Fenster. Sein Gesicht zeigte keine Emotion, aber vor seinem geistigen Auge blitzten die jüngsten Ereignisse schneller vorbei, als er die Daten verarbeiten konnte. Nach ein paar Minuten seufzte er frustriert. Er musste einen Gang runterschalten und erst einmal Bilanz ziehen. Ein Zwölfstundenflug sollte ihm genug Zeit dafür bieten.

Zwei Tage waren seit dem Sieg über den Blutkönig unter dem Diamond Head vergangen. Seitdem waren Drake und seine Freunde für das Debriefing zum CIA-Büro in Los Angeles geflogen worden und dann hastig zum Treffen mit Jonathan Gates geeilt, dem US-Verteidigungsminister. Dort hatte Gates ihnen erzählt, dass der Geheimagent Russell Cayman – der Mann, der Torsten Dahl als Leiter des archäologischen Teams abgelöst hatte, dessen Aufgabe die

Erforschung des ersten Grabs der Götter in Island war – sie inklusive Gates eingeladen hatte, um sich in einem sicheren, öffentlichen Gebäude in L. A. zu einem klärenden Gespräch zu treffen. Bei diesem Treffen, so hatte er Gates gesagt, würde er den Grund nennen, wieso er Dahl abgelöst hatte und ihnen ein paar Details über die Gruppe nennen, für die er arbeitete.

Der Schwede Dahl war bereits unterwegs und flog aus Island ein.

Zuerst war Drakes Team misstrauisch gewesen, aber sie hatten sich beschwichtigen lassen, als Cayman zugestimmt hatte, dass der Verteidigungsminister und seine Entourage an Bodyguards sie ohne weitere Bedingungen begleiten konnte.

Hayden war optimistisch. »Vielleicht ist Cayman doch kein so schlechter Kerl«, hatte sie gesagt. Sie hatten versucht, herauszufinden, wo das dritte Grab der Götter lag, aber die Karte, die sie in Island gefunden hatten, war uralt, fast verrottet und musste übersetzt werden. Sie glaubte, eine Unterhaltung mit Cayman, bei der alle Karten auf den Tisch gelegt wurden, würde sie ihren gemeinsamen Zielen näherbringen – dazu gehörte, das dritte Grab zu finden und alles zu katalogisieren, von antiken Münzen bis zu potenziell neuartigen wissenschaftlichen Erkenntnissen – und das schneller als ein ganzer Trupp Akademiker.

Auf Drakes Tagesordnung standen zwei Dinge ganz weit oben. Zuerst einmal wollte er Cayman treffen – sie waren sicher, dass der Mann eine Verbindung zu Wells und der Verschwörung hatte, die zu seinem Tod geführt hatte. Zudem war Drake überzeugt, dass Cayman etwas mit dem

Mord an seiner Frau Alyson zu tun gehabt hatte. Zweitens wollte er schnell zu Wells' Londoner Wohnung, um nach etwas zu suchen, das nur er finden konnte.

Einen Hinweis auf die Verbrechen, in die Wells verwickelt gewesen war. Und aus welchem Grund.

Wells war im Herzen ein SAS-Offizier und Patriot gewesen. Drake hatte das immer gewusst. Wells hatte sein Land stets allem anderen übergeordnet.

Wenn er etwas über Alysons Tod gewusst und ihm nichts davon gesagt hätte …

Was brachte einen Mann wie Wells dazu, so etwas zu tun?

Cayman hatte da so eine Ahnung. Aber die Wohnung in London – *dort* vermutete Drake die wirklich bedeutenden Hinweise. Also hatte er beschlossen, mit Mai und Alicia nach London zu reisen, in der Hoffnung, dort brauchbare Antworten zu finden. Drake hatte Ben gefragt, ob er mitkommen wolle, und der junge Mann hatte lang nachgedacht, aber sich dann entschlossen, bei seiner Freundin Hayden zu bleiben. Ben hatte mitangesehen, wie sie sich seit einigen Monaten immer mehr aus der Beziehung zurückgezogen hatte, und wollte sie nicht kampflos aufgeben. Karin blieb bei ihrem Bruder. Ihre Freude darüber, den Blutkönig geschlagen zu haben, hatte einen empfindlichen Dämpfer erhalten, als ihr neuer Freund Komodo umgehend in den Stützpunkt der Delta-Force zurückbeordert worden war, Ort unbekannt.

Drake löste sich aus seinen Gedanken, war wieder im Hier und Jetzt und sah auf die Uhr. In drei Stunden würden sie in Heathrow landen. Wells' Wohnung war am Rand von

Mayfair, in der Nähe von Park Lane und Piccadilly. Von Heathrow aus leicht mit der U-Bahn zu erreichen. Sobald sie gelandet waren, mussten Drake, Mai und Alicia sich beeilen. Mais Unstimmigkeiten mit ihren Vorgesetzten beim Geheimdienst waren ausgeräumt worden – die Japaner hatten erkannt, wie wichtig es war, das dritte Grab der Götter zu finden und die Doomsday-Waffe, die möglicherweise darin versteckt war. Sie hatten ihr gestattet, auf die Situation so zu reagieren, wie sie es für am besten hielt. Agenten standen ihr zur Verfügung. Alicia blieb ein Teil von Drakes inoffiziellem Team, einem Team, das sich weiterentwickelt hatte, nachdem sie das erste Mal Jonathan Gates in Washington, D. C., getroffen hatten, wie Drake aufgefallen war.

Eine Stewardess beugte sich über ihn. Er lehnte den Snack vom Servierwagen ab, den sie ihm angeboten hatte, aber sein Blick blieb an den Schnapsfläschchen hängen: Whisky, Wodka – die schnelle und einfache Lösung. Er schüttelte sehr langsam den Kopf. Als die Stewardess ihm etwas schmackhaft machen wollte und seine Weigerung als Höflichkeit interpretierte, schloss er die Augen, bis sie ging.

Er glitt wieder tiefer in seine Erinnerungen. Lange vergangen und schmerzlich. Er dachte an Alyson, seine erste Frau. Wunderschön und übersprudelnd vor Lebensenergie und Glück. Und vor Kurzem – Kennedy. Sie waren sich gerade nähergekommen, als …

Als …

Ich vermisse euch beide so sehr.

Aber schon in der kurzen Zeit seit Kennedys Tod war so viel passiert – er war fast über den Schmerz hinweg. Zumindest teilweise. Die Erinnerung an sie im Alkohol zu ertränken, würde sie beschmutzen. Die glücklichen Zeiten zu vergessen, die sie gemeinsam verlebt hatten, wäre Verschwendung. Und ein Ex-SAS-Soldat sollte stärker sein. Harte Schale – stählerner Kern.

Er riss sich zusammen und öffnete die Augen. Vor ihm lag harte Arbeit. Nicht nur für ihn, sondern auch für Hayden in L. A. Sie würde sich bald mit Cayman treffen und dann war die Kacke wirklich am Dampfen. Er überlegte, ob er mit dem Satellitentelefon Ben anrufen sollte, vielleicht ein oder zwei Witze über die Band reißen, die endlich (ohne ihn) im Rampenlicht stand und vielleicht ein paar alte Dinorock-Zitate zum Besten geben. Aber dann sah er Alicia auf der anderen Seite des Gangs.

»Scheiße, verflucht, Drake«, flüsterte sie. »Schließ uns nicht immer aus. Wir sind hier, um dir verdammt noch mal zu helfen.«

»Das Mindeste, was du tun kannst«, sagte Drake. »Wenn man bedenkt …«

»Wenn man was bedenkt? Das Einzige, was ich bedenke, ist die Größe …«

»*Wenn man bedenkt* … dass ihr beide mich sieben Jahre lang angelogen habt.«

»Ich hab dich sieben Jahre gar nicht *gesehen*. Ich bin untergetaucht, falls du dich erinnerst? Und ich habe erst vor ein paar Jahren herausgefunden, dass Wells es wusste, Drake. Genau wie Mai. Wir haben wahrscheinlich beide gedacht, es wäre viel zu spät, dir zu sagen, dass deine Frau ermordet worden war.«

»Du hast diese Entscheidung für mich getroffen.«

»Wir wussten nicht viel, abgesehen von der Tatsache, dass Alyson nicht bei einem Unfall gestorben ist und Wells davon gewusst hatte.«

Drakes Miene verfinsterte sich. »Woher wolltest du wissen, dass ich mit der Sache abgeschlossen hatte?«

»Sei nicht so naiv. Ich wusste, wo du warst und was du gemacht hast. Mai genauso. Die Welt ist ein Dorf, dank der sozialen Medien. Und das Internet gab es auch schon vorher.«

Drake lehnte sich zurück. Tief im Inneren wusste er, sie hatte recht. Die Zeit verging so schnell und einen Mann wieder an das Schlimmste zu erinnern, was er erlebt hatte, nachdem die Wunden fünf Jahre lang verheilt waren, wäre wohl mehr Fluch als Segen.

Das »Anschnallen«-Signal leuchtete auf. Das Flugzeug ging in den Sinkflug.

Drake sah Alicia an, die ihn mit ihrem typischen, leicht irren Blick aus blauen Augen betrachtete. »Die Ermittlungen werden schwerer werden«, sagte er, »jetzt, wo wir wissen, dass Wells nicht unter der Kontrolle der britischen Regierung stand, sondern von einer Geheimorganisation gesteuert wurde. Wir wissen, dass er nicht der Mann war, der er zu sein vorgab.«

Alicia schnallte sich an. »Oh, ich bin mir ziemlich sicher, er war ein perverses Schwein, Drake. Aber ich nehme an, es hilft uns nicht unbedingt weiter, dass er tot ist.«

Drake sah sie an und musste widerwillig grinsen. »Ich schätze, nein.«

Als sie durch die Personenkontrolle am Flughafen gegangen waren und an der Gepäckausgabe vorbei, schritt Drake direkt auf die U-Bahn zu. Die altersschwachen Rolltreppen ächzten und sie fuhren an Dutzenden gerahmter Werbetafeln vorbei, die auf die neuesten Shows, Filme und Ausstellungen aufmerksam machen sollten. *Walking With Dinosaurs. The Hobbit. Eurogamer.* Unten angekommen trafen sie auf ein ganzes Spinnennetz an farbigen Linien und Schildern, das Neuankömmlinge eher verwirrte als zu helfen. Drake, Mai und Alicia brauchten ein paar Minuten, um zu entscheiden, welche U-Bahnlinie sie nehmen und in welche Richtung sie fahren sollten. Horden von Londonern und Touristen aller Hautfarben und Ethnien strömten an ihnen vorbei. Ein Straßenmusiker spielte auf der Gitarre eine fröhliche Melodie an einer Weggabelung in der Nähe.

»Die Piccadilly-Linie«, sagte Alicia schließlich. »Bringt uns bis zu Green Park. Ist Wells' Wohnung nicht ganz in der Nähe?«

»Auf der anderen Seite der Piccadilly«, sagte Drake. Er steckte das Handy wieder in die Tasche und überlegte, wie groß der Zeitunterschied zu L. A. war. Im Land von Hollywood und Sonnenschein war es erst 7 Uhr früh. Hayden und ihre CIA-Kollegen würden sich mit Dahl um 9 Uhr am Flughafen treffen und dann um 10 Uhr mit Cayman. Drakes Misstrauen gegenüber dem zwielichtigen DIA-Agenten vertiefte sich mit jeder weiteren Flugmeile. Er hatte nicht nur Angst um Ben, sondern auch um Hayden und Kinimaka, die top ausgebildet waren. Und Dahl. In welche Gefahr begab sich wohl sein schwedischer Freund?

Wer war Russell Cayman? Und wie weit oben in der Nahrungskette hatten sich diejenigen, für die er arbeitete, ihre zweifellos üppigen und unmoralischen Nester gebaut? Cayman arbeitete angeblich für eine Gruppierung, die aus den Schatten heraus die Regierung *kontrollierte*. Konnte das wahr sein?

Die standen so weit oben, dachte Drake. Im Nebel und den Schatten kaum zu sehen. Sie waren die Macht hinter den Mächtigen.

Drake folgte Mai und Alicia zum richtigen Bahnsteig und wartete hinter der gelben Linie auf die U-Bahn. Mai glitt lautlos an seine rechte Seite, während Alicia zu seiner Linken stand. Die beiden Frauen hatten unbewusst eine Barriere zwischen sich errichtet. Alicia machte einen Schritt nach vorn, als die U-Bahn einfuhr.

»Verdammt, ist gestopft voll. Wenn ich in diesem Ding begrapscht werde, steigt irgendein Bastard mit einem Satz Eier weniger aus.« Sie schwieg einen Moment. »Außer, er sieht aus wie David Boreanaz. Dann … unterhalten wir uns mal.«

»Oder Belmonte?«, sagte Mai und ihre sanfte, süße Stimme täuschte darüber hinweg, wie giftig der Kommentar gemeint war. »Ich bin überrascht, dass du nicht in L. A. geblieben bist, Myles. Du wusstest doch, dass dein alter Lover mit Dahl zusammen ankommt, oder?«

»Alles schon mal gesehen«, sagte Alicia, »und mit ihm ins Bett gestiegen. Hatte schon bessere.«

»Oh, Hunderte, da bin ich sicher.«

»Verflucht«, sagte Drake. »Wenn ich gewusst hätte, dass es so nervig mit euch beiden wird, wäre ich allein gekommen.«

Der Zug ratterte in die Finsternis. Hinter den Fenstern konnte Drake im Dunklen schemenhaft die Rohre erkennen, die sich an den Tunnelwänden entlangschlängelten. Als er sich umdrehte, um seine Mitreisenden zu betrachten, war Drake amüsiert, als er sah, wie viele der Fahrgäste sich gegenseitig verstohlen beäugten, wenn sie sich unbeobachtet glaubten. Und die traditionelle aufgeschlagene Zeitung schien verschwunden zu sein und war durch Android-Handys und Amazon Kindles ersetzt worden.

Sie kamen an der Station Green Park an. Als sie die U-Bahnstation verließen, fanden sie sich auf einer belebten Londoner Straße in der Nähe eines großen Ritz-Hotels wieder. Drake schaltete ein paar Minuten ab, als ein schwarzer Bugatti Veyron an der Ampel nach rechts abbog und auf das berühmte Gebäude zufuhr.

»Erde an Drake«, flüsterte Alicia. »Es hat vier Räder, eine Motorhaube und eine Windschutzscheibe.. Es ist nur ein Auto.«

Drake sah sie böse an. »Übertreib's nicht, Alicia. Ich habe dir immer noch nicht verziehen, dass du die Shelby Cobra zusammengeschossen hast.«

»Du meinst die Cobra, in der ein Bösewicht saß?«

»Du hättest auch nur ihn erschießen und das Auto verfehlen können. Ich bin doch nicht blöd.«

Mai meldete sich zu Wort, als sie die Straße überquerten. »Vielleicht ist sie nicht so gut, wie du glaubst.«

»Leck mich, kleine Elfe.« Alicia stapfte vornweg und steuerte auf die Straße zu, in der laut Drake Wells' Wohnung war. Nach ein paar Minuten standen sie vor einem nichtssagenden dreistöckigen Gebäude aus grauem Stein, davor Gullydeckel aus Gusseisen. Die Fenster waren dunkel.

»Ich nehme an, ich bin doch nicht so schlecht.« Alicia sah Mai mit hochgezogener Braue an. »Das ist es. Ich war erst einmal hier, vielleicht vor sieben oder acht Jahren. Aber das ist auf jeden Fall das Haus von Wells.«

Drake warf einen Blick auf die Adresse, die man ihm gegeben hatte. »Jup.«

Sie stiegen die Treppe hoch.

»Wir sollten schnell machen«, sagte Mai leise. »Ein paar Schlägertypen verfolgen uns schon, seit wir in die Straße abgebogen sind. Die haben sich ein wenig zurückfallen lassen. Vermutlich nur Wachen, die angeheuert wurden, um Wells' Wohnung im Auge zu behalten. Je nachdem, welche Befehle sie erhalten haben, werden sie uns erst eine Zeit lang beobachten oder sie sind in ein paar Minuten hier. Ich vermute das Erste. Wir könnten ja irgendwer sein. *Geht weiter*«, zischte sie, als Alicia zögerte.

Matt Drake wusste, dass es keine gute Idee war, sich umzusehen. Es war an der Zeit, zur Tat zu schreiten und sein eigenes, angeborenes Potenzial zu nutzen, sowie die Fertigkeiten, über die er verfügte.

Er konnte eine Naturgewalt sein. Ein Weltenretter. Tief in sich hatte er es immer gewusst. Es würde der Moment kommen, in dem er es auch beweisen musste.

KAPITEL 2

Hayden Jaye wartete in der Empfangslounge des Flughafens und blendete die Unterhaltungen der anderen aus. Seitdem Dmitry Kovalenko den Angriff auf das Safehouse der CIA befohlen hatte, bei dem ein Großteil ihres Teams getötet und sie als Geisel genommen worden war, hatten sich die Ereignisse überschlagen und sie hatte kaum einen Moment innehalten können, um Bilanz zu ziehen. Selbst die Wochen, in denen sie sich von der ersten Messerwunde erholt hatte, waren an ihr vorbeigerauscht, während sie versucht hatte, die Ereignisse in ihren Einzelteilen zu analysieren und herauszufinden, was der nächste Schritt des Blutkönigs sein konnte.

Aber nun, wo sie sich langsam von der zweiten Messerwunde erholte – eine Wunde, die weniger geschmerzt hatte, mit dem Wissen, dass Ed Boudreau tot war – hatte sie bewusst jeden Moment genutzt, den sie für sich hatte, um sich über ihre Gefühle für Ben Blake klar zu werden.

Er war zu jung für sie. Er war zu unreif. Sie lebten in unterschiedlichen Welten. Wäre es eine Geschäftsentscheidung gewesen, hätte sie sich leichtgetan.

Hayden fragte sich, ob der Geist ihres Vaters, James Jay, sie immer noch dazu zwang, etwas zu sein, das sie nicht sein musste. Aber es fühlte sich nicht so an. Ihr Herz und nicht ihr Verstand sagte ihr, dass die Beziehung nicht das Richtige für sie war.

Aber wo lag das Problem? Konnte sie etwas, das sich zuerst so richtig angefühlt hatte, einfach kampflos aufgeben?

Sie wurde aus ihren Gedanken gerissen, als jemand ihren Namen rief. Sie blickte auf und lächelte, als sie Torsten Dahl sah, der auf sie zuging. Als sie ihm die Hand hinhielt, umarmte er sie herzlich.

Hayden ließ sich einen Augenblick umarmen und genoss das Gefühl der Sicherheit, das der große, gutmütige schwedische Special-Forces-Soldat ihr bot.

Sie würde auch Daniel Belmonte treffen – eine alte Flamme –, während Ben und seine Schwester im Hauptquartier warteten, bereit, jede Information zu verarbeiten, die Dahl ihnen lieferte. Der große Schwede hatte mehrere Wochen in dem isländischen Grab hart gearbeitet und seine Anstrengungen noch gesteigert, als Cayman das Kommando übernommen hatte. Aber Dahl hatte einige Geheimnisse für sich behalten und Hayden glaubte, er hatte es sogar geschafft, einen Mann einzuschleusen, dem er vertraute.

Und soweit es Belmonte betraf, schien es, dass Gates so beeindruckt von seinem unbemerkten Diebstahl in Kew Gardens war, dass er umgehend zum Schluss gekommen war, Belmontes spezielle Fähigkeiten könnten sich als nützlich erweisen, bevor diese zunehmend aussichtslose Operation vorbei war.

Belmonte, der Jahre wie ein Aussätziger behandelt worden war, hatte die Chance sofort ergriffen, wieder in den Dienst der Regierung zurückzukehren, wenn auch im Auftrag eines anderen Landes. Er hatte noch weitere Hilfe angeboten in Form seines Schützlings, einer Frau namens Emma.

Hayden löste sich von Dahl und lächelte. »Zur Hölle mit den verfluchten Umständen. Es ist toll, dich zu sehen.« Sie machte eine Geste auf die Seite, auf der Kinimaka stand. »Und du kennst sicher Jonathan Gates, den US-Verteidigungsminister.«

Während die beiden sich die Hände schüttelten, warf Hayden einen Blick auf die Umgebung. Sie hatte Männer an jedem Zugangspunkt und über den Raum verteilt Stellung beziehen lassen. Trotz Caymans Zusicherungen und seinem Beharren darauf, dass der Verteidigungsminister und seine Bodyguards bei diesem Treffen willkommen waren, schlug ihr Gefahrenradar voll aus.

»Wir sollten uns auf den Weg machen«, sagte sie. »Das Treffen beginnt in 45 Minuten. Wir wollen diesem Mistkerl Cayman keinen Vorwand liefern.«

»Ich stimmte zu.« Dahl nickte. »Ich habe den besagten Mistkerl getroffen und ich muss sagen, ich würde der Einschätzung nicht widersprechen.«

Dahls Ausdrucksweise kam ihr etwas fehl am Platz vor. Sie verstand, wieso Drake ihn stets aufzog. Es war nicht Boshaftigkeit; es war einfach eine Art, miteinander umzugehen; Kameraderie zwischen Soldaten. Und Dahl verstand das auf seine Art.

»Und ich darf dir Mano Kinimaka vorstellen, meinen Partner.« Hayden trat zur Seite, als der gewaltige Hawaiianer einen Schritt nach vorn machte und ein knappes »Hallo« anbot.

Und dann vollführte ihr Herz einen kleinen Sprung, als ein vertrautes Gesicht sich aus der Menge löste. Daniel Belmonte, der Meisterdieb, ihr früherer Liebhaber.

Neben ihm lief eine schlanke blonde junge Frau her, deren Haare sich zu kleinen Löckchen kringelten. Große blaue Augen rundeten den stereotypen »Blondes Dummchen«-Look ab, aber Hayden wusste, wenn diese Frau Belmonte bei einem Auftrag begleitete, war Attraktivität ihre am wenigsten hervorstechende Eigenschaft.

»Daniel«, sagte sie in bewusst neutralem Tonfall. »Danke fürs Kommen.«

»Wie hätte ich da widerstehen können?« Seine Augen blitzten und wurden dann ausdruckslos. »Aber im Ernst. Ich konnte gar nicht Nein sagen. Es war ein Befehl.«

»Hä?« Hayden runzelte die Stirn. »Aber wer …«

»Gates. Jonathan Gates.« Der Verteidigungsminister streckte die Hand aus. »Danke, dass Sie meine Einladung angenommen haben.«

»Nun, wenn ich sage *Befehl*«, flüsterte Belmonte. »Weißt du sicher, dass ich den Begriff nie so besonders genau genommen habe.«

Hayden atmete tief durch. Das würde ein langer Tag werden.

Gates führte sie alle nach draußen zur wartenden Limousine. Die Hitze von L. A. traf sie, als sie das Gebäude verließen, und ein staubiger Wind blies die Straße entlang. Hayden nahm sich einen Moment, um sich Belmontes Freundin vorzustellen, da sie niemanden übergehen wollte. Ihr Name war Emma. Sie war Belmontes Mündel und er war für sie verantwortlich. Außerdem war sie seine Auszubildende.

War Belmonte so blasiert, dass er einer so jungen Frau das Leben eines Diebes aufhalsen wollte?

Als die Limousine anfuhr, ergriff Dahl das Wort: »Entschuldigt meine Manieren. Ich weiß, es wurden noch nicht alle einander vorgestellt, aber ich habe Informationen, die ich loswerden muss.« Er nickte dem Minister zu. »Es war ein langer Flug. Ich hatte gehofft, Drake wäre hier, aber er glaubte wohl, er müsse in London wichtigeres erledigen, oder?«

Hayden nickte. »Stimmt. Er folgt der Wells-Spur.«

»Viel Glück dabei. Aber, also … soweit es die acht Teile Odins angeht. Erinnern Sie sich noch alle daran?«

»Acht?«, sagte Belmonte. »Meinst du nicht neun?«

»Nein. Ich meine acht. Das neunte Artefakt, der Schild, ging unter dem Eyjafjallajökull verloren.«

»Das kann ja jeder behaupten.«

Dahl blinzelte. »Ich habe es schon einmal Drake erzählt. Damals war es auch nicht lustig. Also halt bitte die Schnauze und lass mich reden.« Dahl rutschte auf seinem Sitz hin und her und das Leder knarzte laut. »Die verbliebenen acht Artefakte von Odin wurden in das Schwedische Staatliche Museum für Archäologie und Geschichte in Stockholm gebracht, um begutachtet und sicher untergebracht zu werden, bevor entschieden wurde, wo sie letztlich aufbewahrt werden sollten. Eine Standardprozedur.«

»Das ist mir bekannt.« Gates warf dem Schweden einen Blick zu und sah dann wieder auf die Straße. Sie fuhren zum Treffen mit Russell Cayman. Hayden fragte sich, wie viel Prozent von Gates' brillantem Geist sich auf die vor ihnen liegende Aufgabe konzentrieren. Er hatte noch nicht einmal richtig damit begonnen, um seine ermordete Frau zu trauern.

»Gut.« Dahl sah sich in der Limousine um. »Dann ist allen bekannt, dass die acht Teile von der amerikanischen Regierung vor ein paar Tagen abgeholt und auf einen Militärstützpunkt in Stuttgart in Deutschland gebracht wurden?«

Gates drehte ruckartig den Kopf. Haydens Mund wurde trocken. »*Was*?«

»Wie um alles in der Welt konnte die amerikanische Regierung autorisieren, dass altnordische Artefakte von skandinavischem Boden entfernt wurden?«, fragte sich Belmonte laut.

»Weil jemand …« Dahls Stimme wurde leiser, auch wenn er in der Limousine von Freunden umgeben war. »Ein sehr mächtiger Jemand in der schwedischen Regierung es abgesegnet hat. Der gleiche Jemand – nehme ich an –, der ihnen Kontrolle über meine Ausgrabung im Grab der Götter gegeben hat.«

Gates schüttelte den Kopf. »Davon habe ich nichts gehört. Wenn der Befehl von Cayman kam, dann handelte er nicht im Namen der US-Regierung.«

Der große Schwede blickte starr geradeaus. »Das verstehe ich nicht, Sir. Ist Cayman nicht bei der Defense Intelligence Agency? Und arbeite dort in der Abteilung für Spezialwaffen? Arbeitet er nicht für einen US-Geheimdienst?«

Gates schürzte die Lippen. »Ich habe ebenfalls diese Gerüchte gehört, Dahl. Dass er für eine mächtige Gruppe arbeitet, die in den Schatten bleibt. Ich hatte es immer für eine Verschwörungstheorie gehalten. Aber meine Philosophie, um auf dem Regierungshügel meine Arbeit zu machen, war stets simpel – *glaub diesen Bastarden nichts*.«

Dahl schwieg einen Augenblick. »Die guten Neuigkeiten sind, dass ich es geschafft habe, einen meiner Männer, dem ich vertraue, in das Ausgrabungsteam einzuschleusen, bevor ich Island verlassen habe. Er ist nur Spezialist für antike Sprachen, aber …« Dahl machte eine Pause und versuchte, einzuschätzen, wer wohl die cleverste Person im Wagen war.

Die Limousine fuhr von der 405 ab auf die I10 und in Richtung Santa Monica. Gates und Hayden ergriffen als Erste das Wort. »Die Wirbel? Sie sind der Schlüssel?«, fragte Hayden. »Der Schlüssel zu allem ist es, die Sprache zu entziffern, die in der Antike aufgeschrieben wurde. Von den Göttern?«

»Das Übliche also«, sagte Dahl lächelnd.

Gates wirkte nachdenklich. »Das basiert alles auf einer Vermutung – dass die Götter ihre Absichten aufgeschrieben haben –, von der Karte, die Grab Nummer drei zeigt bis zur Art und Weise, wie man diese Doomsday-Waffe auslösen oder aufhalten kann? Nichts für ungut, Dahl, aber das hört sich nach einer ziemlich riskanten Wette an.«

Hayden wandte sich an ihren Chef. »Die Wette ist kalkuliert genug, um den Einsatz zu rechtfertigen, Sir.« Sie warf Dahl einen flehentlichen Blick zu. »Oder nicht?«

»Genau.« Dahl nickte. »Gut gesagt.«

»Ihr Sprachexperte«, Gates schien angestrengt nachzudenken, »könnte all diese Texte übersetzen und uns den Inhalt mitteilen, noch bevor Caymans Männer davon erfahren?«

»Ich glaube ja, Sir.«

»Sehr gut.« Gates nickte. »Dann haben wir vielleicht ein Ass im Ärmel.«

»Vielleicht mehr als eins.« Dahl grinste. »Ich habe noch ein anderes Geschenk dabei. Das hier …«, er holte ein Handy heraus und drückte ein paar Buttons, »ist ein Foto der Karte, die ich im Grab der Götter gefunden habe.« Er warf Hayden einen Blick zu. »Hilft dir immer noch Ben?«

»Sicher.«

»Gib mir seine Handynummer. Er hat sich auch eine Chance verdient, das hier zu entziffern.«

Ben Blake grinste, während Karin die Avancen des zweiten Nerds an diesem Tag abwehrte. Die Botschaft war schon angekommen, aber Karin ließ sie nicht vom Haken. Ihre Geduld war am Ende, nachdem sie beide in diesen kleinen Raum im CIA-Gebäude in Downtown L. A. gepfercht worden waren.

Ben war auch nicht allzu begeistert darüber gewesen – er hatte bei Hayden sein wollen, nicht in einem dunklen Zimmer mit den Nerds versteckt –, aber Karin hatte ihn dazu überredet zu bleiben.

»Haben die noch nie eine Frau gesehen?«, flüsterte ihm Karin ins Ohr.

»Keine, mit der sie tatsächlich reden konnten.« Ben grinste breit. »Das wird noch interessant, wenn ich mal aufs Klo gehen muss.«

»Lass mich *bloß nicht* mit denen allein hier drin«, zischte Karin. »Außer, du willst ein Zimmer voller Jungfrauen sehen, die Sopran singen.«

»Oooh, Schwesterlein«, lachte Ben. »Was würde Dad dazu sagen?«

Karin deutete auf sein Handy. »Kannst ihn ja fragen. Er ruft gerade an.«

Ben plauderte mit seinem Vater, als eine Nachricht auf dem Bildschirm vor ihm angezeigt wurde. Karin wollte mit der Maus draufklicken, aber Ben verpasste ihr einen Klaps.

»Für mich«, flüsterte er. »Könnte von Hayden sein.«

»Als ob ich lesen wollte, was ihr beide euch schreibt.«

Ben beendete schnell das Gespräch. »Nun, es ist sicher nicht so viel Dirty Talk dabei, wie die Ferkeleien, die Komodo und du einander getextet haben. Oder nennt man das heute *Sexting*?«

»Halt die Klappe.«

»Ja, genau. Sexting.«

Ben klickte auf die Nachricht und war angenehm überrascht, als er sah, dass sie von Torsten Dahl stammte und mehrere Anhänge enthielt. Jeder zeigte ein Segment einer Karte, die der Schwede vor Kurzem im ersten Grab der Götter gefunden hatte.

Karin murmelte etwas davon, dass ihr Kontakt zu Komodo abgerissen war, wegen einer *verfluchten Mission*, während Ben die Karte aus allen Blickwinkeln betrachtete.

»Wir müssen herausfinden, wo das dritte Grab ist«, sagte Ben ernst. »Und das schnell.«

Ein weiterer Nerd versuchte bei Karin einen Spruch. Er beugte sich zu ihr und flüsterte: »Glaubst du an Liebe auf den ersten Blick oder soll ich noch mal vorbeikommen?«

»Verpiss dich!«

Bens Schwester stand auf, schüttelte die Haare aus und sagte an den ganzen Raum gewandt: »Kapiert das mal. Ich bin keine von euch. Ich denke nicht wie ihr. Ich habe ein großes Gehirn, aber es dreht sich nicht um Penisse. Ich mag keine Nerds. Ich mag Soldaten. Ich bin keine Sekretärin. Ich hab einen beschissenen schwarzen Gürtel. Wenn ihr also nicht auf Sadomaso steht, dann schlage ich vor, dass ihr mir verflucht noch mal nicht auf die Nerven geht.«

Karin setzte sich wieder und seufzte. »Okay, Ben. Jetzt können wir uns auf die Arbeit konzentrieren. Finden wir dieses verdammte dritte Grab.«

Die Limousine blieb vor einem großen, unscheinbaren Gebäude stehen, das so weit von Santa Monica entfernt war, dass sie nicht einmal mehr das Meer riechen, geschweige denn sehen konnten. Gates dreiköpfige Secret-Service-Truppe stieg aus dem ersten Fahrzeug, dicht gefolgt von Hayden, Kinimaka und Torsten Dahl. Hayden sah, wie Belmonte eine Hand auf Emmas Knie legte, um sie zurückzuhalten, als sie aussteigen wollte. Der britische Meisterdieb wartete darauf, dass Gates das Okay von seinen Bodyguards erhielt. An seinem Verhalten erkannte sie, dass er hauptsächlich seinen Protegé beschützen wollte, und so, wie sie ihn kannte, war die Geste ein Zeichen von Pflichtgefühl und Sorge.

Hayden ging zu Gates. Die Straße war ruhig. Nur ein paar Autos fuhren vorbei und auf den Gehsteigen waren nur wenige Menschen unterwegs. Sie waren weit vom Shopping-Viertel entfernt und die meisten Büroarbeiter saßen bereits an ihrem Arbeitsplatz.

»Irgendwelche weiteren Kontaktaufnahmen von Cayman?«, fragte Hayden leise.

»Nichts. Aber ich glaube, Cayman will sich unsere Hilfe sichern. Wir haben gemeinsam Ort und Zeit festgelegt. Er wird da sein.«

Hayden sah nach oben.

Ein Wald von hohen Gebäuden erfüllte ihr Blickfeld. Sie warf den Geheimdienstagenten einen Blick zu und ein knappes Nicken war die Antwort.

»Okay«, sagte sie. »Gehen wir.«

Als sie sich auf den Weg machten, erinnerte sich Hayden an den Anruf Caymans, nachdem sie den Blutkönig aus den Tiefen unter dem Vulkan Diamond Head geholt hatten. Zuerst war sie sehr misstrauisch gewesen und hatte kommentarlos zugehört, während er erklärte, dass er Informationen über die antike Sprache der Götter und die Karte austauschen wollte, die Dahl in dem isländischen Grabmal gefunden hatte. Er sagte, er wolle erklären, für wen er arbeite und was er über die Doomsday-Waffe wusste, die laut der Karte im dritten Grab der Götter versteckt war. Er konnte überzeugend reden. Er wirkte auch angesichts der Umstände vernünftig und sagte, er habe als Friedensgeste Torsten Dahl zu dem Treffen eingeladen. Und er erzählte ihr, dass er auch ihren Chef, den Verteidigungsminister und den Secret Service eingeladen hatte.

Hayden war beeindruckt und fast überzeugt.

Aber irgendetwas stimmte dennoch nicht.

Vielleicht arbeitete Cayman undercover für die DIA oder sogar die CIA und wollte sie mit an Bord haben. Was sie bisher geleistet hatten, verdiente sicher Anerkennung.

Dahl ging neben ihr her.

»Ich habe die Fotos an Ben geschickt. Wir brauchen seinen Intellekt, also sag mir bitte, dass du ihm noch nicht das Hirn rausgevögelt hast?«

Hayden hustete. »Komm schon, Dahl. Wir sollten uns konzentrieren, okay? Gates vertraut vielleicht auf einmal diesem Kerl, Cayman, aber wir wissen beide, dass sein Urteilsvermögen eingeschränkt sein könnte. Er trauert immer noch.«

»Ich habe mich schon gefragt, wieso er nicht einfach Urlaub macht?«

»Er will das zu Ende bringen. Für seine Frau, aber auch für sich selbst, nehme ich an. Und er macht seinen Job hervorragend.«

»Und du, Hayden. Was hältst du von Cayman?«

Sie betraten die Lobby. Ein Mann mit Anzug saß hinter dem Schreibtisch auf der anderen Seite und wirkte überrascht angesichts der Menge an Leuten, die plötzlich das Gebäude betraten.

Hayden ließ den Secret Service vorangehen. »Cayman? Nun, er ist sicher nicht auf den Mund gefallen. Aber andererseits …« Sie lächelte. »Sind wir das nicht alle?«

»Der Mann ist der absolute Abschaum«, sagte Dahl. »Ich habe ihn getroffen. Ich bin schon gespannt, was er Gates zu sagen hat.«

Kinimaka versuchte, ihre Aufmerksamkeit zu erregen. »Wir gehen hoch, Boss«, sagte er und deutete auf die Aufzüge vor ihnen. »Bist du bereit?«

Hayden nickte und sah Dahl an. Der große Schwede lächelte grimmig. Belmonte und Emma waren damit beschäftigt, den Raum zu begutachten, die Überwachungskameras, die Fenster, Türen, Lüftungsklappen und wo man sonst noch eindringen konnte.

»Wir sollten den Aufzug nehmen«, sagte Hayden mit einem Grinsen zu ihm. »Ist viel einfacher.«

»Sollte man denken, Miss Jaye«, sagte Emma nachdenklich, »aber sie sind auch ein Mittel, um die Massen zu kontrollieren und zu überwachen.«

Hayden erinnerte sich wieder an die nervigste Eigenschaft von Belmonte. »Na, gibst du deine Verschwörungstheorien schon an die Aushilfe weiter?«, fragte sie spitz.

Belmonte lächelte Emma liebevoll an. »Oh, ich glaube, sie ist ein wenig mehr als das.«

Hayden sah finster drein, aber Belmonte drehte sich weg. Emma lächelte vor sich hin und hatte plötzlich einen extrem interessanten Fleck an der Wand gefunden, den sie inspizierte.

»Wir sollten dennoch den Aufzug nehmen.«

Die Gruppe ging zum nächsten Aufzug. Der Secret Service bestand darauf, dass nur der Minister und sie selbst im ersten Aufzug nach oben fahren sollten. Hayden stimmte zu, um keinen Streit vom Zaun zu brechen, und die restliche Gruppe strömte in einen zweiten Aufzug. Kinimaka drückte den Knopf für das oberste Stockwerk.

Sie legten die Fahrt schweigend zurück. Waffen wurden überprüft. Belmonte wies auf eine besonders geschickt versteckte Kamera hin. Emma stellte sich auf die Zehenspitzen, um Kaugummi darüber zu kleben.

»Die sollen immer wissen, dass sie uns nicht schlagen können«, sagte sie mit einem frechen kleinen Grinsen.

Belmonte lächelte beglückt, als wolle er sagen: *Das ist mein Mädchen*. Hayden wandte den Blick nicht von den aufleuchtenden Stockwerknummern ab und versuchte, nicht an die Wochen zu denken, die sie mit dem britischen Meisterdieb verbracht hatte.

Aber, um die Wahrheit zu sagen, waren es ganz angenehme Wochen gewesen. Die vergaß man nicht so einfach. Sie sah im Moment etwas von der gleichen Körpersprache zwischen dem Dieb und seinem Protegé. Es war schön, jemanden glücklich zu sehen.

Der Aufzug wurde langsamer. Die Türen glitten auf. Hayden stieg aus und sah Gates in Begleitung des Secret Service direkt vor ihnen. Sie blickte sich im Raum um. Kinimaka ging neben ihr und gab vor Überraschung ein paar erlesene Kraftausdrücke von sich.

Das gesamte oberste Stockwerk des Gebäudes war unmöbliert und völlig leer, abgesehen von zwei Männern in Kampfmontur, mit Helmen, die das gesamte Gesicht verbargen, und die sich ihnen näherten. Die Waffen hielten sie locker neben sich.

Gates drehte sich gerade zu Hayden um, einen überraschten Ausdruck auf dem Gesicht, als ein Feuersturm um sie herum losbrach.

KAPITEL 3

Drake brach in Wells' Apartment ein und hielt sich dann zurück, während Mai die Alarmanlage deaktivierte. Sie waren darauf vorbereitet, dass die Männer sie angriffen, die ihnen folgten. Weniger als eine Minute später hatten sie das Apartment zur freien Verfügung. Drake blieb einen Moment stehen und sah sich um. Ein kurzer Flur führte in ein Wohnzimmer, dahinter waren die Küche und ein Schlafzimmer. Das Wohnzimmer war spartanisch eingerichtet. Es war nichts darin, das nicht irgendeinen Zweck erfüllte. Eine Frau hatte offensichtlich nie etwas zur Einrichtung beigetragen. Alle Farben waren dunkel, was es schwer machte, Umrisse auszumachen – ein Spiegel von Wells' Seele.

Alicia blieb vor der Wohnung stehen und behielt die Straße unten im Blick. Sie mussten auf alles vorbereitet sein und wussten, dass man ihnen gefolgt war.

Drake winkte Mai ins Schlafzimmer, während er sich das Wohnzimmer vornahm. Keinem von beiden entging die Ironie, dass die japanische Agentin schließlich und endlich in Wells' Schlafzimmer gelandet war, aber erst nach dessen Tod. Sie tauschen einen ernüchterten Blick aus. Mai hatte sicher mehr als nur ein paar Seelenqualen auszuhalten, dachte Drake, da sie diejenige war, die den Abzug betätigt und Wells' Leben beendet hatte.

Ein großer Eichentisch beherrschte den hinteren Teil des Wohnzimmers. Der einzige Gegenstand auf der polierten

Oberfläche war ein gerahmtes Foto, das Wells und einige seiner Army-Kameraden zeigte, die Arme über die Schultern der anderen gelegt, vermutlich am Ende einer Geheimmission aufgenommen. *Eine Mission für die britische Regierung?*, fragte sich Drake. *Oder für diese Schattengruppe, für die er und Cayman arbeiteten?*

Drake ging weiter. Der vordere Teil des Wohnzimmers wurde von einem Zweisitzersofa und einem 40-Zoll-Fernseher eingenommen. Ein Schrank mit alkoholischen Getränken war gut bestückt. Drake widerstand der Versuchung, einen genaueren Blick darauf zu werfen. Er öffnete einen weiteren Schrank, aber stellte fast, dass dahinter nur ein DVD/CD-Regal war. Er warf einen Blick in jede Hülle, falls etwas darin versteckt war. Währenddessen hörte er, wie Mai das Schlafzimmer durchsuchte.

Sie kam auf ihn zu. »Irgendwas gefunden?«

»Eine Reihe ungewöhnlicher DVDs. Ein paar Bücher mit erotischer Kunst aus Japan. Ein signiertes Foto von Kylie Minogue. Nichts Besonderes.«

Drake zog eine Augenbraue hoch. »Findest du?«

»Für Wells zumindest. Hast du dir *den* hier mal angesehen?«

»Fahr ihn hoch, Mai. Sollten wir mal überprüfen, aber ich glaube, Wells war oldschool. Wenn er etwas zu verstecken hatte, ist es nicht auf seinem PC.«

Mai drückte einen Knopf und der große Rechner klickte und surrte. »Diese Wohnung«, sagte sie, »ist schon mal durchsucht worden. Von einem Profi. Hast du das nicht bemerkt?«

Drake sah sich noch einmal um. »Nicht wirklich. Nein.«

»Sind nur so Kleinigkeiten«, sagte Mai mit leiser, unaufdringlicher Stimme. »Sachen, die nur nicht ganz da sind, wo sie hingehören. Man merkt es nur, weil Wells nicht so gut geputzt hat.«

»Du hast gesagt, es war ein Profi.«

»Ja«, sagte Mai mit einem leichten Lächeln, »aber selbst ein Profi macht Fehler, die mir auffallen.«

Drake beendete seine Suche im DVD/CD-Regal und ging zu ihr. Vorsichtig roch er an ihrem dicken, glänzenden Haar.

»Vorsicht«, sagte Mai. »Da ist eine kleine, vergiftete Nadel drin versteckt.«

»Ein weiterer Grund, nicht mit einer Spionin auszugehen.« Aber sie roch gut. Nach einem Hauch von Anis und Vanille. Als er sich vorbeugte, bemerkte er ein Bild, das an der Wand hing, ein Foto eines Kojoten, der im Vordergrund stand, dahinter Wildnis, Schnee und die Äste toter Bäume im Eis um ihn herum.

Ein Kojote?, dachte er.

»Wells war ein einsamer Mann«, sagte Mai. »Sieh dich nur mal um. Er hatte niemanden, um den er sich kümmern konnte. Niemand Besonderen in seinem Leben.«

»Männer mit dunklen Geheimnissen sind immer emotional distanziert«, meinte Drake. »Und Männer, die Ihre Freunde hintergehen, sterben allein.«

Mai beugte sich vor, als der Bildschirm flackernd zum Leben erwachte. »Wir suchen nach allem, was uns sagen könnte, für *wen* er arbeitete und woher er Cayman kannte.«

»Und was genau er über Alysons Tod wusste, wenn er überhaupt etwas wusste. Ich muss wissen, wer den Befehl gab und wer ihn ausgeführt hat.«

Während er das sagte, spürte Drake, wie das Blut heiß durch seine Venen pumpte. Irgendjemand hatte den Mord an seiner Frau und seinem ungeborenen Kind befohlen. Und so sicher wie das Amen in der Kirche würden alle, die daran beteiligt waren, für ihre Sünden sterben.

Mai klickte auf ein paar Icons. »Sieh dir das mal an«, sagte sie und Überraschung lag in ihrer Stimme. »Wells hatte eine Twitter-ID, ein Facebook-Profil und einen Account bei Goodreads. Ich glaube, das beweist, dass du falschgelegen hast, Matt. Er war doch nicht so *oldschool*.«

Drake klickte auf den Browserverlauf. Der letzte Eintrag, der auf den Abend datiert war, bevor Wells nach Miami geflogen war, um sie in dem Hotel zu treffen, in dem er starb, war eine einzige Zeile. Ein Link zu einer Seite.

Hotmail. Passwort ändern.

Alicia steckte in diesem Moment den Kopf durch die Tür und meinte in ihrer üblichen Ausdrucksweise, dass sie sich verflucht noch mal beeilen sollten, weil die Arschlöcher vor der Tür nicht den ganzen Tag rumstehen und an ihren Schwänzen spielen würden.

»Ich hab eine verrückte Idee.« Matt drückte sich an Mai vorbei und schob die Maus auf dem Pad hin und her. »Man hat uns doch immer erklärt, wir sollten Nachrichten an einer Stelle hinterlassen, wo man sie nicht finden kann.« Er klickte auf den Hotmail-Account. »Abgesehen von der Person, die ebenfalls Zugriff auf den Account hat.«

Mai warf ihm von der Seite einen Blick zu, als er den Mauszeiger über die Box für das Passwort führte. »Weißt du, wie es lautet?«

»Wenn Wells etwas zu verbergen hatte und wollte, dass *wir* es finden …« Drake biss sich auf die Lippe. »Dann hätte er es auf diese Weise versteckt. Wenn nicht, na ja, dann haben wir es zumindest versucht.«

Er tippte ein Passwort ein. Mai machte große Augen. »*Maizeit*? Wirklich?«

»Was sollte es sonst sein?«

Auf dem Bildschirm öffnete sich die Hotmail-Website. Drake klickte auf den Ordner ›Entwürfe‹ und wartete, bis drei Nachrichten aufgepoppt waren, jede mit einer Überschrift in Fettdruck, was darauf hinwies, dass sie nicht gelesen worden waren.

»Das sollten Kopien der E-Mails sein, die Wells an …«, eine Pause, »einen Mann namens Andrew Black geschickt hat.« Drake scrollte den Text jeder E-Mail durch. »Nicht mehr als eine einfache Nachricht«, sagte er mit leichtem Bedauern. »Ich schicke die letzte Version mit der Schneckenpost, mein Freund. Muss ich ja nicht extra erwähnen, aber um unser aller willen – pass gut darauf auf. Wir reden, wenn ich wieder da bin.«

»Hm.« Mai deutete auf die Antwort von Andrew Black in der E-Mail. »*Hast du schon deine Mai-Zeit gehabt, mein alter Freund?*«

»*Die Hoffnung stirbt zuletzt, wie immer*«, hatte Wells geantwortet.

Drake klickte sich durch Wells' Online-Adressbuch.

Eine Adresse war für Andrew Black in der Nähe von Sevenoaks in Kent angegeben. »Wir sollten uns das mal ansehen. Wenn Wells etwas an einen alten Freund geschickt hat, bevor er das Land verließ, könnte das ungeheuer wichtig für ihn gewesen sein.«

Mai nickte und wollte gerade etwas sagen, als Alicia den Kopf durch die Vordertür steckte. »Hört auf, rumzugammeln, Leute. Die Schlägertypen hier haben gerade Verstärkung erhalten.«

»Wir kommen.« Drake fuhr den PC herunter. »Wie viele sind es?«

»Genug, dass wir uns den Weg aus London freikämpfen müssen«, grinste Alicia. »Genau, wie ich es mag.«

KAPITEL 4

Hayden duckte sich instinktiv, als die Fensterreihe zu ihrer Rechten explodierte.

Glassplitter flogen durch den Raum. Die zwei schwarz gekleideten Männer, die auf sie zukamen, duckten sich und eröffneten das Feuer. Das gesamte Team krabbelte orientierungslos auf dem hochglanzpolierten Boden herum, die Sinne noch betäubt von dem plötzlichen Angriff. Sie versuchten, Glassplittern und Kugeln auszuweichen. Einer der Secret-Service-Agenten von Gates warf sich vor seinen Chef, als der Angriff erfolgte. Sein Körper führte einen bizarren Tanz auf, das Letzte, was er tat, als die Kugeln ihn durchlöcherten. Er stürzte rückwärts auf Gates.

Hayden rollte sich auf ihrer unverletzten Hüfte ab, verzog das Gesicht zur Grimasse, als der Schmerz sie durchfuhr. Sie zog die Waffe aus dem Schulterholster. Schüsse zerrissen die Luft und sie warf einen Blick zu Dahl, der bereits die Waffe des toten Secret-Service-Mannes einsetzte. Belmonte war hinter Dahl auf die Knie gegangen und zerrte Emma mit nach unten. Das Gesicht des Meisterdiebs wirkte entsetzt, als er versuchte, das Blut zu stoppen, das aus einer Wunde im Bauch seines Schützlings floss.

War Emma angeschossen worden?

Hayden sah einen der Angreifer um die eigene Achse rotieren, als eine Kugel seine Schulter traf. Sie kroch vorwärts und feuerte auf einen weiteren. Die Kugel traf den Helm und warf ihn nach hinten. Dahl feuerte erneut, aber dann schrie ein weiterer von Gates' Bodyguards auf.

Blut spritzte aus seinem Hals und bedeckte Hayden.

Sie ließ ein paar Schüsse folgen. Beide Gegner waren am Boden. Belmonte schrie.

War er getroffen worden?, fragte sich Hayden. Gates bewegte sich kaum, aber das lag daran, dass der letzte verbliebene Bodyguard sich auf ihn geworfen hatte und am Boden hielt.

»Raus hier!«, schrie er. »Es ist ein verfluchter Hinterhalt!«

Hayden glaubte ihren Augen kaum. Hatte Russell Cayman, ein Agent der DIA, gerade Söldner eingesetzt, um den US-Verteidigungsminister auszuschalten?

Ein hohes, pfeifendes Geräusch war zu hören, als plötzlich etwas Großes die Seite des Gebäudes traf. Hayden wurde klar, dass es noch nicht vorbei war, und warf sich auf den Boden.

»Deckung!«

Eine gewaltige Explosion erschütterte das Gebäude bis in die Grundfesten. Hinter ihnen ächzte und erzitterte der Aufzugschacht. Hayden sah, wie es die Kabine verbeulte. Eine weitere Sekunde und sie erzitterte und kippte im Schaft zur Seite.

»Kein Fluchtweg«, flüsterte sie.

»Doch!«, rief Belmonte. »Doch, es gibt einen. Ich habe auf der anderen Seite des Gebäudes einen Lastaufzug gesehen.« Er zeigte quer durch den riesigen, verwüsteten Raum. »Da drüben.«

Er stand auf, hielt Emma in den Armen.

Tränen glitzerten in den Augen des Meisterdiebs.

Hayden keuchte. »Ist sie …? Ist sie …?«

»Tot«, sagte Belmonte leise. »Ja, sie ist tot. Ich kann sie nicht zurücklassen.«

Gates schob seinen Bodyguard von sich. Dahl versuchte einzuschätzen, wie weit es bis zum Lastenaufzug war. »Wie ein Spießrutenlauf«, sagte er. »Ist die einzige Möglichkeit. Wir sollten uns beeilen.«

»Los!«

Sie rannten in enger Formation. Hayden, Kinimaka und Dahl liefen außen, hatten die Waffen gezogen und zielten auf die zertrümmerten Fenster. Gates, Belmonte – der die tote Emma in den Armen trug, als könne sie noch gerettet werden – und der letzte verbliebene Secret-Service-Agent liefen in der Mitte. Als sie an den Fenstern vorbeikamen, war ein weiterer Lichtblitz zu sehen, als noch eine Rakete abgeschossen wurde. Diese traf an der Stelle auf, wo sie gerade noch gestanden hatten, und zerstörte den Aufzugschacht.

Sie schafften es alle, auf den Beinen zu bleiben und hasteten vorwärts. Eine Barrage aus Gewehrfeuer donnerte durch die Löcher in der Gebäudewand und sie absolvierten einen Spießrutenlauf durch heißes Blei. Hayden spürte einen heißen Luftzug an ihrer Schläfe vorbeirasen. Dahl keuchte, als etwas seinen Arm streifte, aber schaffte es, ein irres Lachen von sich zu geben.

»Bewegt euch!«, rief er.

»Wer zur Hölle sind diese Leute?«, schrie Hayden.

Kugeln zischten um sie herum. Eine dritte Rakete explodierte an der Wand des Gebäudes. Der Einschlag sorgte dafür, dass sich der Boden unter ihren Füßen wölbte.

Hayden musste seitlich ausweichen. Der letzte Agent des Secret Service wurde von einer Kugel am Oberschenkel getroffen und stürzte. Dahl reagiert sofort, schnappte ihn und zerrte ihn durch das Chaos.

Hayden rannte am letzten Fenster in der Nähe des Lastenaufzugs vorbei. Der Rest des Teams sprintete hinter ihr her und sie waren alle ohne weitere Opfer in Sicherheit. Gates streckte den Finger aus, um den Knopf des Aufzugs zu drücken, aber hielt dann unsicher inne.

»Drücken Sie darauf«, sagte Dahl. »Aber wir nehmen dann die Treppe.«

»Und schnell«, sagte Hayden. »Cayman hat vielleicht noch mehr Männer, die auf uns warten. Wenn Cayman hinter der Sache steckt.«

»Schon fast zu naheliegend, als dass er es nicht sein könnte«, murmelte Gates. »Der Typ hat einen ziemlich üblen Gotteskomplex. Dafür wird sein Hintern im Knast verfaulen.«

»Diese verfluchte Alarmanlage nervt«, sage Belmonte. Hayden nahm an, er war nicht daran gewöhnt, das Geräusch zu hören.

»Es bedeutet, dass die Leute das Gebäude evakuieren«, meinte Dahl zu ihm. »Das ist gut.«

»Ich verstehe es nicht. Cayman gehört zur amerikanischen Regierung«, sagte Hayden. »Wie wir. CIA. DIA. Ist doch egal, zu welcher Behörde man gehört. Wir haben alle denselben Chef.«

Gates sah sie an. »Ich vermute, er nicht.« Weitere Schüsse hinter ihnen und die Wände zerbröselten zu Konfetti.

»Glauben Sie, die Gerüchte über eine elitäre Gruppe, die alle Regierungen der Welt *kontrolliert*, sind wahr?«

»Ich würde langsam mein Leben darauf verwetten.« Gates warf einen Blick in Richtung des Agenten, den sie verloren hatte. »In letzte Zeit sind etwas zu viele Leute um mich herum gestorben.«

»Vielleicht sollten Sie eine Weile untertauchen.« Hayden folgte Dahl durch die Tür und sie gingen das Treppenhaus aus Beton hinab. In diesem Moment hörte man ein tiefes Dröhnen vom Raum, der hinter ihnen lag. Ein Geräusch, das eine normale Person nicht nur in Angst versetzt, sondern solchen Terror hervorruft, dass einem fast das Herz stehen bleibt.

»Eine Bombe!«, schrie Dahl. »Mein Gott, rennt!«

Das dröhnende, beunruhigende Geräusch von schweren Stahlträgern, die brachen und tragenden Wänden, die einstürzten, drückte ihnen auf die Trommelfelle. Ein schreckliches Donnern, dann brach die Decke hinter ihnen ein und für einen Moment, in dem ihr fast das Herz stehen blieb, sah Hayden, wie der gesamte Raum sich zu neigen begann.

Der Himmel schien sich zu bewegen. Das gesamte oberste Stockwerk des Gebäudes riss ab.

Sie rasten die Stufen hinab. Gates stolperte und fiel. Dahl schaffte es, ihn mit einer Verrenkung zu schnappen und sich über die Schulter zu werfen, ohne aus dem Tritt zu kommen. Gates stöhnte, aber sie konnte im Moment keine Sekunde entbehren, um ihm zu helfen.

Eine hoch erhitzte Masse aus Glas, Beton, Ziegeln und Mörtel explodierte in alle Richtungen und zertrümmerte die Fenster der umstehenden Wolkenkratzer. Trümmerteile verteilten sich über den gesamten Häuserblock. Ein todbringender Trümmerhaufen aus Kalkplatten löste sich von dem, was vom obersten Stockwerk übrig war und donnerte zu Boden. Staub, Trümmerteile, Splitter und Steinbrocken flogen hinterher. Die Trümmer landeten auf dem Parkplatz vor dem Gebäude und eine Staubwolke stieg auf. Kleinere Stückchen segelten langsam mit dem Wind dahin.

Hayden hörte es. Alle anderen ebenso. Das Donnern der Explosion und der Nachhall wirkten für Hayden, als wäre ein Dinosaurier hinter ihnen her. Rauch hüllte sie ein und sie sahen kaum noch den Weg vor ihren Füßen. Kleine Teilchen, die durch den Zusammenbruch des Dachs und die folgende Explosion davongeschleudert worden waren, zischten schneller als Kugeln an ihnen vorbei.

Belmonte hätte fast Emma fallen lassen, aber er schaffte es, sie wieder aufzufangen, und segelte nahezu einen halben Treppenabsatz hinab, bevor er sich wieder fing.

Dahl blieb kurz stehen, als sie in der Lobby ankamen. »Alle okay?«

Der Agent, den er gerettet hatte, stöhnte.

Belmonte sah ihn finster an. »Leck mich.«

Dahl ignorierte es. Er warf einen Blick auf den Parkplatz und die Straße, bevor er sich an Hayden wandte. »Caymans Männer sind sicher irgendwo da draußen.«

»Ich weiß. Aber es gibt keine andere Möglichkeit.«

Dahl warf Belmonte einen mitleidigen Blick zu. »Wenn die uns jagen, musst du Emma zurücklassen. Oder mit ihr sterben.«

Der Schwede trat durch die Überreste der Vordertür. Eine dünne Staubwolke wirbelte um sie herum, als sie auf den Parkplatz traten. Hayden sah sich um, es schien fast, als wolle sie nur mit Blicken den Lack von Autos kratzen und die Fassaden der Gebäude durchbohren, so intensiv betrachtete sie die Umgebung. Kinimaka war wie immer an ihrer Seite und Torsten Dahl übernahm die Spitze – wie üblich.

Vor der Tür standen Passanten, husteten und sahen sich schockiert um. Krankenwagensirenen ertönten und Polizeiwagen mit Blaulicht erreichten gerade den Ort des Geschehens.

Dahl ging schnurstracks auf das nächste Auto zu, einen Chevy-Familien-Van.

Hayden sah, wie eine Gruppe schwer bewaffneter Männer aus drei schwarzen Limousinen stieg, die etwa zehn Meter entfernt am Straßenrand standen. Angst schnürte ihr die Kehle zu, als hätte eine Faust sie gepackt. Diese Männer waren hier, um sie zu töten. Cayman hatte anscheinend nicht geplant, dass einer von ihnen diesen Ort lebend verließ.

Kinimaka quetschte sich in den großen Chevy. »Wir müssen los!«, schrie er. »Kommt schon!«

Wenig später ließ Kinimaka den Motor aufheulen und sie rasten über den Grasstreifen hinaus auf die Straße. Hayden überprüfte ihre Waffe und gab ihre Ersatzpistole Dahl. Sie sah zu, wie er das Magazin checkte, das Gesicht unbewegt wie die Felsen Islands.

»Die verfolgen uns.«

Kinimaka trat das Gaspedal durch, raste in den dünnen Verkehr und stellte sicher, dass seine eigene Waffe bereit war, als die drei großen Wagen mit den mordgierigen Passagieren ihnen hinterherjagten.

Direkt auf die Innenstadt von L. A., Beverly Hills und letztlich Hollywood zu.

KAPITEL 5

Drake verließ die Wohnung und ging die wenigen Stufen zur Straße hinab, während die Dunkelheit ihre Tintenfinger über den Himmel im Süden ausstreckte. Das Geräusch des Verkehrs und der Lärm der vielen Menschen in der U-Bahn waren in kaum hundert Metern Entfernung deutlich zu hören.

Auf dem Gehweg der noblen Wohngegend kamen ihnen junge Männer entgegen, die eine bunte Mischung an Waffen dabei hatten, darunter Baseballschläger und Brecheisen. Einige weitere kamen die Straße entlang.

Mai blieb links von Drake stehen. Alicia war zu seiner Rechten. Die Engländerin lachte fröhlich. »Ein bisschen Sparring. Das hatte ich ja lange nicht mehr.« Sie warf Drake und Mai einen Blick zu. »Tut ihnen nicht zu sehr weh, Ladys.«

Autos kamen ums Eck geschossen, blieben mit quietschenden Reifen stehen, etwa auf halber Strecke bis zum Ende der Straße. Türen wurden aufgerissen und weitere junge Männer sprangen heraus, die Waffen in der Hand, die provozierenden Rufe erinnerten an Höhlenmenschen.

Mai lächelte Drake an. »Und jetzt bieten sie uns auch noch einen einfachen Weg, zu entkommen.«

»Amateure neigen zu solchen Fehlern.« Drake sah zu, wie sie leichtfüßig davon glitt und stellte sich dem halben Dutzend finster dreinblickender junger Männer, die auf ihn zukamen. »Hört lieber auf damit«, sagte er mit Nachdruck. »Was immer die euch bezahlen, ist es nicht wert, dafür zusammengeschlagen zu werden.«

Zwei von ihnen blieben stehen, aber eher aus Verwunderung statt Vorsicht. Drake verpasste dem ersten einen hohen Kick ins Gesicht, schnappte sich den Baseballschläger, bevor er damit den Schlag des zweiten abwehrte und ihn mit der Schulter rammte, als der Mann einen Schritt nach vorn machte, weil ihn der Schwung mittrug. Drake wuchtete ihn über die Schulter, direkt auf einen dritten Angreifer. Zu diesem Zeitpunkt rissen die verbliebenen drei Schlägertypen verdutzt die Augen auf.

Einer von ihnen raffte allen Mut zusammen und griff an. Drake statuierte ein Exempel an ihm. Er fing das Brecheisen ab, als es auf ihn zuraste und ließ es zurück in das Gesicht des jungen Mannes knallen. Das Blut aus seiner gebrochenen Nase spritzte durch die Gegend. Er ging heulend zu Boden.

Links und rechts von ihm erteilten Mai und Alicia ihren Möchtegernangreifern ähnliche Lektionen. Drake ging zu einem der Autos, dessen Motor noch lief. Der junge Mann darin war am Handy und rief Verstärkung, in der Hoffnung, dass die nächste Truppe nicht so unfähig wäre. Er hob einen Baseballschläger auf und sprang auf den Beifahrersitz.

»Wen rufst du an?« Er presste dem jungen Mann den Schläger gegen die Wange und rammte ihn gegen das Fenster.

»Leck mich«, keuchte er. »Tu mir nichts, Mann. Ich hab dir auch nichts getan.«

»Der Anruf …«, Drake nickte in Richtung des Handys, das unbeachtet herumlag, »… hat uns mehr geschadet als all diese Pfeifen da draußen zusammen. Du hast uns und unsere Position verraten. Jetzt steig aus dem verfluchten Auto.«

Eine Sekunde später war der junge Mann verschwunden und Mai saß auf seinem Platz. »Sollen wir los?«, fragte sie und öffnete und schloss die Faust.

Drake sah sie an. »Klar. Hat einer von denen dich erwischt?«

Sie verzog das Gesicht. »Nur ein Splitter.«

Alicia sprang über die Motorhaube, stieg ein und setzte sich auf Mais Schoß. »Hör auf zu flirten, Drake. Lass uns hier verdammt noch mal verschwinden.«

Drake setzte in hohem Tempo zurück, wirbelte den Wagen um eine Ecke und fädelte sich in den Verkehr. Es war gerade genug Platz, um nicht von hinten gerammt zu werden. Er trat das Gaspedal durch, gerade als zwei silberne BMW den Wagen hinter ihnen schnitten. Quietschende Reifen und wütendes Hupen waren die Folge.

Drake sah die Männer im Rückspiegel. »Die sind hinter uns.«

Alicia saß vergnügt auf Mais Knien. »Das hab ich nicht mehr gemacht, seit ich ein Kind war.«

»Die sind hinter uns, Alicia. Und die haben dieses Mal sicher nicht nur Stiele von Vorschlaghämmern und Baseballschläger dabei.«

Mai rutschte auf dem Sitz hin und her. »Du warst mal ein Kind?« Sie schüttelte den Kopf. »Das glaube ich nicht.«

»Habt ihr beide gehört, was ich gerade …«

»Ich hab nur gehört, wie du hier ewig herumschwafelst, Drake.« Alicia sah ihn böse an. »Belassen wir es einfach dabei, was?«

»Total kindisch«, murmelte er. »Du bist immer noch ein Kind.«

»Wenn es mir hilft, mit Scheiß fertig zu werden … dann ja. Immer.«

Er fuhr weiter. Um diese Nachtzeit war auf dem Piccadilly die Hölle los – Autos, Busse, Taxen, die Gehwege gefüllt mit Leuten, die eilig einem unbekannten Ziel zustrebten. Drake kam immer noch einigermaßen schnell voran, schnell genug, dass ihre Verfolger noch nicht ausstiegen und zu Fuß weiterrannten, aber das Tempo war selbstmörderisch. An den Ampeln hatte er Glück. Und sogar ein großer Doppeldeckerbus mit offenem Dach, gestopft voll mit Touristen, fuhr zur Seite, um sie vorbeizulassen. Drake fragte sich langsam, ob er vielleicht ein Blaulicht und Sirene auf dem Dach hatte.

Aber ihre Verfolger gaben nicht auf und hielten Schritt mit ihnen. Sie kamen an der Bond Street, Fortnum und Mason vorbei, dann an der Royal Academy und Le Meridien.

»Wisst ihr, wohin wir fahren?« Alicia drehte sich um und warf einen Blick nach hinten. »Auf den Scheiß Piccadilly Circus zu. Gut gemacht, Drakey. Das engste Nadelöhr im Land.«

Drake wusste, dass sie recht hatte. Aber Plan B ging ihm durch den Kopf. »Manchmal, Myles«, seufzte er, »bist du die wirklich die Personifizierung der dummen Blondine.«

Alicia zappelte herum. »Blödsinn.«

Mai schnaufte. »Hör bitte auf, deinen knochigen Arsch an meinen Oberschenkeln zu reiben.«

Alicia wirkte einen Moment nachdenklich. »Das hab ich ja noch nie gehört«, gab sie zu. »Normalerweise ist es andersherum. Und knochig? Ich hätte gesagt, sexy, kurvig und rund.«

Drake warf einen Blick zur Seite, aber als das Nadelöhr Piccadilly Circus vor ihnen auftauchte, riss er das Steuer nach links und hielt an. »Schnell. Hier sind Tausende Leute unterwegs. Wir schütteln sie in der Menge ab.«

Sie sprangen aus dem Wagen und hasteten den Gehweg entlang, mischten sich unter die Menge. Die Londoner Luft stieg ihnen beißend in die Nase. Hunderte von Köpfen und Körpern um sie herum. Drake steuerte auf die Ecke des Circus zu und lief vor der Fassade von The Sting vorbei. Helle Beleuchtung und die übliche Hintergrundmusik eines Modegeschäfts überwältigten einen Moment seine Sinne, als sie durch die offenen Türen drangen. Dann war er daran vorbei und verschwand wieder in der Menge, die darauf wartete, die Straße in Richtung der kleinen Verkehrsinsel zu überqueren, die die Regent Street von der Glasshouse Street trennte.

»Durch die Glasshouse«, sagte Alicia. »Dann können wir durch Soho und mit der U-Bahn am Leicester Square abhauen. Ich google mal nach Autovermietungen.«

Drake nickte anerkennend. »Klingt gut.«

Sie überquerten die Straße inmitten der Menge aus Touristen, Einheimischen und Tagesausflüglern. Die hellen

Lichter der großen Werbedisplays am Piccadilly Circus blinkten über ihren Köpfen. Einen Moment entspannte sich Drake und dachte nicht mehr an ihre Verfolger, sondern konzentrierte sich auf das, was sie über Wells herausfinden konnten, wenn sie seinen Freund Andrew Black bis nach Sevenoaks verfolgten. Aber dann hörte man tief aus dem Herzen des Piccadilly Circus das unverwechselbare Geräusch eines Pistolenschusses.

Viele Menschen blieben stehen, die Gesichter vor Angst erstarrt. Aber dennoch reagierten sie nicht, konnten nicht glauben, was sie hörten, lauschten nur und warteten auf den zweiten Schuss, der bestätigen würde, was sie fürchteten und möglicherweise ihr Leben beenden konnte.

Drake, Alicia und Mai reagierten sofort. Drake sagte: »Da sind etwa hundert Kinder um uns herum.«

Mais Stimme, die stets leise war, war kaum zu hören: »Ich habe genügend Blut und Tod gesehen, aber das darf nicht passieren.«

Sie wussten, was sie zu tun hatten. Drake hastete durch die nervöse Menge, seine Ausbildung half ihm, den Bereich einzugrenzen, wo der Schütze sich aufhalten musste. Mai und Alicia eilten auf seine Komplizen zu, mischten sich unter die Menschenmasse und tauchten wie tödliche Geister wieder auf. Mit einer schnellen Bewegung schlugen sie zu und zogen sich wieder zurück. Hinter ihnen brachen Männer zusammen, aber sie zogen nie direkte Aufmerksamkeit auf sich.

Drake verschwand hinter einer bunt gekleideten Gruppe Frauen, alle trugen enge Leggins mit Zebramuster und gelbe

Jacken. Sie waren wohl zusammen auf einer Sauftour oder arbeiteten in der gleichen Firma. Er schlich um die Gruppe herum, als sie an ihm vorbeikam. Auch wenn der Mann versuchte, sie zu verstecken, konnte er die Waffe nicht vor Drakes Augen verbergen.

Der Pistolenschuss hatte sie herauslocken sollen und es hatte funktioniert. Weit besser, als ihre Verfolger je wissen würden.

Drake legte einen Arm um die Schultern des Mannes und rief laut »Hey!«, als würde er ihn begrüßen, während er gleichzeitig das Handgelenk der Hand brach, in der er die Waffe hielt, dann legte er dem Mann die andere Hand um die Kehle.

Der würgte und wehrte sich heftig.

Drake beugte sich zu ihm und flüsterte: »Auch 20 von euch Bastarden hätten keine Chance gehabt.« Er hielt den Mann fest, bis er zusammensackte und nutzte dann seine immense Körperkraft, um ihn vorsichtig zu den Stufen zu bugsieren, die den Brunnen umgaben.

Sirenen erklangen in der Ferne. Die Londoner und Touristen waren unbekümmert, denn sie glaubten mittlerweile, der Pistolenschuss sei eine Fehlzündung gewesen, und kümmerten sich um ihre eigenen Angelegenheiten.

Drake ließ den Mann zusammengesackt zurück, entschied sich kurz entschlossen, dessen Waffe in einen Abfalleimer in der Nähe zu werfen, und traf sich dann mit Alicia und Mai vor dem örtlichen Cinnabon-Shop wieder.

Alicia leckte gerade die Glasur von einem Zimtbrötchen. »Hast dir ja Zeit gelassen, Drakester.«

»Klappe halten.«

Die Sirenen näherten sich. Mai wandte sich Richtung Leicester Square. »Dieser Freund von Wells«, sagte sie, »hat keine Ahnung, in welchem Schlamassel er steckt, oder?«

»Das hoffen wir zumindest«, warnte Drake. »Soweit wir wissen, ist er genauso korrupt, wie es Wells war.«

»Eines ist mal sicher«, sagte Alicia, den Mund voller Zimtglasur. »In etwa einer Stunde wird er uns *alles* sagen, was er weiß.«

KAPITEL 6

Kinimaka trat aufs Gas, während drei schwarze Limousinen im Rückspiegel näherkamen. Er wusste, die Wagen steckten voller finsterer Kerle, die ihnen Übles wollten: drei vorn und noch mehr eingepfercht auf dem Rücksitz. Kinimaka, sah, dass zwei von ihnen den Finger auf ein Earpiece gelegt hatten und angestrengt zuhörten. Dann holte einer von ihnen eine Pistole heraus und öffnete das Fenster.

»Oh-oh«, murmelte er. »Ich glaube, die haben gerade Befehl erhalten, uns umzulegen.«

»Keine Chance«, sagte Gates vom Rücksitz. »Wir sind direkt nach Hollywood unterwegs.«

Kinimaka hämmerte den Chevy um eine enge Kurve. Hinter ihnen quietschten Reifen, als drei Limousinen versuchten, die Lücke zu schließen. Dahl drehte sich auf dem Rücksitz um. »Nun, wir sind am richtigen Ort für eine Autoverfolgungsjagd.«

Man hörte einen Schuss. Dahl schüttelte den Kopf unbeeindruckt. »Jetzt schießen die also auch noch. Verfluchte Amerikaner.«

Aber Belmonte war alles andere als ruhig. »Schüsse! Verflucht, leg mal einen Zahn zu, Großer. Kaum macht man einen Schritt aus London raus, ist man im Wilden Westen!«

Kinimaka sagte nichts, sondern rollte nur die Augen Richtung Hayden im Rückspiegel. Während sie um eine weitere Kurve schossen, zwei SUVs umrundeten, zersprang

Haydens Fensterscheibe. Die Risse, die sich hindurchzogen, sahen aus wie ein Spinnennetz.

»Keine Sorge«, sage sie, »nur ein Kratzer.«

Gates versank im Rücksitz. Kinimaka beschleunigte, aber das Tempo war schon halsbrecherisch und Hunderte Zivilisten waren überall unterwegs, zu Fuß und in Fahrzeugen.

Hayden deutete auf ein Schild. »Fahr auf die I10, dann Richtung Beverly Hills. Wenn die einen Kampf wollen, können sie den dort haben.«

Eine schwarze Limousine kam röhrend näher, kaum zwei Zentimeter von ihrer hinteren Stoßstange entfernt.

Kinimaka umfuhr den Wagen mit einem schnellen Schwenk nach links. »Wenn wir bis dorthin kommen«, sagte er und wirbelte das Auto im letzten Moment herum, nahm die Auffahrt Richtung Freeway I10. Der Wagen schoss die Zufahrt hinauf, schlingerte gefährlich, bis er wieder unter Kontrolle war, und donnerte in den Verkehrsfluss hinein. Das plötzliche Manöver verschaffte ihnen etwas Abstand zu ihren Verfolgern. Kinimaka nutzte den Vorteil, um die Spur zu wählen, die am wenigsten befahren war, und trat das Gaspedal durch.

Aber die Limousinen hatten jede Menge PS und ihre Fahrer waren tollkühn. Sie schlossen die Lücke nahezu sofort. Ein weiterer Schuss, dieses Mal prallte er als Querschläger von der Stoßstange ab.

Hayden drückte einen Schnellwahlbutton auf ihrem Handy. »Ben? Sag mir, dass du irgendwas über den Ort herausgekriegt hast, an dem sich das dritte Grab befindet?«

Die Antwort sorgte dafür, dass sie die Stirn in Falten legte. »Nun, mach schneller. Wir sind am Arsch hier draußen. Die

Zeit ist nicht auf unserer Seite.« Sie schüttelte erschöpft den Kopf. »Ich kann jetzt nicht reden. Die Wirklichkeit beißt uns gerade in den Arsch!« Sie beendete den Anruf mit einem abrupten Schütteln aus dem Handgelenk.

Kinimaka trat hart auf die Bremse, als ein BMW in achtloser Arroganz ihren Weg kreuzte. Der Hawaiianer wich aus, steuerte den Wagen gekonnt und nutzte andere Fahrzeuge als Deckung vor den Limousinen. Mal fuhr er schneller, mal langsamer, um die anderen zu verwirren.

»Hier abfahren!«, schrie Hayden. Kinimaka sah ein Schild, auf dem ›Hollywood Freeway‹ stand und bog spät ab, erwischte die Ausfahrt in vollem Tempo und fuhr auf den Randstreifen, um einem weißen Chrysler auszuweichen.

Die Limousinen rasten hinter ihnen die Ausfahrt entlang. Eine von ihnen streifte den Chrysler und schob ihn gegen die Betonmauer. Das Knirschen von Metall zerriss die Luft, übertönte sogar den kreischenden Motor. Die Limousine drehte sich um die eigene Achse. Hayden nutzte die Chance, schlug ihr Fenster ein, lehnte sich hinaus und feuerte ein ganzes Magazin darauf ab. Sie traf die Karosserie, die Fenster, Reifen und den Motor. Einen Augenblick später traf der Wagen den Randstein und überschlug sich, Tonnen von Metall erhoben sich in die Luft und landeten mit einem tödlichen Knall. Trümmer wirbelten über die Straße.

Die beiden anderen Limousinen ließen das Wrack hinter sich und verfolgten sie weiter mit Höchsttempo.

»Die Leute im anderen Wagen …«, sagte Dahl.

»Das ist ein Chrysler«, sagte Hayden. »Denen ist nichts passiert.«

Der Freeway 101 führte Richtung Norden an West Hollywood und den berühmten Hollywood Hills vorbei. Hayden nutzte die Zeit, um das örtliche CIA-Büro anzurufen und von der Verfolgungsjagd zu berichten. Gates hatte seine Nerven wieder genügend im Griff, um sich aufzusetzen und ebenfalls einige Telefonate zu erledigen.

Nach zehn Minuten lehnten sich beide mit einem nervösen Gesichtsausdruck zurück. »Wenn ich es nicht besser wüsste, Sir«, sagte Hayden mit einem Blick auf ihren Chef, »würde ich sagen, uns bläst hier ein ordentlicher Wind um die Ohren und wir sind auf uns gestellt.«

»Eine Untertreibung«, flüsterte Gates mit bleichem Gesicht. »Ich würde sagen, es ist eher ein Hurrikan.«

»Wir erhalten also keine Unterstützung, Boss?«, fragte Kinimaka und konzentrierte sich auf die Fahrspuren vor ihnen.

»Nicht ganz«, erwiderte Hayden. »Ich kann mir nicht vorstellen, dass die uns völlig hängen lassen.«

»Du hast wohl keine Ahnung, was *Regierung* bedeutet?«, schnaubte Dahl. »Sich den Arsch freizuhalten und in nichts reinziehen zu lassen, ist deren Hauptkompetenz.«

»Nicht, wenn der US-Verteidigungsminister involviert ist«, erwiderte Hayden knapp. Sie wäre froh gewesen, wenn Gates voll da gewesen wäre und nicht ausgezehrt – er hatte einen schrecklichen Verlust erlitten und war wochenlang durch die Hölle gegangen. Wäre er in Topform gewesen, hätte er sie vielleicht aus dem Schlamassel befreien können.

Was hätte ihr Vater getan? Was würde Drake tun?

»Kämpfen«, sagte sie laut. Sie würden herausfinden, welche Gruppe hinter dem Ganzen steckte und würden sie bezahlen lassen. Drake hatte den Blutkönig gefunden, den lebendig gewordenen Mythos, und hatte ihn durch die Pforten der Hölle gejagt. Drake hatte ihr gezeigt, wie man sich durch so etwas durchbiss – jetzt war es an ihr, die Lektion zu beherzigen.

Die Ausfahrt Richtung Mullholland Drive schoss rechts an ihnen vorbei – die erste Ausfahrt, die in die Hollywood Hills führte. »Nimm die nächste«, sagte sie genervt zu Kinimaka.

Das CIA-Büro hatte auf ihren Anruf mit nur gedämpfter Sorge reagiert. Sie hatten keine Fragen gestellt, hatten ihr keine Anweisungen erteilt, hatten sie nicht weiter nach oben durchgestellt. Irgendwas stimmte da ganz und gar nicht.

Waren Ben und Karin noch sicher?

Kinimaka bog scharf auf die Ausfahrt. Haydens Kopf schlug gegen den Türrahmen. Ihre Waffe fiel zu Boden. Sie brauchte einen Moment, um sie aufzuheben und zu sehen, ob ihre Verfolger nähergekommen waren. Kinimaka schlängelte den Wagen verbissen zwischen Reihen von dahinschleichenden Autos hindurch und an Bussen mit gaffenden Touristen vorbei durch eine breite Toreinfahrt auf ein ummauertes Gelände. Er raste unkontrolliert auf eine Reihe von Tickethäuschen und wenig stabil aussehenden Absperrungen zu.

»Alter«, sagte Hayden, »wieso um alles in der Welt bist du gerade aufs Gelände von Universal Studios gefahren?«

KAPITEL 7

»Das war keine Absicht!«, schrie Kinimaka. »Es war der einzige Weg durch den Verkehr, ohne anzuhalten!«

»Nun, jetzt musst du vermutlich anhalten«, sagte Hayden sarkastisch. »Ich mag ja am liebsten die *Jurrasic-Park*-Bahn. Erinnert mich an die Arbeit.«

Belmonte rutschte hinten auf dem Sitz hin und her. Emmas Leichnam lag im Zwischenraum hinter dem Sitz vor seinen Knien. »Kommen wir hier raus?«

»Es könnte funktionieren«, sagte Hayden und überlegte. »Wir könnten sie im City Walk abschütteln.« An Dahl gewandt: »Was meinst du?«

Der City Walk ist ein Unterhaltungskomplex mit einer bunten Mischung aus Restaurants, Bars und Geschäften, in dem normalerweise eine Menge los ist.

Dahl rutschte im Sitz hin und her, während sie durch eine Reihe von Rampen fuhren und fast eine Betonmauer gestreift hätten. Ein mehrstöckiges Parkhaus lag vor ihnen.

»Das gefällt mir gar nicht«, sagte der Schwede zweifelnd. »Fahr näher ran. Die Behörden sind sicher jeden Moment da.«

»Fragt sich nur welche, Kumpel«, murmelte Kinimaka.

In diesem Moment hörte man den Schuss einer Schrotflinte. Der Außenspiegel auf Haydens Seite zerbarst in einer Explosion aus Blei und Plastik. Dann zerplatzte die Heckscheibe und Glassplitter flogen durch den Wagen. Kinimaka duckte sich und riss das Lenkrad herum. Sie rammten einen geparkten SUV. Der Chevy erzitterte, als er abrupt zum Stehen kam.

Dahl war der Erste, der sich rührte, den Gurt löste und die hintere Seitentür öffnete. »Macht schnell, verdammt noch mal!«, schrie er die anderen im Wagen an. Die beiden Limousinen kamen quietschend zehn Meter von ihnen entfernt zum Stehen. Hayden und Kinimaka sprangen zu den Türen hinaus und vollführten eine Rolle, die Waffen im Anschlag.

Hayden ging in Deckung und rief Gates an: »Unten bleiben!«

Donnerndes Gewehrfeuer hallte durch das Parkhaus.

Caymans Männer, insgesamt zehn, rasten in gebückter Haltung auf sie zu und feuerten unablässig. Hinter ihnen traten Besucher, die gerade in das Parkhaus fuhren, auf die Bremse oder wendeten und rasten davon. Man hörte, wie mehrere Autos auf die Fahrzeuge vor ihnen auffuhren.

Kugeln schlugen in die Autotür auf Haydens Seite und drangen mit einem *Pling* ins Metall. Sie feuerte blindlings aus der Deckung heraus. Kinimaka balancierte auf dem Dach des Chevys und wählte sorgfältig seine Ziele. Drei der Schützen waren bereits zusammengebrochen. Aber der Reste kam weiter auf sie zu, bedeckte sie mit Sperrfeuer aus automatischen Waffen. Es waren zu viele, um sie alle aufzuhalten.

Dahl sprintete um das Heck des SUV herum, den sie gerammt hatten. In wenigen Sekunden kam er auf der anderen Seite wieder hervor und rannte, so schnell er konnte, von der Seite auf die Männer zu. Er versuchte, sie von der Flanke anzugreifen und auszumanövrieren. Er feuerte viermal, vier Kopfschüsse. Der plötzliche Angriff sorgte dafür, dass Caymans restliche drei Männer Deckung suchten. Einer von ihnen rollte sich ab, schoss auf Dahl, aber die Kugel traf die Betonmauer über ihm und wurde auf die Motorhaube eines geparkten Wagens abgelenkt.

Dahl sah sich um und schüttelte den Kopf. Das war ein Ausflugsziel für Familien, ein Paradies für Kinder. Er hätte nie zugelassen, dass sie City Walk betraten, wenn ihm klar gewesen wäre, wohin Kinimaka fuhr. Er hätte sich lieber ergeben oder wäre gestorben. Manche Agenten akzeptierten vielleicht Kollateralschäden. Aber er würde das nie zulassen.

Hinter dem Parkhaus sah er eine lange Rolltreppe, gestopft voll mit Familien. Dahinter die glitzernden Lichter des City Walks. Zu nahe. Der Kampf musste nicht nur auf diesen Bereich beschränkt bleiben, er musste hier an Ort und Stelle beendet werden.

Er hörte das Dröhnen eines Motors und eine der schwarzen Limousinen bewegte sich langsam vorwärts. *Die Fahrer!* Er hatte die verdammten Fahrer vergessen. Es war egal. Bevor das Fahrzeug Tempo aufnahm, sprintete er darauf zu und sprang auf die Motorhaube, landete auf der Seite und sah den Fahrer an, die Waffe auf das Gesicht des Mannes gerichtet.

Dem Fahrer entgleisten die Gesichtszüge. Dahl zog den Abzug. Die Windschutzscheibe explodierte. Blut spritzte durch den Innenraum, als der Wagen zur Seite abdrehte. Dahl rutschte von der Motorhaube und rollte sich ab, als er auf den Beton traf.

Gerade rechtzeitig, um zu hören, wie der Motor der zweiten Limousine aufheulte.

Hinter sich hörte er, wie Hayden und Kinimaka auf die verbliebenen drei Stooges von Cayman schossen. Dahl feuerte auf die Reifen des Wagens, einer zerplatzte, aber als er ein weiteres Ziel anvisieren wollte, war ihm die Munition ausgegangen. Er blieb unbeeindruckt. Als der Wagen außer Kontrolle geriet und auf ihn zuraste, sprang der Schwede mit den Füßen zuerst auf die Motorhaube und dann leichtfüßig, mit der Anmut eines Tänzers, statt der Wucht eines knapp zwei Meter großen Soldaten der Special Forces, auf das Dach selbst.

Eine Sekunde, bevor der Wagen gegen eine Mauer fuhr, sprang Dahl herab. Aus dem Augenwinkel sah er, wie der Fahrer gegen die Windschutzscheibe knallte.

Dahl rappelte sich leicht desorientiert wieder auf und sein Blick fiel auf Hayden, die sich mit einem der Angreifer im Nahkampf angelegt hatte. Der Mann blockte ihren Schlag, bekam einen auf die Wange und zielte mit einem Roundhouse-Kick auf ihre Rippen. Hayden taumelte, immer noch nicht wieder ganz fit nach ihrer jüngsten Stichverletzung. Dahl rannte auf sie zu, um ihr zu helfen, und rammte dem Soldaten ein Knie in den Rücken, bevor er den Arm um seine Kehle legte und ihn herumwirbelte, sodass der Kopf des Mannes den Betonboden traf.

Hayden hielt sich die Rippen, versuchte, sich den Schmerz nicht anmerken zu lassen. »Danke.«

»Kein Problem, aber nur, damit das klar ist, ich würde davon abraten, sich mehr als einmal die Woche abstechen zu lassen.«

Hayden war bereits an die flapsigen Sprüche gewöhnt. Drake und Dahl waren aus demselben Holz geschnitzt, sie waren Soldaten, egal, wo sie ausgebildet worden waren.

Kinimaka blickte über das Dach des Wagens. »Aloha. Ich glaube, uns sind die bösen Buben ausgegangen.«

»Einsteigen.« Dahl half Hayden auf den Beifahrersitz, bevor er auf die Fahrerseite rannte. »Bist du in Ordnung, Kumpel?«

»Mir geht's gut.« Kinimaka setzte sich wieder hinters Steuer. »Wohin fahren wir?«

Dahl sah nach Gates. »Sind Sie okay, Sir?« Dann Belmonte. »Unser Freund, der Meisterdieb, scheint unverletzt zu sein. Deine Freundin ist immer noch tot, nehme ich an?«

Die Antwort, die nicht erfolgte, sagte Dahl alles, was er wissen wollte. Belmonte, der berüchtigte britische Meisterdieb, hatte in der Tat ein Herz. Dahl war ein guter Soldat, aber er musste wissen, aus welchem Holz die Männer und Frauen geschnitzt waren, die ihm den Rücken freihielten. Zu Kinimaka sagte er: »Gib dem Pferd die Sporen, mein Freund. Wie es die meisten Hollywoodpärchen sagen würden – *Zeit, sich zu trennen.*«

Der Motor sprang schnurrend an. Kinimaka wendete, fuhr den Weg zurück, den sie gekommen waren und auf die Ausfahrt zu. Sirenen plärrten über die hohen Betonabsperrungen, gefährlich nahe.

»Wir hätten sie durchsuchen sollen.« Hayden warf einen Blick zurück auf die Leichen, die auf dem Beton verteilt lagen.

»Keine Zeit«, sagte Dahl. »Falls wir hier überhaupt rauskommen, ohne, dass jemand mit einem Taser auf uns schießt. Kinimaka …«, sagte er mit einem Grinsen, »versuche, wie ein … Tourist auszusehen.«

Hayden wählte rasch Bens Nummer, während sie weiterfuhren. »Wie sieht es aus?«

Die Worte, die leise über das Handynetz an ihr Ohr drangen, elektrisierten sie. »Wir wissen, wo Grab Nummer drei ist.«

Hayden vergaß einen Augenblick, dass ihr jeder Knochen im Leib schmerzte. »*Was?*«

Sie sah vor dem geistigen Auge, wie Ben lächelte, als er es wiederholte: »Wir wissen, wo Grab Nummer drei ist.«

Haydens Gedanken rotierten. »Ben, hör zu, wir wurden angegriffen. Ich weiß nicht, wem wir noch trauen können. Verschwindet aus dem Gebäude und trefft uns am LAX. Sofort. Plan B. Verstanden?«

»Welcher Terminal?«, fragte Dahl.

Hayden nickte und fragte: »Welches Land, Ben?«

»Deutschland. Das werdet ihr nicht glauben, aber wir suchen nach einem erloschenen Vulkan, der unter einer der ältesten Burgen der Welt liegt. Unglaublich, oder?«

»Okay. Wir werden euch finden. Pass …« Sie zögerte. »Pass auf dich auf.«

»Werde ich.«

Hayden hörte, wie er Karin etwas zuflüsterte, bevor er auflegte. Sie beobachtete Kinimaka, der den Wagen wie durch ein Nadelöhr zwischen zwei langsameren Autos hindurchfädelte und auf die Ausfahrt zuhielt. So weit, so gut. Niemand hatte versucht, sie aufzuhalten, aber viele der Wagen hatten das Gelände verlassen. Den Gästen war zwar der Tag versaut worden, aber sie waren in Sicherheit. Blaulicht näherte sich dem Vergnügungspark, während sie hinausfuhren. Große, schwarze Vans ohne Abzeichen irgendeiner Behörde fuhren zu den Tickethäuschen.

Dahl schüttelte traurig den Kopf. »Das wird aber ein paar Kindern den Tag verderben«, sagte er bedeutungsschwanger.

Belmonte sah ihn von der Seite an und hielt immer noch die tote Emma in den Armen. »Du dickschädeliger Wikinger«, schimpfte er. »Um die Kinder machst du dir Sorgen, aber Emma ist dir egal?«

»Es tut mir leid«, sagte Dahl zur Überraschung aller. »Aber sie ist tot, mein Freund, und deine Liebe zu ihr wird sie nicht wieder zum Leben erwecken. Du kannst höchstens Rache üben.«

»Liebe?«, sagte Belmonte schnell. »Ja, sie war mein Protegé. Und ja, die Tochter eines Freundes.«

»Ich glaube, sie war mehr als das, aber nenne es, wie du willst. Auf jeden Fall glaube ich, dass Orte wie dieser eine besondere Magie haben. Die Zyniker behaupten, da wird nur Geld gescheffelt, aber ich bin stolz darauf, mir den Blick eines Kindes bewahrt zu haben. Ein Mensch, der sich nicht ein bisschen Staunen bewahrt hat, wenn er durch das Magic Kingdom spaziert, hat keinen Funken Magie mehr in seinem Leben.«

Belmonte starrte ihn an.

»Meine Kinder«, sagte Dahl, »werden alle das Staunen der Kindheit voll auskosten. Denn erwachsen ist man noch lange genug.«

Belmonte nickte ihm zu und legte Emmas Leiche dann sanft in den hinteren Fußraum. »Ich verstehe, was du meinst, und du hast recht. Es tut mir auch leid. Ich habe dich falsch eingeschätzt. Und ich werde mich rächen. Hat Cayman Emma getötet?«

»Er hat es auf jeden Fall befohlen«, meldete sich Gates zu Wort, nachdem die Lage sich wieder etwas beruhigt hatte. Hayden sah die Finsternis in seinen Augen und die schwarzen Ringe darum herum. Der Minister war auf Kollisionskurs und steuerte auf völlige Erschöpfung und eine Depression zu. Es war nur eine Frage der Zeit.

»Aber irgendjemand hat *ihm* befohlen, es zu befehlen«, beendete Gates den Satz. »Und diese Leute müssen wir finden. Das sind diejenigen, die nach dem dritten Grab und der Doomsday-Waffe suchen.«

Dahl nickte. »Ich frage mal meinen Mann in Island«, sagte er und zog das Handy heraus. »Mal sehen, ob er Erfolg hatte, die antike Sprache zu entziffern.«

Hayden sah auf ihr Handy. »Wenn wir auf unserem Weg nach Deutschland sind und auf der Suche nach dem dritten Grab«, sagte sie, »nehme ich an, dass wir Matt Drake anrufen sollten.«

KAPITEL 8

Drake drückte den Knopf auf dem Armaturenbrett, um den Anruf über die Bluetooth-Verbindung des Wagens anzunehmen. »Hayden?«

»Ben und Karin haben herausgefunden, wo Grab Nummer drei ist, Drake. Es ist in Deutschland.«

Er merkte, wie Alicia und Mai sich vom Rücksitz vorlehnten, um mitzuhören. Hayden erzählte, was in L. A. passiert war. Alicia pfiff durch die Zähne. »Hört sich an, als hätten wir all die Action verpasst.«

Drake sah sie nicht an. »Wir hatten genügend Action.«

Alicia schnaubte. »Das war bestenfalls wie im Kindergarten.«

Drake erzählte Hayden, was bei ihnen passiert war. »Das heißt, wir sind hier mitten im Nirgendwo. In der Nähe von Sevenoaks, wo Wells' Freund wohnt.«

»Laut unseren Online-Gurus, werden wir um 3 Uhr früh Ortszeit in Deutschland landen. Könnt ihr es bis dahin schaffen?«

Drake überschlug es im Kopf. »Wenn wir Glück mit den Flugzeiten haben, sind wir euch auf den Fersen. Solang Wells' alter Freund kooperativ ist.«

Mai sagte: »Entschuldigung, aber du sagtest, ihr seid ›auf der Flucht‹? Ich dachte, du bist bei der CIA? Wieso flüchtest du vor deinem eigenen Geheimdienst?«

»Die Lage hat sich völlig geändert. Wir haben *beschlossen*, abzuhauen, weil wir nicht wissen, wem wir auf

Regierungsebene trauen können. Cayman hat uns komplett hintergangen, sogar Minister Gates. Jede Sekunde zählt, wenn wir vor ihm bei diesem Grab sein wollen. Wir haben die Ressourcen, es für uns zu sichern.«

»Glaubst du?« Alicia klang überrascht. »Cayman steckt bis zu den Eiern in Ressourcen, was man so hört.«

»Der Minister hat einigen Einfluss, wie du weißt«, sagte Hayden. »Das einzige Problem ist, wenn man anfängt, diesen Einfluss zu nutzen, bekommt das jeder mit.«

»Also …«

»Also kontaktieren wir ein paar Leute von kleineren Geheimdiensten und Organisationen, die uns was schulden. Einheiten in Europa. Ein paar Kumpel von Dahl. Komodos Männer. Wer immer und was immer uns helfen kann, ist unterwegs, um uns dort zu treffen.«

»Ich kenne ein paar Leute«, sagte Mai leise. Drake steuerte den Mietwagen, einen Nissan Juke, langsam von der Landstraße und auf eine ruhigere Nebenstraße. Er zeigte zu einem Grundstück vor ihnen, das von einer sanften Gartenbeleuchtung erhellt wurde. »Wir sind da.«

Hayden drängte ein letztes Mal zur Eile. »Das Wettrennen hat begonnen, Leute. Wir müssen dieses Grab und die Doomsday-Waffe finden, bevor es Cayman tut.«

»Verstanden«, sagte Drake. »Ich mache ein paar Anrufe. Wells war nicht mein einziger Freund beim SAS.«

Er machte den Motor aus und legte auf. Sie stiegen leise aus. Drake sah sich einen Moment um. Das Mondlicht beleuchtete die Szenerie. Ein großes, zweistöckiges Haus stand vor ihnen, die Vorhänge für die Nacht zugezogen, ein schwaches Leuchten drang aus einem der Räume im Erdgeschoss. Hier und da waren ein paar Büsche wie zufällig im Garten verteilt. Drake bemerkte, dass das Garagentor nur halb heruntergelassen war. Anzeichen für einen Mann, der normalerweise nicht mitten in der Nacht Besuch bekommt und sich auch keine Sorgen um Einbrecher macht.

Sie steckten die Köpfe zusammen und blieben an der Vordertür stehen. »Augen offenhalten«, sagte Drake und klopfte an.

Einen Moment später ging das Licht auf der Veranda an. Dann eine Stimme von hinter der Tür, ein Schatten, den man durch das gemusterte Glas sah. »Ja?«

»Andrew Black?«, fragte Alicia.

»Wer ist da?«

»Wir sind Freunde von Wells.«

»Wer? Ich kenne keinen Wells. Wenn Sie dann bitte …«

Mai öffnete das Haar, schüttelte es, knöpfte den Mantel auf und trat ins Licht. »Sehen Sie auf Ihre versteckten Kameras, Mr. Black. Ich bin Mai Kitano. Wells hat mich vielleicht mal erwähnt.«

Ein paar schweigende Augenblicke vergingen, nur unterbrochen von den heftigen Windböen, die ausgefranste Sturmwolken über den silberfleckigen Himmel trieben. Nach einer Weile kam der Schatten zurück. »Es sollte ein Passwort geben«, flüsterte eine Stimme geheimnisvoll. »Ich hoffe, Sie kennen es.«

»Es ist entweder *Maizeit* oder *Elfe*«, sagte Mai ungeduldig. »Jetzt machen Sie schon die Tür auf.«

Man hörte, wie sich jemand an der Tür zu schaffen machte, bevor der Kopf eines Mannes auftauchte. Andrew Black war glatzköpfig und vermutlich etwa 60, aber als er aus der Tür trat, erkannte Drake an seinen Bewegungen, dass er immer noch körperlich fit war. Er hatte ein verschlagenes Glitzern in den Augen.

»Die Legende selbst.« Black betrachtete Mai mit aufrichtigem Vergnügen. »Ich hätte nie gedacht, dass ich mal das Vergnügen haben würde.«

»Werden Sie auch nicht«, sagte Mai. »Versuchen Sie Ihr Glück mal bei Myles hier. Wenn Sie in England leben, sind Sie vermutlich mit irgendwem verwandt, der es schon mal versucht hat.«

»Oooh!« Alicia lachte, schien nicht beleidigt. »Die Elfe hat einen Witz gemacht. Was kommt als Nächstes? Geschichten über die Zeit, als du *undercover* in Thailand warst?«

Andrew Black führte sie in ein gemütlich beleuchtetes Wohnzimmer. Makellose Ledersofas und Lesesessel standen überall herum, als sollten sie nur den Raum füllen. Alte Familienfotos bedeckten die Wände. Wells' alter Freund wirkte wie jemand, der eine Familie großgezogen, geliebt und dann in die Welt entlassen hatte und nun bloß noch für die unvergänglichen Erinnerungen lebte, die seinem Herzen eingeprägt waren.

»Wells hat von Ihnen gesprochen.« Black führte sie zu den Sesseln. »Manchmal hat er über nichts anderes geredet, um ehrlich zu sein. Aber er war sehr präzise, was seine Anweisungen angeht. Sollten Sie jemals vorbeikommen, egal wann, sollte ich Ihnen alles zeigen. Jedes Detail seiner Nachforschungen.«

»Nachforschungen?« Drake runzelte die Stirn. »Was sollte Wells erforscht haben?«

»Die Schattenelite natürlich.« Andrew Black sah Drake an, als wäre er ein wenig zurückgeblieben. »Wells stellte mit aller gebotenen Vorsicht Nachforschungen über eine kleine Gruppe von Menschen an, die unsere Welt kontrollieren, Mr. Drake. Und er machte einige erstaunliche Fortschritte.«

»Schattenelite?« Mais Stimme klang so höflich, wie es nur ging, aber sie drängte Black, zum Punkt zu kommen.

»Ich weiß wenig darüber. Nur das, was Wells mir erzählt hat.« Die Blicke des alten Mannes huschten nervös über die Bilder, die an den Wänden hingen. Möglicherweise fürchtete er negative Folgen für seine Familie.

»Niemand wird je wissen, dass wir hier waren«, versicherte ihm Mai mit ruhiger Stimme.

»Ich weiß nur, was ich mitangehört habe und was Wells in den Momenten erwähnt hat, wenn er wütend oder betrunken war. Das ist alles hier drauf.« Black griff unter eine der großen, üppig gepolsterten Lehnen seines Sessels und entfernte einen Streifen Klebeband. Ein kleines, schwarzes Gerät fiel in seine Hand, das er Mai hinhielt.

»Ein Diktiergerät?«

»Er hat alles darauf festgehalten. Hat nie Notizen gemacht. Mein alter Freund hatte seine Fehler, Miss Kitano, aber er hat nie etwas vergessen. Er hat diese Aufnahmen für den Fall gemacht, dass sie ihn eines Tages erwischen würden.«

»Bevor wir uns dieses Band anhören«, sagte Drake, »sagen Sie uns bitte, was Sie wissen, Mr. Black.«

»Diese Schattenelite – so nennen sie sich selbst – setzt sich aus Individuen zusammen, die einer Gruppe alter

Familien angehören. Einer sehr alten Gruppe, die auf die Zeit zurückzuführen ist, als harte und unerbittliche Männer den Grundstock ihres Vermögens legten. Ihr Reichtum ist uralt, sie waren die *Ersten*, die überhaupt Reichtum auf dieser Welt angehäuft haben.«

»Reden Sie weiter«, forderte ihn Mai sanft auf.

»Das ist schon fast alles, was ich weiß, aber Wells hat sich eines Abends dazu geäußert, woher diese Familien stammten. Ihr Anführer wird der *Wikinger* genannt. Er ist sozusagen Gott. Der oberste Herrscher.«

Drake schüttelte den Kopf. »Das dritte Grab, das *Verschwinden* der acht Teile und jetzt das – ich glaube langsam, die Knochen Odins werden uns noch eine Weile beschäftigen.«

Mai streckte die Hand aus und drückte auf den Play-Button des Diktiergeräts. Drake zog die Brauen hoch, als er die Stimme seines alten Commanders hörte, die den Raum erfüllte. Er brauchte einen Moment, sich daran zu gewöhnen.

»Vor allem bin ich Patriot. Ein Diener Großbritanniens. Als Cayman das erste Mal zu mir gekommen ist, hat er mich überzeugt, dass die Schattenelite diese Welt regiert. Einfach gesagt – sie geben jeder Regierung ihre Befehle, inklusive meiner eigenen. Wurde ich nicht ein noch größerer Patriot, weil ich ihnen gedient habe?« Eine längere Pause. »Eine Frage für jemanden, der mehr Einblick in diese Dinge hat als ich. Aber mir wurde später klar, dass die Schattenelite nicht die Interessen des Volkes im Sinn hat. Man könnte die Frage stellen: Welche Regierung tut das schon? Ich würde gern glauben – meine eigene. Ich glaube, jeder Brite, der

Politiker wird, tut es zuerst einmal, weil er seinen Mitmenschen helfen will, egal, wo es ihn schließlich hinführt.« Eine weitere Pause.

Alicia fragte: »Wie lang hat er sich diesen Forschungen gewidmet?«

Black zuckte mit den Achseln. »Sieben? Acht Jahre? Wells hat sich dadurch verändert.« Er schüttelte bedauernd den Kopf. »Auf schreckliche Weise verändert.«

Das war etwa zur selben Zeit, als Alyson gestorben ist. Drake und Mai warfen sich einen Blick zu. Sie dachten beide dasselbe.

»Nachdem die Operation Doubledown beendet war, beschloss ich, mich eingehender mit den Motiven meiner Arbeitgeber zu beschäftigen und vielleicht etwas über ihre Absichten herauszufinden. Spielten sie einfach nur Schach mit dem Leben von Zivilisten? Oder hatten sie ehrenwerte Absichten?«

Mai stoppte die Aufzeichnung und sah wieder Drake an. »Hast du jemals von Doubledown gehört?«

Drake spürte den Eishauch einer unglücklichen Erinnerung, die sein Rückgrat hinaufkroch. »Es war die letzte Operation, die ich geleitet habe. Zuerst sind wir hervorragend vorangekommen. Die ganze Sache lief reibungslos und es sah so aus, als würden wir in Rekordzeit damit fertig. Dann …«, er zuckte die Achseln, »wurde sie beendet. Ohne Erklärung. Wir hatten unser prominentes Ziel schon ins Auge gefasst.«

Drake dachte daran zurück. »Ihm gehörte eine Villa in Wien. Dann kam Wells herein und sagte uns, die Aktion sei beendet. *Packt eure Sachen. Erster Flug zurück morgen früh*. Sogar – *nehmt euch ein paar Tage frei*. Dann, etwa eine Woche später ...«, er seufzte, »... starb Alyson.«

»Doubledown scheint eine Art Brandbeschleuniger gewesen zu sein«, sagte Mai. »Sowohl für Wells als auch für dich. Auch wenn du es damals nicht wusstest.«

Sie schaltete das Diktiergerät wieder ein. Drake versuchte, das Geheul des Windes auszublenden, der über die dunklen Gartenpfade strich, und das Kratzen der Äste an den Fenstern. Wells' Stimme erfüllte den Raum, ein Geist, der sich nicht vertreiben ließ.

»Der Wikinger ist die Schlüsselfigur der Schattenelite, auch wenn alle sechs von ihnen bedeutende Gestalten sind. Ich habe keine Namen, aber einen möglichen Ort und weitere, noch persönlichere Enthüllungen, die mich nicht in einem guten Licht dastehen lassen. Aber ich kann das hier nicht alles offenlegen. Selbst diese Aufnahme ist schon zu öffentlich.«

Die Stimme verstummte. Drake und die anderen im Raum sahen sich an.

»Du alter Bastard«, sagte Mai vehement. »So kommst du nicht davon.«

Aber dann ging die Aufnahme weiter. »Es gibt eine Reihe alter und neuerer Unterlagen in einer geheimen Einrichtung des SAS in Luxemburg. Das ist in meinem Archiv. Ich weiß es, weil ich es selbst dort abgelegt habe. Ich bitte dich, Mai, mich nicht zu verurteilen, egal, was du da findest. Ich bin schließlich vor allem ein Patriot, und ich habe getan, was ich für am besten hielt, um meiner Regierung und meinem Land zu dienen.«

Drake seufzte. »Das hört sich nicht gut an.«

»Welcher verfluchte Teil davon?« Alicia explodierte und konnte sich nicht länger beherrschen. »Wells' Schuldgeständnis? Die Tatsache, dass all seine Unterlagen in einem verdammten SAS-Stützpunkt sind? Oder sein Hinweis, dass wir uns auf noch Schlimmeres einstellen können? *Fuck!*«

»Genau«, sagte Drake. »Meine Freunde beim Regiment würden alles für mich tun, aber ich kann sie nicht bitten, etwas zu stehlen.«

»Natürlich«, sagte Mai, ohne zu zögern.

»Was bedeutet, dass wir das Stehlen erledigen müssen«, fuhr Drake fort. »Wenn wir wissen wollen, was Wells herausgefunden hat.«

»Er hat vielleicht die Schattenelite gefunden«, sagte Mai und Black nickte zustimmend. »Sechs Männer, die die Welt regieren. Die stehen mit Wells in Verbindung, mit Cayman, dem Grab und der Doomsday-Waffe. Wir können sie nicht ignorieren, Drake.«

»Du willst also einen SAS-Stützpunkt infiltrieren, einige Dokumente stehlen und dann entkommen, ohne bemerkt zu werden?«, zischte Alicia. »Ist das dein Ernst? Die Typen haben die Kunst der unbemerkten Infiltration mehr oder weniger erfunden.«

Drake grinste. »Aber selbst die Besten der Besten haben so etwas wie uns noch nicht gesehen«, sagte er mit Überzeugung. »Was hat Wells immer gesagt? *Helden geben niemals auf. Sie halten durch bis zum Ende.*«

Die Fahrt nach Heathrow dauerte nicht lang. Drake versuchte erneut, Hayden zu erreichen, aber rechnete nicht damit, sie ans Telefon zu bekommen. Sie war in der Luft, auf dem Weg nach Deutschland, wo das letzte und tödlichste Grab der Götter war. Sowohl Freund als auch Feind wussten, wo es lag. Grab Nummer drei beherbergte die bösartigen Götter. Die Übelsten ihres Geschlechts.

Das Rennen darum, wer es zuerst erreichte, hatte wahrlich begonnen.

»Geht niemand ran«, sagte Drake und legte auf. Er sah Mai an, die auf dem Display ihres 3D-Smartphones herumwischte. »Ein Flug um 3 Uhr nachts, hast du gesagt? Damit kommen wir zwei Stunden nach Hayden an. Sie wartet hoffentlich.«

»Sie wird warten«, erwiderte Alicia. »Das Mädchen glaubt an uns. Und sie braucht uns.«

Drake tippte eine weitere Nummer ein. Er war nicht überrascht, als der Mann aus Hereford beim ersten Klingeln antwortete.

»Drake?«

»Hallo, Sam. Danke, dass du für mich auf die Blakes aufpasst, Kumpel. Ich stehe in deiner Schuld …« Er zögerte.

»Brauchst du mir nicht zurückzahlen«, sagte Sam. »Du hast mir schon Hunderte Male das Leben gerettet. Also, was ist los?«

»Wie bist du für einen Einsatz in Deutschland aufgestellt?«

Er herrschte kurz Stille. »Nicht so gut, Kumpel. Von unseren Leuten kann ich dir drei für etwa zwei Tage zur Verfügung stellen. Vier, wenn du mich mitzählst.«

»Dann los«, sagte Drake. »Wir treffen uns in Singen in Deutschland, so schnell du dort sein kannst.«

Drake sah die Lichter des Flughafens Heathrow und legte auf. Er sah Mai an und zog eine Braue hoch. »Ich habe vier. Wie sieht es bei dir aus?«

»Zwei«, sie lächelte ihn verhalten an und warf dann einen Blick auf den hinteren Sitzplatz. »Wie sieht es bei dir aus, Alicia? Wie viele deiner Freunde kannst du zusammentrommeln?«

Alicia ließ ein lautes Schnarchen vernehmen, als würde sie schlafen.

Mai schnaubte. »Dachte ich mir.«

KAPITEL 9

Russell Cayman hatte schon sein ganzes Leben mit widrigen Umständen gekämpft. Seine Junkie-Eltern hatten ihn mit vier einfach ausgesetzt. Man hatte sie erwischt und sie wurden vor Gericht gestellt, aber das bewahrte Cayman nicht davor, von einer grausamen, mitleidlosen Pflegefamilie zur nächsten gekarrt zu werden. Liebe hatte er nie erfahren, als wusste er auch nicht, wie man sie anderen zeigte oder sie überhaupt erkannte.

Kinder aus dem »Pflege-System« waren immer auf dem Radar der eher im Verborgenen arbeitenden Teile von Regierungsbehörden, besonders diejenigen, die in bestimmten Bereichen brillante Fähigkeiten erkennen ließen. Die CIA war an ihn herangetreten, als er 14 war. Ohne jemanden zu haben, der sich wirklich um ihn kümmerte und ohne Familie, hatte Cayman das Freundschaftsangebot nur zu gern angenommen. Erst viele Jahre später erkannte er, dass die Freundschaft einen Haken hatte und er ihr nicht entkommen konnte.

Cayman warf die Schlüssel auf den kleinen Tisch neben der Tür und betrat sein Apartment. Ein Spartaner hätte sich hier wohlgefühlt. Es gab kaum Möbel, keine der üblichen Annehmlichkeiten. Nur einen Stuhl, ein Bett, einen Tisch und einen Fernseher, um Nachrichten zu sehen. Aber er fand hier etwas Frieden. Hier war er am glücklichsten.

Cayman hatte keinerlei soziale Fertigkeiten, abgesehen von denen, die man ihm in der Agency gelehrt hatte. Im

Moment war er so gestresst, dass er einen Mord begehen wollte, begehen musste, und ging in die Küche, um schnell ein paar Töpfe und Pfannen hervorzukramen. Er durchsuchte den Kühlschrank und holte etwas Hähnchenbrust, italienische Chorizo-Würstchen, Paprika, Sellerie und grüne Bohnen heraus. Er bereitete eine Fleischbrühe zu und röstete gleichzeitig Zwiebeln, gab frischen Knoblauch hinein.

Langsam wich die Anspannung.

Die Mischung aus Konzentration, aromatischen Gerüchen und den einfachen Handgriffen ließ den Druck aus seinem Körper weichen. Kochen war sein einziges Ventil und das auch nur, wenn er zu Hause war, denn nirgends fühlte er sich wie hier.

Als er die Paprika hackte, rutschte er mit dem Messer ab und säbelte sich ein winziges Stück Fleisch vom Finger. Er ließ es zwischen den Paprikastücken, als er sie in die große Pfanne schüttete. Das Blut vermischte sich mit den Zutaten. Die Zeit hatte keine Bedeutung mehr für ihn. Jambalaya war sein Meisterstück, der Gipfel seiner lange Zeit verfeinerten Kochkünste.

Nach einer Weile legte Cayman ein Messer und eine Gabel auf den leeren Tisch, das Geräusch hallte durch das leere Apartment, als wollte es ihn verhöhnen. Er setzte sich, dachte an nichts Bestimmtes, immer noch in Anzug und Krawatte gekleidet, und aß mit maschinenhaften, abgemessenen Bewegungen.

Hayden und Gates waren seiner Falle in L. A. entkommen. Ihre Gefolgschaft, Ben und Karin Blake, waren kaum zwanzig Minuten, bevor Caymans Männer ankamen, aus dem CIA-Gebäude geflohen.

Er unterbrach sein Mahl. Vor Aufregung hätte er am liebsten den Teller zu Boden geworfen. Er verspürte den Drang, sich die Gabel durch die Hand zu stoßen und Blut herauszusaugen, an der zerfetzten Haut zu saugen, nur um sich zu trösten, als wäre sein Körper eine groteske Puppe. Das hatte er schon einmal getan.

Aber das angenehme Aroma des Essens stieg ihm erneut in die Nase. Er widmete sich wieder seiner Mahlzeit. Nachdem er den Teller geleert hatte, stand er auf und trat ans Fenster. Auf der Straße herrschte geschäftiges Treiben. Eltern mit Kindern eilten zu ihren täglichen Erledigungen. Cayman hatte sich seine Wohnung mitten im Trubel des zivilen Alltagslebens ausgesucht, auch wenn er den Grund nicht genau benennen konnte. War es, weil er Teil von etwas sein wollte? Etwas Realem, im Gegensatz zu der grausamen Schattenwelt, in der er lebte?

Er sah den jungen Müttern nach, die ihm mittlerweile vertraut waren. Den Kindern. Er war ein Monster mitten unter ihnen, das Monster unter dem Bett, das zum Leben erwacht war. Aber die Regierung förderte seine Neigungen und ließ es zu, dass er hier wohnte.

Nein, nicht die Regierung. Die Leute, die *hinter* der Regierung standen. Sie waren völlig gewissenlos. Es war ihnen egal, wo er wohnte, solang sie bekamen, was sie wollten. Die amerikanische Regierung, die Spitzen der Befehlskette beim Militär, hatten gezögert, ihm diesen Wohnort zu gestatten … aber sie waren überstimmt worden.

Die Schattenelite. Sie waren ein drohender Schemen, der hinter dem Monster aufragte. Die Schwärze im Herzen der Nacht. Ein Komitee aus sechs Männern spielte mit den Regierungen der Welt wie Marionetten, das wusste Cayman. Ihr Interesse, das bereits durch die Entdeckung der spektakulären Gräber und Knochen der sogenannten Götter geweckt war, war durch die Decke geschossen, als sie von der Doomsday-Waffe erfahren hatten. Die Reaktion kam sofort. Erstens durfte sie nicht in unbekannte Hände fallen, denn diese Person hätte dann Einfluss über sie gewonnen und zweitens, *sie* sollten diejenigen sein, die sie kontrollierten, denn sie waren und würden immer diejenigen sein, die die Welt regierten. Für sie war es Ironie, soweit Cayman wusste, dass sie die Macht der alten Götter innehaben sollten, denn sie waren die neuen Götter. Und der Wikinger, ihr Anführer, war eine Naturgewalt. Der hätte auch aufgrund einer Laune einen Krieg angefangen. Mit einem Münzwurf entschied er, ob ein ganzes Dorf ausgelöscht wurde – egal wo auf der Welt. Cayman hatte diese Macht aus erster Hand kennengelernt. Die Erinnerung daran bereitete ihm immer noch Albträume.

Cayman betrachtete sein leeres Zuhause, als sein Handy ein Zirpen von sich gab.

»Cayman.«

»Hier ist Mackenzie, Sir. Ich bin dafür verantwortlich, alle Daten zu koordinieren, die wir in Grab eins und zwei gefunden haben, und die sich auf Grab drei beziehen könnten.«

»Ich weiß genau, wer Sie sind. Was wollen Sie?«

»Es geht um Grab drei, Sir. Wir haben eine Ortsangabe in Deutschland.«

Cayman achtete darauf, sich seine Begeisterung nicht anmerken zu lassen. *Das war der Hauptpreis!* Die Schattenelite würde buchstäblich ekstatisch sein.

»Versammeln Sie alle.« Er sagte es langsam und betont. »Schicken Sie alle auf einmal dorthin. Also – wo genau liegt es?«

KAPITEL 10

Drakes Flieger setzte kurz vor sechs Uhr morgens auf dem Flughafen in Zürich auf. Schweizer Ortszeit. Er hatte bereits auf dem Flug den Treffpunkt von Hayden erhalten, also suchte er, als sie durch die Sicherheitskontrolle gegangen waren, sofort einen Taxistand und gab dem Fahrer die Adresse vor Ort. Zwanzig Minuten später bogen Sie von der *Zürichstraße* auf die *Wiesentalstraße* und wurden vor einem grauen, unscheinbaren Gebäude abgesetzt, auf dem die Initialen IMI standen, die auf ein sehr altes, sehr schäbiges Schild gemalt waren, das schief über der Eingangstür hing.

Drake, Alicia und Mai beäugten misstrauisch die Umgebung, als das Taxi davonfuhr.

»Eine Menge freie Fläche außen herum«, sagte Alicia argwöhnisch. »Bist du dir sicher, dass wir da reingehen sollten, Drakey?«

»Ich habe es mir nicht ausgesucht«, sagte er unwirsch.

Die Tür öffnete sich und Torsten Dahl stand vor ihnen. Der große Schwede hatte ein schiefes Grinsen auf dem Gesicht.

»*Ay up*, es ist der verrückte Schwede«, sagte Drake mit warmer Stimme. »Ich erinnere mich an dasselbe dämliche Grinsen, als du am Rand von Odins Grab standest und auf die Knochen gestarrt hast.«

»Genau wie du, mein Freund.« Dahl kam auf sie zu. »Als ich dich schließlich auch mal einen Blick darauf werfen ließ.«

Die beiden schüttelten sich die Hände. »Das verdammte A-Team«, sagte Dahl. »Wieder alle vereint.«

»Auf jeden Fall«, sagte Drake ernsthaft, »wir werden gebraucht.«

»Bewegt euch mal«, sagte Alicia und schob sich an ihnen vorbei. »Pass mal auf, dass dir sein Tanga nicht die Lippe aufschneidet, wenn du ihn mit den Zähnen runterziehst.«

Drake sah ihr nach. »Das Biest konnte schon immer gut mit Worten umgehen.«

Mai folgte Alicia. »Sehen wir mal, wer noch zur Party gekommen ist, oder nicht?«

Dahl übernahm die Nachhut, als er, Drake und Mai durch die morsche Tür gingen. Im Inneren stießen sie jedoch auf ein modernes, industriell wirkendes Inneres. Ein Flur mit massiven, gemauerten Wänden führte zu einer weiteren Tür – diesmal aus Stahl und mit Nieten versehen – mit einem Tastenfeld. Hayden wartete dort auf sie. Sie begrüßte sie knapp und herzlich und gab dann eine sechzehnstellige PIN ein, um die Tür zu öffnen.

Sie drängte alle zur Eile, als sie eintraten. Drake dachte über ihre bevorstehende Reise zur SAS-Einrichtung in Luxemburg nach und versuchte, sich auf die bevorstehende Aufgabe zu konzentrieren. Es war schwer. Wells' Material konnte vielleicht den entscheidenden Hinweis auf Alysons Killer geben. Es könnte auch die Schattenelite offenbaren – eine Organisation, die vermutlich genau in diesem Augenblick versuchte, die Doomsday-Waffe in die Finger zu bekommen, die möglicherweise im dritten und letzten Grab der Götter verborgen war.

Er sah Ben, der mit einem Glas Cola in der Hand etwas verlegen in einer Ecke des Raums neben seiner Schwester stand. Er sah aus wie ein Streber in der Schuldisco. In der Bar hinter ihm standen die glänzenden Flaschen mit dem süßen Nektar des Vergessens. Drakes Blicke blieben etwas zu lang daran hängen.

Dahl klopfte ihm auf den Rücken. Fest. »Sieh dir das mal an, Kumpel.«

Alicia schlenderte in die Mitte des Raums, wie ein begabtes und selbstbewusstes Model, bis sie direkt Daniel Belmonte gegenüberstand, dem britischen Meisterdieb, ihrem Ex-Lover.

Drake hörte, wie sie sich unterhielten. Belmonte hatte sich sofort wieder gefangen, das musste man ihm lassen. »Immer schön … dir über den Weg zu laufen, Myles.«

Drake sah zu, wie Hayden die beiden beobachtete. Und Ben, der Hayden beobachtete. Ein merkwürdiges Rechteck aus ehemaligen und aktuellen Liebespärchen.

Alicia kam ebenfalls nicht aus dem Takt. »Das Einzige, was du heute Abend stehlen kannst, sind verstohlene Blicke.« Und sie ging direkt an ihm vorbei auf die Bar zu, ohne sich noch einmal umzublicken.

Mai hatte den Austausch ebenfalls beobachtet. »Sie ist gut. Auch, wenn ich ihr das niemals sagen würde.«

»Dein Geheimnis ist bei mir sicher, Miss Kitano«, sagte Dahl zu ihr mit einem breiten Lächeln auf dem Gesicht.

Drake nahm sich einen Moment, um sich im Raum umzusehen. Das war eindeutig ein örtliches Safehouse der Polizei. Irgendjemand, entweder Hayden oder sogar Dahl, hatte jemanden um einen Gefallen gebeten, etwas, das vermutlich in den nächsten Tagen noch öfter vorkommen würde. Drake kam zum Schluss, dass es wohl Dahl gewesen war. Der Schwede hatte die geringsten Chancen, auf dem Radar ihrer Feinde aufzutauchen, und verfügte zweifellos über eine Unmenge an Freunden und Kollegen auf dem europäischen Festland. Der Raum war mit ein paar großen Sofas; einem massiven Eichentisch, an dem eine Horde Wikinger Platz gefunden hätte; und mindestens drei behelfsmäßigen Betten in den Ecken ausgestattet. Die Bar war natürlich die Hauptattraktion, besonders für diejenigen, die mit alten Dämonen zu kämpfen hatten.

Dahl holte die Brieftasche heraus und betrachtete einen Moment ein Bild seiner zwei Töchter und seiner Frau. Er hielt es immer noch in der Hand, als er zu Drake sagte: »Deswegen kämpfen wir. Deswegen versuchen wir, etwas zu verbessern. Damit unsere Kinder in einer sichereren Welt aufwachsen können.«

Drake öffnete den Mund, um zu antworten. Plötzlich hatte er einen Kloß im Hals. Emotionen, die sich angestaut hatten. Dahl starrte ihn an. Der Schwede hatte nicht gewusst, dass Alyson schwanger gewesen war. Selbst jetzt hatte Drake immer noch daran zu knabbern, dass er niemals Kinder haben würde, und dass das einzige Kind, das er gezeugt hatte, so grausam aus seinem Leben gerissen worden war.

»Ich werde sie alle töten«, sagte er. »Niemand wird mit dem davonkommen, was sie getan haben.«

Dahl wirkte einen Moment verwirrt, dann steckte er das Bild wieder in den Geldbeutel. Vielleicht dachte er, dass

Drake ihm auf seine Weise zustimmte. »Ich habe einen Mann eingeschleust«, sagte er grinsend. »In Island. Er übersetzt die antike Sprache, während wir uns hier unterhalten. Ich sollte bald etwas von ihm hören.«

»In Bezug auf was?«

»Auf *alles*. Wieso seid ihr Typen aus Yorkshire eigentlich so doof? Die ganze Geschichte eben. Wieso die Götter gestorben sind. Was es mit den Zeitverschiebungsmaschinen auf sich hatte, die ihr in der Nähe des Bermudadreiecks und auf Hawaii gefunden habt. Was es mit der Doomsday-Waffe auf sich hat. Und wie sie unser *Schicksal bestimmen* konnten. Sie sind durch die Zeit gesprungen, Drake, buchstäblich gesprungen, als würden wir in einer Shopping-Mall von einem Laden zum anderen gehen. Erinnerst du dich an das Gedicht, das sich auf Odin bezogen hat, und das wir auf der ersten Schriftrolle fanden, als wir uns zum ersten Mal getroffen haben?«

Drake sammelte sich. »Vage.«

»Das Ende lautete: ›Das sollt ihr für immer fürchten, so höret mich, ihr Menschensöhne, denn das Grab der Götter zu entweihen, führt zum Tage des Gerichts‹.«

»Ja?«

»Wir glauben, dass er begonnen hat. Der Tag des Gerichts.«

»Der Tag des Gerichts? Etwas wie Armageddon. Oder die Ragnarök der Wikinger?«

»Genau. Ragnarök. Entweder werden Helden sich erheben, um die Welt zu retten, oder die Bösen werden sie vernichten.«

Drake sah seinen schwedischen Freund an. Dieser Satz hatte etwas in ihm angesprochen. *Entweder werden Helden sich erheben, um die Welt zu retten, oder die Bösen werden sie vernichten.* »Wir halten bis zum bitteren Ende durch«, sagte er. »Und wir retten die Welt. Für unsere Kinder und unsere Freunde.«

»Egal, was passiert.« Dahl schüttelte ihm die Hand und die beiden Männer teilten einen Moment, der sie für den Rest ihres Lebens zusammenschmieden sollte.

KAPITEL 11

Drake sah zu, wie Hayden durch die Menge ging, so wie Alicia es vor ihr getan hatte. Sie lenkte mit nur einem Blick die Aufmerksamkeit auf sich. Er sah, dass Ben sie anstarrte, und bedauerte seinen jungen Freund. Es gab keine Zukunft für die beiden. Auch wenn Ben auf seine eigene Weise außergewöhnlich war, war er nicht der richtige Mann für Hayden Jaye.

Drake sah sich um und erblickte Komodo – den Anführer des Delta-Teams, das ihnen im Kampf gegen den Blutkönig in Hawaii geholfen hatte. Drake versuchte, seine Aufmerksamkeit zu erregen, und nickte ihm anerkennend zu, auch wenn Komodo mehr daran interessiert schien, sich mit Karin zu unterhalten, als Drake zu bemerken.

Weitere Männer standen im Raum verteilt, die Drake nicht kannte. Vermutlich Kollegen von Mai und loyale Soldaten, die Jonathan Gates unterstellt waren, dem US-Verteidigungsminister, der eigentlich niemandem mehr trauen konnte, abgesehen von den Menschen in diesem Raum.

»Das sind schlimme Zeiten«, sagte Hayden. »Sie wissen, dass das dritte Grab der Götter die übelsten Vertreter ihres Geschlechts beherbergt. Wir haben keine Ahnung, was uns dort erwartet. Und darüber hinaus ist vielleicht eine antike Doomsday-Waffe darin verborgen. Wir wissen es nicht sicher, also können wir nichts ausschließen. Wir glauben, dass Russell Cayman – der für eine mächtige Gruppe im

Hintergrund arbeitet –, uns verraten hat und ihm jedes Mittel recht ist, um das Grab zum Wohle seiner Auftraggeber als Erster zu erreichen. Das wissen wir deshalb, weil er die Kontrolle über das Grab in Island, über das Dahl die Aufsicht hatte, an sich gerissen und jedes der Fundstücke an sich gerissen hat. Dieser Prozess nahm seinen Anfang, als jemand Informationen geleakt hat, dass im dritten Grab diese Waffe versteckt ist. Das Rennen, als Erster das Grab zu erreichen, hat bereits begonnen. Wenn Sie Ihr Leben riskieren wollen, um ein Held zu werden, bleiben Sie hier. Wenn nicht – gehen Sie einfach.«

Kein einziger Mann und keine einzige Frau im Raum rührten sich.

Hayden lächelte. Alle waren eindeutig verängstigt, aber sie blieben dennoch. Sie nickte ihrem Chef zu. »Der US-Verteidigungsminister würde gern das Wort an Sie richten.«

Jonathan Gates rührte sich nicht vom Fleck, aber seine Stimme erfüllte den Raum. »Ich kann nur noch einmal betonen, was Agentin Jaye Ihnen bereits gesagt hat. Das Grab ist von entscheidender Bedeutung. Die verbleibenden acht Artefakte Odins, die nun in Stuttgart liegen, sind von entscheidender Wichtigkeit. Russell Cayman ist ebenso wichtig und sollte, wenn möglich, lebend gefasst werden. Wir wissen nicht …«, er hielt inne, »… ob die Behörden hier der Meinung sind, wir seien auf der Flucht. Aber wir überwachen die Nachrichten und bisher wurde nichts bekannt. Vielleicht hat uns jemand den Rücken gedeckt. Es gibt eine Gruppe – sie nennen sich die Schattenelite –, die glaubt, Ihnen gehöre die Welt. Rücken wir denen mal den

Kopf zurecht und zeigen ihnen, wem sie wirklich gehört. Den Menschen.«

Jubel brandete auf. Drake stellte sich vor, wie viele verschiedene Leute in verschiedensten Positionen ein Mann wie Gates dafür gewinnen konnte, diese Schattenelite zu finden. Sie sollten bald eine Spur haben. Als Gates seine Rede beendete und sich Unruhe ausbreitete, während alle sich darauf vorbereiteten, die kurze Reise zum Grab anzutreten, trat Drake neben Ben und Karin.

»Ihr beide habt herausgefunden, wo das Grab liegt, habe ich gehört. Nicht schlecht für einen Headbanger und eine Studienabbrecherin.«

Ben entgleisten die Gesichtszüge. »Erinnere mich nicht daran, Kumpel. Erinnere mich bloß nicht daran.« Er hörte sich an, als trüge er sich mit Selbstmordgedanken.

Drake zwinkerte Karin zu. »Hat er mal wieder einen wunden Popo von der Windel?«

Karin grinste. »Schlimmer als sonst. Aber dazu kommt noch, dass seine Band in seiner Abwesenheit eine CD herausgebracht hat, nachdem sie nicht mehr unter Polizeischutz gestanden hatten, und sie wurden auf ein Festival in der Nähe von Leeds eingeladen.«

»Sind das nicht gute Nachrichten?«

»Nicht, wenn ich *hier* bin«, jammerte Ben, »um die Welt zu retten. Und nicht dort, um mit meiner Band aufzutreten.«

»Das Schlimmste daran …«, Karin konnte sich nicht länger beherrschen. »Die beiden Headliner auf dem Festival sind zwei von Bens Lieblingsbands.«

Drake pfiff. »Ärgerlich. Mach dir keine Sorgen. Vielleicht ist bis dahin schon die Welt untergegangen.«

Ben sah in finster an. »Ich habe gedacht, dass wenigstens du das verstehen würdest.«

»Das Leben ist kein Wunschkonzert, Ben.« Drake warf aus dem Augenwinkel einen Blick Richtung Hayden. »Und wenn du das nicht bald *realisierst*, wirst du es auf eine Weise herausfinden, die dir den Boden unter den Füßen wegzieht.« Drake drehte sich zur Seite, eine alte Erinnerung an Kennedy spielte sich vor seinem geistigen Auge ab. »Beackere mal weiter das Internet, Blakey.«

Ihm drängte sich der Gedanke auf, dass die Rückkehr von Belmonte, Haydens Ex-Lover, den Unterschied zwischen dem Jungen und dem Mann deutlich gemacht hatte.

Karin legte ihm eine Hand auf die Schulter, als er gehen wollte. »Das ist noch etwas, das ihn beunruhigt. Nun, uns beide. Diese Schattenelite – wir haben buchstäblich keine Spur von ihnen im Internet gefunden. Nicht den kleinsten Hinweis. Nicht einmal den Hauch eines digitalen Fußabdrucks.«

Drake nickte. »Verstehe.« Ben und Karin gemeinsam konnten ohne Mühe die NSA hacken. Er ging mit ihnen zu Hayden, Mai und Alicia, die sich unterhielten. »Nun, wenn ihr so weit seid, wir müssen noch ein letztes Grab der Götter plündern.«

Hayden hatte seinen letzten Kommentar gehört. Sie warf ihnen einen grimmigen Blick zu. »Ihr seid besser bereit. Wenn ihr dachtet, ihr seid bisher durch die Hölle gegangen, dann habt ihr noch gar nichts gesehen.«

TEIL 2

DAS GRAB, DER DIEB UND DER ZUG

KAPITEL 12

Die Industriestadt Singen in Süddeutschland hatte keinen blassen Schimmer, welcher Sturm sich über ihr zusammenbraute. Hübsch und malerisch lag sie unter einem wolkenlosen, blauen Himmel, umgeben von Wäldern, Seen und Bergen und überragt von dem Wahrzeichen, für das die Stadt berühmt war – einem erloschenen Vulkankegel, auf dem einst eine Festung stand, heute zur Ruine verfallen. Keiner der Einwohner ahnte, welche Militärmacht sich gerade auf die Stadt konzentriert hatte.

Sie legten die Strecke in weniger als einer Stunde zurück. Währenddessen erzählten Drake, Alicia, Mai und Dahl Geschichten und machten Witze, um die Anspannung zu reduzieren. Drake hörte mit halbem Ohr der Unterhaltung zu, aber konzentrierte sich hauptsächlich darauf, die Ausrüstung zu kontrollieren, die man ihm im Safehouse gegeben hatte.

Natürlich hatte Dahl diesen bestimmten Ort nicht grundlos ausgesucht. Es war nicht nur eine Einrichtung des SSG, sondern auch ein Militärbunker, der mit genügend Waffen bestückt war, um eine kleine Armee auszurüsten. SIG- und Glock-Pistolen, amerikanische M16- und M4-Sturmgewehre. Schrotflinten, Raketenwerfer, Granaten und Leuchtfackeln.

Alicia und Mai näherten sich begeistert wie Kinder an Weihnachten dem Waffenlager, aber Drake hatte nur eine automatische Pistole und eine SMG mitgenommen. Er hatte außerdem dafür gesorgt, dass Ben und Karin je eine einfache »point-and-shoot«-Handfeuerwaffe bekommen hatten. Zuerst hatte er sie überreden wollen, nicht mitzukommen oder sich zumindest gut zu verstecken.

Ben schüttelte den Kopf. Karin kleidete seine Gedanken in Worte. »Wir sind so weit gekommen. Wir haben vielleicht Angst, aber wir machen es trotzdem.«

Drake sah sie beide an, dann alle anderen. »Das macht einen Helden aus.«

»Mein Leben«, sagte Karin, »war sowieso nicht lebenswert, bis ich einen Irren ein schwarzes Loch in einem Tropenparadies hinabgejagt habe. Bis zu diesem Punkt … war mein Ziel eher die Selbstzerstörung.«

»Wieso das denn?«, fragte Drake.

Karin hatte den Kopf geschüttelt. »Ich habe meinen Glauben an die Menschen verloren. Selbst jetzt kann ich ihn nicht mehr zurückbekommen. Es … geht einfach nicht.«

»Wir werden versuchen, dir zu helfen«, sagte Drake und ihm war schmerzlich bewusst, dass er vor zwei Monaten noch die Worte, ›vertrau mir, ich rette dich‹ benutzt hätte. Aber nun nicht mehr. Nie mehr.

»Wie gesagt, wir kommen mit.«

Im Moment versuchte Drake, sich mental auf das vorzubereiten, was sie erwartete. Ihr schwerster Kampf bisher. Die Straßen von Singen sausten am Fenster vorbei und der Stumpf des *Hohentwiel* beherrschte den Horizont. Üppige Felder, grün belaubte Bäume und ein paar Häuser umgaben den vulkanischen Felsstumpf und die alte Festung darauf. Als sie näher kamen, war noch etwas anderes zu erkennen.

Etwas, das absolut nicht ins Bild passte.

Funksprüche erfüllten sofort die Luft. »Ich sehe drei Helikopter, Sir. Alle vom Militär.«

Dahls Stimme. »Irgendwelche Hoheitszeichen?«

»Sir, ich denke, Sie sollten das zuerst erfahren. *Sie setzen gerade zur Landung an.* Die Besatzung steigt genau in diesem Moment aus. Ich glaube, wir sollten einen sofortigen Angriff erwägen.«

Schockierte Stille folgte. Drakes Adrenalinspiegel stieg. Er bemerkte, dass Alicia und Mai sich einen Blick zuwarfen. Sie waren ebenfalls für eine schnelle Attacke bereit. Alle nickten Dahl zu.

»Wir greifen an, bevor Sie es sich gemütlich gemacht haben«, sagte Drake. »Auf die Art haben wir immer noch das Überraschungsmoment, auch, wenn wir erst als zweite ankommen.«

»Wir brechen durch ihre Reihen«, schloss sich Mai an. »Durchbrechen und von den Flanken zuschlagen. Diejenigen, die schon im Grab sind, werden völlig unvorbereitet sein.«

Alicia schnaubte. »In einer idealen Welt vielleicht, kleine Elfe.«

Dahl sprach bereits in sein Funkgerät. »Plan ist ›Go‹. Wir ziehen das durch. Keine Verzögerung.«

»Sichern und durchladen«, sagte Hayden über das Walkie-Talkie. »Alles nach Plan. Wir werden nur härter zuschlagen. Denkt daran, das ist eine der wichtigsten Militäraktionen in der Geschichte. Wir reden von einem dritten Grab der Götter und *möglicherweise* einer Doomsday-Waffe, die eine unbekannte Gruppe sich aneignen will. Einen Fehlschlag können wir uns nicht leisten.«

Der Militärkonvoi beschleunigte, als sie die Stadt verließen und sich dem alten Vulkan näherten. Ein letztes Mal überprüften sie die Waffen, ließen Magazine mit scharfer Munition klickend einrasten und versuchten, sich in den mental fokussierten Zustand zu versetzen, der nötig war, um den Kampf zu gewinnen.

Sie stiegen am Fuße des Hügels aus den Fahrzeugen und liefen zwischen den Bäumen hindurch. Die Deckung war willkommen und die multinationale Spezialeinheit hastete zum Gipfel des Vulkans hinauf.

»Wir zielen auf die Helikopter«, flüsterte Dahl in sein Kehlkopfmikro. »Cayman und seine Männer haben entweder den Eingang gefunden oder einen durchgebrochen. Mit dem richtigen Bodenradar wäre das nicht zu riskant.«

Drake erinnerte sich daran, dass Bodenradar die Spezialität des Schwedens gewesen war, bevor er Leiter einer Spezialeinheit wurde. Er rannte weiter und lauschte auf die Funksprüche, während er den Blick über jeden Zentimeter des feindlichen Territoriums schweifen ließ. Die Kompetenz der Menschen um ihn herum gab ihm Selbstvertrauen. Er war daran gewöhnt, ins Unbekannte aufzubrechen und mutmaßlich überlegene Ziele auszuschalten.

Auch wenn Kennedys Tod schon gerächt war und der Blutkönig, Dmitry Kovalenko, genau in diesem Moment im Gefängnis für seine schrecklichen Verbrechen büßte, wurde Drake unwillkürlich von gespannter Erwartung erfasst, angesichts der finsteren Gewalt, die unmittelbar bevorstand.

Er hatte sich ihr stellen müssen, als er mit Kennedy zusammen gewesen war.

Und nun würde sie immer ein Teil von ihm sein. Seitdem sie gestorben war, hatte er keinen Grund mehr, sich von dieser Seite in sich selbst abzuwenden.

Ein tiefes Dröhnen erscholl über ihnen. Der Boden erzitterte einige Sekunden und zwischen dem Boden sah er eine Rauchwolke aufsteigen. Cayman und seine Männer hatten sich ihren Eingang frei gesprengt, vielleicht sogar dabei einen Teil der alten Burg zerstört. Nichts würde sich ihrer Arroganz und ihrem Vorwärtsdrang in den Weg stellen.

Abgesehen von uns. Drake sah die vier SAS-Männer, die die Spitze übernommen hatten, Sam und seine Kollegen. Alle vier hatten schon mit Drake und Wells zusammengearbeitet. Er hätte ihrem Urteil sein Leben anvertraut. Hinter ihnen waren die beiden Japaner, Mais Freunde und Gates' vier Agenten vom Secret Service. Komodo und seine drei Delta-Soldaten hatten freiwillig die Nachhut übernommen und es Belmonte, Ben und Karin gestattet, sich ihnen anzuschließen.

Hayden, Kinimaka, Gates und der Rest von ihnen bildeten die goldene Mitte. Sie liefen den Hügel hinauf, hielten nach Ärger Ausschau, aber es waren ihre Ohren, die ihnen Caymans Position verrieten. Laute Schreie und Flüche hallten auf dem Hügel hin und her. Die Söldner, die für Cayman arbeiteten, hatten es eilig und bemühten sich nicht, ihre Anwesenheit geheim zu halten. Der DIA-Agent wusste bestimmt, dass Gates ihm auf den Fersen war und hatte zweifellos Befehl gegeben, das Gelände schnell zu sichern.

Sie durchquerten einige alte Ruinen und näherten sich der Burg. Über Funk kam das Signal, absolute Stille zu halten und sich bereit zu machen. Ein Flüstern ging durch die Kehlkopfmikros, ein halbes Dutzend Männer erhielt Befehl, sich um den Eingangsbereich zum Grab bereitzuhalten.

Drake kauerte hinter einem freistehenden Bogen aus Stein, der vielleicht einmal ein Fenster gewesen war, und konnte von dort aus den Bereich sehen. Caymans Männer rannten hin und her, bauten eine Kommunikationsanlage auf und ein Behelfshauptquartier. Sie schleppten Ausrüstung aus drei Helikoptern, die in der Nähe standen. Die verfallenen Wände der alten Burg waren eine skurrile Kulisse für das geschäftige Treiben, aus dem klaffenden Tor kamen von irgendwo tief aus dem Inneren Rauchwolken.

Drake hörte das Piepen der Bluetooth-Verbindung, das signalisierte, dass das Team, das die Flanken bildete, einsatzbereit war. Mai, Alicia und Dahl waren neben ihnen. Hinter ihnen standen einige Bäume, zwischen denen Komodo und sein Team zusammen mit Ben und Karin warteten.

Hayden sah finster in die Runde. »Die Doomsday-Waffe und Cayman«, flüsterte sie, wie eine geisterhafte Stimme in ihren Ohren. »Deswegen sind wir hier.«

Sie brachen aus allen Rohren feuernd aus der Deckung hervor – Dutzende professionell ausgebildete Soldaten, die kurze Salven abfeuerten – und näherten sich Caymans Männern von drei Seiten. Schreie; Körper und Equipment wurden getroffen und stürzten zu Boden. Cayman hatte genug Weitsicht, ein paar Scharfschützen in der Burg selbst versteckt zu haben, aber Hayden hatte bereits eine Gruppe Soldaten losgeschickt, um sie auszuschalten und zu verhindern, dass sie ins Geschehen eingriffen.

Das Gras um Drakes Füße herum wurde von Kugeln getroffen. Erdbrocken spritzten hervor, als würden sie aus dem Boden springen.

Einer der Männer neben Mai stürzte zu Boden und die ehemalige japanische Geheimagentin ließ sich auf ein Knie fallen, schoss mehrmals, um Feuerschutz zu geben und den Feind zu neutralisieren.

Aber die gegnerischen Söldner waren kampferfahren. Sie zeigten keine Panik und wichen nicht zurück, als sie angegriffen wurden.

Drake rammte dem ersten, dem er gegenüberstand, den Kolben des Gewehrs ins Gesicht. Ihm war klar, dass Cayman auf einen Angriff vorbereitet sein würde.

Als der Mann zu Boden ging, erschoss ihn Drake und nahm den nächsten ins Visier. Hayden hatte neben ihm sichtliche Mühe. Ihre Verletzungen waren noch lang nicht ausgeheilt, aber sie hatte keine Wahl, als zu kämpfen, denn sie hatten keine Verstärkung gefunden, der sie vertrauen konnten. Drake erledigte seinen nächsten Gegner und sah sich um. Ein paar Dutzend der Söldner waren am Boden. Die Helikopterpiloten waren entweder tot oder gefesselt und geknebelt. Alicia war den SAS-Soldaten auf den Fersen, die auf das breite Burgtor zurannten. Mai feuerte ununterbrochen. Die Soldaten taten es ihr gleich. Anscheinend waren zwei der Scharfschützen noch nicht ausgeschaltet, aber darum würde sich der SAS schnell kümmern.

Dahl trat einem Mann in die Knie. Als der Mann schreiend zu Boden ging, zögerte der Schwede. Aber Daniel Belmonte nicht. Er näherte sich mit der Nachhut, trat um Dahl herum und schoss dem Mann aus nächster Nähe in den Kopf.

Als Dahl sich verwirrt umdrehte, war von Belmontes kultiviert-gebildeter Fassade nichts mehr übrig und sein Gesicht schmerzverzerrt. »Einer dieser Männer hat Emma getötet. Sie sind alle dran. Keiner von denen verdient es zu leben, nicht hier und bestimmt nicht unter zivilisierten Menschen.«

Drake legte Dahl die Hand auf die Schulter. »Keine Zeit, zu streiten. Los.«

Sie rannten den Pfad entlang und betraten die Schatten hinter den Burgmauern. Alicia ging gerade eine Treppe zu ihrer Rechten hinab, sie fauchte verärgert.

»Die verfluchten Soldaten des Regiments haben sie zuerst erwischt. Ich habe bisher einen Bodycount von null.« Die Engländerin wirkte mürrisch.

Mai schloss sich ihnen an, nachdem sie zwei Söldner erledigt hatte. »Vielleicht solltest du einfach vorangehen und aufhören zu jammern.«

»Ist mir ein Vergnügen.«

»Okay.« Drake schickte sich an, Hayden und Kinimaka zu folgen, die auf einen der Ausgänge zugingen, als ein Strom Soldaten plötzlich aus beiden Türen platzte. Drake rollte sich zur Seite, als die Schießerei begann. Noch im Fallen zielte er und zog den Abzug der M16. Sein Schädel knallte auf den Beton. Kugeln fetzten durch den Raum. Er konnte nicht aufstehen. Er versuchte sich umzudrehen und ein Soldat stand über ihm. Der Mann holte aus, um Drake ins Gesicht zu treten. Er machte sich auf den Tritt gefasst.

Aber der kam nie. Der Soldat brach neben ihm zusammen. Drake starrte in die leeren, toten Augen des Mannes.

Jemand nahm seine Hand. »Du schuldest mir was. Hab dein gutes Aussehen gerettet.« Alicia. Sie seufzte. »Wenn man das so nennen kann.«

Drake sprang auf die Beine, sah einen Mann, der auf ihn zueilte, die Waffe hob. Drake war so schnell, dass sein Gegner die Bewegung kaum wahrnahm. Schläge gegen Körper und Kopf, alle gezielt und mit genug Wucht, um Organe platzen und Knochen brechen zu lassen. Eine weitere Gestalt kam auf ihn zu, aber er konzentrierte sich nur auf die Körperteile, die er in der kürzesten Zeit maximal schädigen konnte. Er sah nicht einmal das Gesicht des Mannes, den er tötete.

Endlich ein kurzer Moment, um zu verschnaufen. Er sah Hayden und Kinimaka, die eine Gruppe im Kampf anführten, zu der die vier SAS-Soldaten gehörten. Dahl kämpfte auf der anderen Seite des Raumes und half Komodo und seinem Delta-Team, während er auch diejenigen schützte, die nicht kämpften. Alicia war auf sich gestellt. Die kombinierte Durchschlagskraft seiner Teammitglieder beeindruckte ihn. Ihre Gegner wurden rasch überwältigt.

Mai Kitano wirkte unterdessen wie ein Wirbelwind des Todes. Sie stürzte sich furchtlos ins Getümmel. Einer der Soldaten hatte durch Sperrfeuer Hayden gezwungen, hinter einer verfallenen Mauer Deckung zu suchen. Mai zögerte keine Sekunde. Sie packte den Arm des Mannes und brach ihm das Handgelenk. Als er schrie, wirbelte sie ihn herum, sodass er seine eigenen Leute traf. Zwei Soldaten fielen. Mai entriss dem Mann das Gewehr und feuerte eine Salve Kugeln in dessen Schädel.

Mai und Alicia machten kurzen Prozess mit den verbliebenen Angreifern. Als sie fertig waren, sahen sich die beiden Frauen an.

Alicia sagte: »Vielleicht sollten wir mitzählen. Der Sieger darf dann mit …« Sie warf Drake einen Blick zu, aber Hayden rief: »Los, weiter!«, und übertönte damit alle anderen.

Mai hastete zu dem Loch in der Wand. Sie gab ein Zeichen, dass keine Gefahr drohte. Alle joggten ihr hinterher und ließen die toten und sterbenden Gegner zurück. Die Burg war ein Gewirr aus verschiedenen Zimmern, manche teilweise möbliert, andere leer und verlassen. Moderne Schaukästen und Schränke kontrastierten mit antiker Nüchternheit. Die leeren Zimmer wirkten gespenstisch und einsam; etwas, das durch den Schmutz und Staub gar nicht klar zu sehen war. Es schien passend für ein Gebäude, das auf dem Grab der angeblich schlimmsten Götter aller Zeiten errichtet worden war. Der Wind pfiff durch die undichten Fenster und die Schießscharten der alten Wehranlage. Man hatte das Gefühl, in den Schatten könne sich alles Mögliche verstecken, und auf sie warten.

Sie folgten Fußabdrücken, schwachen Rauchwolken und der Zerstörung, die von den modernen Grabräubern angerichtet worden war. Sie hielten Kontakt über Bluetooth-Funkgeräte, blieben organisiert und hellwach. Drake tauschte sein Magazin gegen ein neues. Drei Personen aus ihren Reihen waren gefallen. Sam warf Drake einen respektvollen Blick zu, während Mai das SAS-Team anführte. Der Befehlshaber des Regiments wirkte völlig bezaubert. *Oh nein*, dachte Drake. *Nicht noch einer.*

Sie kamen durch einen weiteren Raum, in dem die Wandteppiche und Bilder von den Wänden gerissen und auf den Boden geworfen worden waren. Cayman musste nach etwas Bestimmtem gesucht haben. Vielleicht etwas, das von der Wirbelschrift – der antiken Sprache, die sie in den anderen Gräbern entdeckt hatten – erklärt worden war. Drake fragte sich, ob Dahls Sprachexperte versucht hatte, sie zu kontaktieren.

Schließlich platzten sie durch die offene Tür zu einem großen Prunksaal, warfen ein paar Blendgranaten, um die Wachen zu überwältigen. Endlich waren sie an dem Loch angekommen, das Caymans Männer in die Wand gesprengt hatten – ein breiter, zerklüfteter Durchgang, durch den ein kalter, klagender Windhauch in an- und abschwellenden Böen fauchte.

Drake blieb einen Moment stehen und sah Dahl an. »Auf ein letztes Mal, alter Freund?«

»Hoffen wir es.« Der ernste Ausdruck des Schweden verriet seinen Pessimismus.

Ben meldete sich leise aus dem hinteren Teil der Gruppe. »Kann mir jemand sagen, wieso sie diese Stelle gewählt haben, um durchzubrechen? Jeder Hinweis wäre hilfreich.«

Drake sah sich die demolierte Wand an. Die Kanten und einige der oberen Ziegel waren noch intakt. Ein Bild war hier auf die Wand gemalt gewesen. Es war zuerst schwer zu entziffern, wenn man nur die Überreste sah, aber Dahl hatte die Lösung parat. »Seht euch die beiden Kanten der Wand an und den unteren Teil. Das sind die Basis und die Seiten eines Dreiecks. Das …«

»War ein Abbild von Odins Symbol, dem *Valknut*«, beendete Ben den Satz. »Ein Symbol des Todes.«

»Und seht euch das mal an.« Karin trat näher an die Wand. »Da sind wieder diese Wirbel. Die Sprache der Götter.«

»*Er hat seine Augen geopfert, um Weisheit zu erlangen.*« Ben erinnerte sich an die Suche nach den Knochen Odins. »Um Wissen über die Zukunft zu erhalten. Er wusste, was passieren würde.«

»In diesem Fall«, sagte Hayden, »sind seine acht Artefakte – diejenigen, die überflüssig wirkten, nachdem wir das erste Grab gefunden hatten – vielleicht immer noch wichtig.«

Mai und Alicia wurden langsam unruhig. »Wir werden gar nichts erfahren, solange wir hier herumstehen«, sagte Mai leise und Alicia schnaubte bestätigend.

Drake und die anderen Soldaten stimmten zu. Der Feind sollte nicht noch mehr Zeit erhalten, sich vorzubereiten.

Mano Kinimaka betrachtete die Öffnung und den engen Gang dahinter. »Ich bin mir nicht sicher, dass ich da überhaupt durchpasse.«

»Aber die Götter warten«, sagte Hayden bedächtig. »Und ebenso Cayman. Sir …« Sie wandte sich an Gates.

»Scheiß drauf, Jaye. Ich komme mit.«

Die Dunkelheit schien sie zu rufen, in ihr lauerten böse Götter, gefährliche Fallen und finstere Gegner.

KAPITEL 13

Das Viermann-SAS-Squad übernahm zusammen mit Mai Kitano die Spitze, Hayden und Kinimaka bildeten die Nachhut. Drake lief dicht hinter dem Hawaiianer und war beeindruckt, wie leichtfüßig er die steile, enge Passage entlanglief. Die Wände wandelten sich von glatt verputzten Steinen zu grobem Erdreich und schließlich zu roh behauenen Felswänden, während sie tiefer kamen. Eine Weile war es völlig windstill und dann frischte der Windzug wieder auf, trug den Gestank von Jahrtausenden zu ihnen.

Sie hörten Flüstern im Wind; leise Stimmen, die sich in ihr Ohr schlichen, wie die Einflüsterungen einer hinterhältigen Verführerin. Die Passage führte tiefer und tiefer hinab. Ihre Schritte knirschten über uralten Schutt, sie stießen sich die Köpfe an Fels und Stein. Der Weg war von den Männern beleuchtet worden, die bereits hier entlanggekommen waren, aber das SAS-Team ging keine Risiken ein und ließ die Gruppe regelmäßig anhalten, während sie den Weg erkundeten.

Jeder wusste, dass sie auf dem besten Weg waren, Cayman in die Falle zu gehen. Es konnte nicht anders enden. Der Mann wusste, dass sie ihm auf den Fersen waren, und konnte nicht den Rückzug antreten. Es stand zu viel auf dem Spiel. Jetzt ging es nur noch darum, wann und ob sie erkennen konnten, was immer er für sie auf Lager hatte, und darauf reagieren.

Die Zeit flog dahin. Die echte Welt schien zurückzuweichen. Es gab keine antiken Fallen, soweit sie sehen konnten. Das Böse, das in der Luft lag, war wohl schon genug, um die meisten Menschen fernzuhalten. Sie kamen an einem hohen gotischen Torbogen vorbei und waren extrem vorsichtig. Ein grausiger Gifthauch wehte zu ihnen herauf, schien um sie herumzuwirbeln, als würde er ihre Witterung aufnehmen, sie begutachten und berühren. Selbst die Special-Forces-Soldaten erschauderten.

»Das. Gefällt. Mir. Gar. Nicht.« Alicia meldete sich als Erste zu Wort und betonte ihre Worte wie Schüsse, versuchte vermutlich, ihren eigenen Schrecken in den Griff zu bekommen.

Als sie noch tiefer waren und unter einem weiteren gotischen Bogen standen, konnten sie ihre Gegner immer noch nicht hören. Drake fragte sich, ob diese Passage in die falsche Richtung führte und Cayman woanders war. Seine Waden brannten vor Anstrengung. Mehrmals war ihm etwas auf den Kopf gefallen, das schnell davongekrabbelt oder -gekrochen war, und er hatte geschluckt, um den Würgereiz zu unterdrücken.

Als sie tiefer stiegen, hörten sie Stimmen vor sich. Männer, die Befehle brüllten. Das Team blieb quälende fünf Minuten stehen und ging dann noch vorsichtiger weiter. Drake wusste, die Schreie konnten Ablenkung sein. Wenn es um Russell Cayman ging, besonders, nachdem er sie in L. A. umzubringen versucht hatte, konnte man nichts so hinnehmen, wie es auf der Oberfläche erschien.

Natürlich gab es noch eine andere Möglichkeit – dass Cayman in irgendeiner Weise unter Zwang handelte. Aber, soweit es diese Mission betraf, mussten sie ihn als Feind betrachten. Er hörte, wie hinter ihm Komodo zu Ben und Karin sagte, dass sie auf wirklich alles vorbereitet sein sollten, auch darauf, wieder in die Richtung zu rennen, aus der sie gekommen waren.

Nachdem sie minutenlang durch die Dunkelheit geschlichen waren, sah Drake am Ende eines Tunnels einen gewaltigen Bogengang. Er war noch ein ganzes Stück entfernt, aber Drake reckte den Hals um Kinimaka und Hayden herum und erkannte den Boden einer gut ausgeleuchteten Höhle. Er hörte Rufe und das Geräusch von schwerer Ausrüstung, die über den Felsboden geschleift wurde.

Aber er sah niemanden.

Er flüsterte Hayden zu. »Die können in dem Tunnel kein Feuergefecht riskieren. Das könnte dafür sorgen, dass die Höhle einstürzt und sie begräbt. Die werden warten, bis wir aus dem Tunnel raus sind.«

»Stimmt.«

Kinimaka knurrte. »Dann macht euch mal startklar. Ich muss noch zu einem Weihnachts-*Luau*. Hab Urlaub und alles. Es gibt nichts Besseres als Weihnachten auf Hawaii.«

Drake stellte sich einen Moment vor, wie einsam sein Weihnachtsfest werden würde, wo es doch noch vor wenigen Wochen wie eine wunderbare Verheißung ausgesehen hatte. Er hatte sich darauf gefreut, Zeit mit Kennedy Moore zu verbringen, vielleicht ein neues Leben zu beginnen, eine Zukunft aufzubauen. Wer auch den Spruch geprägt hatte, »das Leben kann sich von heute auf morgen verändern«, wusste, wovon er redete. Er dachte an die Dynamik in ihrer kleinen Gruppe und konnte sich nicht vorstellen, wer sich ohne jeden schlechten Gedanken auf Weihnachten freute. Abgesehen von Kinimaka.

»Wir geben unser Bestes, Mano.«

Ein Flüstern war von hinten zu hören, als sie sich dem Licht näherten. »Wir schlagen zu. Schnell und hart. Weiter.«

Nach einem Moment der Stille stürmte das SAS-Team aus der Deckung und eröffnete das Feuer, warf Blend- und Rauchgranaten. Mai schloss sich der Gruppe Soldaten an. Hayden und Kinimaka folgten ihnen. Drake, Alicia und Dahl kamen als Letzte. Chaos und Gewalt erwartete sie. Schweres Bergungsgerät und Abseilausrüstung waren in der Mitte der riesigen Höhle aufgestapelt. Caymans Männer waren außen herum in Stellung gegangen und an der gegenüberliegenden Wand und feuerten auf sie. Drake und Alicia spurteten scharf nach rechts, schossen in die Menge der Gegner. Das SAS-Team rückte rasch vor. Komodo und seine Männer rannten eine Sekunde später aus der Deckung und verstärkten den Beschuss. Mehrere Augenblicke war der Boden der Höhle eine Kriegszone, ein tödliches Chaos, in dem Glück wichtiger war als die eigenen Fähigkeiten.

Drake ließ sich auf ein Knie fallen, hob das Gewehr an die Schulter und gab mehrere Schüsse ab. Das Feuer wurde erwidert und es hallte laut durch die Höhle.

Bei anderer Gelegenheit hätte er vielleicht die beeindruckende Architektur des Ortes bewundert, aber im Moment war ihm nur wichtig, ob man irgendwo dahinter vor dem Feuer aus den automatischen Waffen in Deckung gehen konnte.

Der Rest des Teams war ohne Deckung mitten in der Höhle, aber durch das Überraschungselement hatten sie immer noch die Oberhand. Caymans Männer ließen sich zurückfallen, flüchteten aus der Deckung unter dem erbarmungslosen Ansturm.

Dann wurde das SAS-Team getroffen und ein junger Soldat stürzte mit einem Kopfschuss nach hinten. Einer von Komodos Männern des Delta-Teams brach zusammen und hielt sich die Kehle. Gates' Männer vom Secret Service waren bis auf einen dezimiert, nachdem das dritte Mitglied seiner Bodyguardtruppe einen Treffer in die schusssichere Weste abbekam und als er nach Luft schnappte, einen weiteren ins Gesicht.

Drake sah zum ersten Mal nach oben. Er war nicht überrascht, dass das Grab mehrere Ebenen hatte, ähnlich wie die beiden anderen, die sie in Island und auf Hawaii gefunden hatten. Er konnte es immer noch nicht genießen, aber ihm war voll bewusst, dass es eines der Weltwunder war. Drake ignorierte das Grab und die Särge, in denen angeblich die bösen Götter lagen und konzentrierte sich auf die Stellungen, von denen aus Caymans Scharfschützen sie unter Feuer genommen hatten. Er nickte Alicia und Dahl zu, die drei schossen unablässig auf die Männer, die sich dort versteckt hatten, während der geheimnisvolle Wind um sie herum tobte.

»Was auch immer ihr tut«, schrie Alicia, »trefft bloß nicht diese verfluchten Särge.«

Hayden war auf der linken Seite der Höhle und sah die spektakuläre Treppe. Unten war sie breit und verengte sich stark, während sie sich bis zur Spitze der Höhle erstreckte. Über diese Treppe gelangte man auf die verschiedenen Vorsprünge und Etagen des kreisförmigen Grabes und die Nischen darin.

Kinimaka folgte Hayden und erschoss die Söldner, die in der Nähe der Treppe standen.

Als sie sich der ersten Stufe näherte, sprang ein Söldner auf sie zu. Hayden erschoss ihn aus nächster Nähe, versuchte verzweifelt, einen Nahkampf zu vermeiden. Ihre Messerwunde schmerzte furchtbar. Ein einziger, harter und präziser Schlag hätte ausgereicht, um sie außer Gefecht zu setzen.

Aber sie kämpfte dennoch. Sie wollte an diesem Tag für ihr Land, ihren Vater und vor allem für ihre Freunde den Sieg davontragen. Als das Feuergefecht losgegangen war, hatte sie für sie alle gebetet. Nun, da sie einen Fuß auf die Treppe setzte und ein Dutzend Söldner von der ersten Etage schreiend auf sie zustürmten, sprach sie für sich selbst ein Gebet.

Ben stand hinter dem Delta-Soldaten, der zusammengebrochen war. Er kniete sich neben den Mann – Karin und Gates waren neben ihm – und versuchte, die Wunde zu begutachten. Die Hände des Mannes waren im Todeskampf auf die Kehle gepresst. Seine Augen waren weit aufgerissen und starrten schmerzerfüllt ins Leere. Ben fühlte den Puls des Mannes am Handgelenk und das Blut schien wie dunkles Öl durch die Adern zu pumpen. Wenige Sekunden später war der Mann gestorben, seine Hände glitten zur Seite und enthüllten die tödliche Wunde.

Ben schluckte Tränen und Magenflüssigkeit herunter. Viel blutiger konnte der Krieg nicht mehr werden. Es gab vielleicht noch Schlimmeres, da war sich Ben sicher. Er hatte Männer sterben sehen, aber nicht so nahe und unmittelbar. Diesen Soldaten tot daliegen zu sehen, wo noch vor Sekunden ein lebhafter, junger Mann gestanden hatte, erschütterte ihn zutiefst. Es verdeutlichte ihm, dass seine alltäglichen Mühen irrelevant waren; dass jede Sekunde des Lebens genossen werden sollte, und wie schrecklich der Tod sein konnte.

Er stand auf. Die verbliebenen Delta-Soldaten bewegten sich langsam vorwärts und gaben den anderen Feuerschutz.

Karin stand schweigend neben Ben. Gates war immer noch auf den Knien, hielt die Hand des toten Soldaten und flüsterte etwas über Leid.

Bens Blicke schweiften durch die Höhle. Die gewaltige Struktur erstreckte sich Dutzende Meter in die Höhe und sie war breiter als hoch. Es sah aus wie eine riesige Schüssel, zusammengesetzt aus drei Ebenen, den Boden nicht mitgezählt. Um jede Ebene lief ein breiter Vorsprung. Entlang dieses Vorsprungs waren Hunderte Nischen in den Felsen des antiken Vulkans gehauen.

Gräber.

Die Gräber der Götter.

Das Erdgeschoss war ebenfalls von Gräbern umringt. Ben kniff die Augen zusammen, um die auf der gegenüberliegenden Seite zu sehen, aber anders als die Nischen in den ersten zwei Gräbern, die er gesehen hatte, waren diese nur spärlich geschmückt und enthielten wenig mehr als einen Sarg und einige nüchterne Verzierungen, die in den Felsen graviert waren. Aber an diesem Ort hatten die Götter die schlimmsten Vertreter ihrer eigenen Art eingekerkert. Dabei war keine Ehrerbietung notwendig.

Komodo warf einen Blick nach hinten. »Bleibt dicht dran!« Er winkte sie näher, bevor er sich wieder dem Kampf zuwandte. Ben sah, dass Hayden auf einer der beiden Treppen feststeckte, Kinimaka war neben ihr und mehrere Gegner hatten sich ihnen in den Weg gestellt. Hayden hielt sich schmerzverzerrt die Seite.

Komodo war mit seinem Team in ihre Richtung unterwegs.

Drake hielt die Scharfschützen, so gut es ging, mit Sperrfeuer in Schach. Als klar wurde, dass auch sein Beschuss den Gegner nicht lang aufhalten konnte, machte sich Dahl auf den Weg zur zweiten Treppe in der Höhle. Drake rief ihm eine Warnung hinterher, aber der verrückte Schwede war bereits in Höchsttempo unterwegs. Er sprintete auf die Treppe zu und wurde nicht langsamer, als er sie erreichte. Drake hatte keine Wahl, als ihm zu folgen. Der Schwede war waghalsig, aber ihr Team musste auf eine der höheren Ebenen vordringen.

Mit einer Hand feuerte Drake blindlings in vollem Sprint. Er war sechs Schritte hinter Dahl und einen hinter Alicia, als sie an der Treppe ankamen. In diesem Moment sprang ein gegnerischer Soldat über den Rand der Treppe und knallte gegen ihn. Er wurde von den Beinen gerissen. Die groben Stufen schürften ihm die Haut auf. Drake schlug in Richtung der Augen und Kehle seines Widersachers und zog die Knie an, um den Bauch zu schützen. Ein Messer blitzte auf. Drake wehrte es ab. Es sauste erneut auf ihn zu, aber Drake verlagerte das Gewicht, erwischte das Handgelenk des Mannes und brach es. Auch das beendete den Angriff nicht, aber damit hatte Drake gerechnet. Das Messer flog davon. Der Söldner, der ihn angegriffen hatte, setzte sein Gewicht ein und versuchte, Drake auf der Treppe festzuhalten und ihm mit der Stirn ins Gesicht zu schlagen.

Drake wich erneut zur Seite aus. Die Stirn des Soldaten traf auf die Steinkante der Treppe und er war einen Moment benommen. Drake riss ihn herum, setzte ihn mit einem Handkantenschlag außer Gefecht und sah nach oben.

Dahl und Alicia waren bereits auf der ersten Ebene angelangt. Heftige Gegenwehr hatte sie gezwungen, in einer der Nischen in Deckung zu gehen neben einem Sarg, der bereits von Kugeln durchsiebt war.

Drake verzog das Gesicht. Alicia war sicher stinksauer.

Hayden taumelte, während der Schmerz ihre Seite durchfuhr. Sie war gestolpert und hatte sich die Rippen an den ungleichmäßigen Stufen angeknackst. Die Söldner hatten sie sofort erreicht. Hayden zwang sich, auf den Beinen zu bleiben, die Zähne schmerzerfüllt zusammengebissen, und sie holte den ersten mit einem Schlag mit dem Gewehr von den Beinen. Dem zweiten verpasste sie einen Stoß ins Gesicht.

Kinimaka war einen Schritt vor ihr. Männer prallten gegen ihn und wurden auf die Treppe zurückgeworfen, landeten im Staub unter ihnen. Aber Kinimakas wahre Stärke war seine überraschende Schnelligkeit. Drei Angreifer brachen zusammen, bevor sie überhaupt ganz verarbeitet hatten, dass der Mann sie erwischt hatte.

Dann hatten Komodo und seine Männer sie erreicht. Sie stiegen die Treppe hinauf. Hayden blieb stehen und nutzte ihre höhere Position, um auf die Söldner unter ihnen zu feuern, die durcheinanderliefen.

Dann war Ben neben ihr. »Bist du okay?«

»Nein. Und du?« Das Gesicht des jungen Mannes war kreidebleich.

»So viele Tote.« Sein Blick eilte von den gefallenen Soldaten zu den Gräbern der Götter.

»Dieser Ort wurde für den Tod erbaut.« Hayden gab einen weiteren Schuss ab und ein Söldner brach keuchend zusammen.

»Sieh dir den Boden an«, sagte Ben leise. »Sieh ihn dir einfach an.«

Hayden hielt einen Moment inne und sah sich um. Was sie entdeckte, ließ eine Gänsehaut über ihre Arme laufen. Der Boden des Grabes, staubig und von Trümmern bedeckt, füllte sich langsam mit Blut. Dicke, rote Pfützen breiteten sich um die toten und sterbenden Männer in dem weiten Areal aus und der Boden war feucht und rutschig. Das einzige Team, das noch auf der untersten Ebene war, waren die SAS-Soldaten. Der Felsboden war so glitschig, dass sie Probleme hatten, sich auf den Beinen zu halten.

»Und sieh dir das an.«

Ben deutete auf etwas, das Hayden in dem Chaos übersehen hatte. In einem Kreis um den Rand der Höhle verteilt, standen eine Reihe kleiner Altäre, jeder mit einem anderen Symbol, das in die Oberseite gemeißelt war.

Hayden sah auf sie hinab und war einen Moment sprachlos.

»Es sind insgesamt acht«, sagte Ben wie zur Erklärung. »Außerdem – diese Wirbel …«, er gestikulierte auf die Wände, »sind überall.«

Hayden ließ den Blick von der untersten Ebene nach oben wandern, an den drei Ebenen mit Nischen vorbei, bis sie plötzlich eine Gestalt sah, deren Gesicht sie erkannte.

Sie legte die Hand auf Bens. »Das ist Russell Cayman«, sagte sie. »Der ist da oben und beobachtet, wie die Geschichte ausgeht.«

Drake hastete die Stufen hinauf und machte eine Pause auf dem ersten Vorsprung, während seine beiden Teamkollegen ihm von oben Feuerschutz gaben. Er sprang in eine Nische. Sofort hatte er das Gefühl, dass eine klamme Hand seinen Schädel packte und mit eiskalten Fingern im eisernen Griff hielt. Er zitterte.

»Nicht gerade Starbucks.«

»Halt die Klappe«, flüsterte Alicia. »Hier ist es absolut gruselig.«

Die Nische war lang und schmal und etwa zehn Meter tief in den Felsen gehauen. Sie wirkte, als sei sie hastig und gedankenlos angelegt worden. Die Wände und die Decke waren ungleichmäßig und zerklüftet, wie von einer gewaltigen Waffe oder mit einem Faustkeil herausgehauen.

Alicia schüttelte den Kopf, als sie etwas unter ihnen erblickte. »Dein Junge macht Ärger, Drakey.«

Drake warf einen Blick hinab und sah Ben, der Hayden ablenkte, die gerade ein paar der bösen Jungs zu erledigen versuchte. »Mit dem kleinen Trottel werde ich mal ein Wörtchen wechseln müssen.«

In diesem Moment tauchte Dahl aus dem hinteren Teil der Höhle auf. Drake beäugte ihn. »Bisschen gruselig, um hier mal kurz pinkeln zu gehen, Kumpel.«

»Für dich vielleicht.« Dahl grinste kurz und wurde dann wieder ernst. »Ich habe mehrere relativ primitive Wandgravuren da hinten entdeckt. Und eine Statue, die, glaube ich, Amatsu darstellen soll, der buchstäbliche Gott des Bösen. Das ist ein sehr finsterer Ort, mein Freund.«

»Im Moment sollten wir uns lieber mit dem Bösen beschäftigen, das wir direkt vor der Nase haben«, meinte Drake.

Er entschied sich dagegen, eine Granate nach unten auf ihre Gegner zu werfen, aber lehnte sich über den Vorsprung und feuerte mit dem Sturmgewehr. Das Magazin war leer. Er ließ es fallen und legte mit einem Klicken ein weiteres ein. »Eins-zwei-Kombination?«

»Los.« Dahl war hinter ihm, Alicia übernahm die Nachhut. Sie feuerten und sprangen aus der Nische, hasteten zur nächsten, erledigten einige gegnerische Soldaten und gingen dann hinter einem weiteren Sarkophag in Deckung.

Während sie den Vorsprung entlangliefen, konnten sie die gesamte Höhle überblicken. Drake sah das SAS-Team und Mai, die direkt unter ihnen waren, durch das schwere Equipment schlichen, in Deckung blieben und gleichzeitig auf die wenigen verbliebenen Söldner schossen. Zu seiner Rechten war die breite Treppe. Ein Kontingent von Caymans Männern wurde von Komodos Delta-Team zurückgeschlagen. Hayden schoss gezielt auf die Scharfschützen. Ihr Adlerblick wanderte von einer Nische zur nächsten, in denen sie sich versteckt hatten.

In der Nähe des Torbogens am Eingang zur Höhle waren Gates und Belmonte in Deckung gegangen. Sie hatten die Waffen in der Hand, aber feuerten nicht, aus Angst, die eigenen Teammitglieder zu treffen.

Und zwei Ebenen über ihnen sah er eine aufrecht stehende Gestalt, die sie beobachtete. Das konnte nur Russell Cayman sein, dachte er, der beobachtete, wie die letzten seiner Männer auf dem Boden der Höhle getötet und die Gruppe auf der Treppe zurückgeschlagen wurde. In diesem Moment hob er die Hand.

»Schluss damit!«, schrie er. »Eure Mühen, wenn auch ehrenwert, sind unbedeutend. Ihr könnt diesen Kampf nicht gewinnen.«

Dann erschienen plötzlich lautlos Hunderte Männer auf der dritten Ebene, die Waffen im Anschlag. Cayman lachte.

KAPITEL 14

Drake atmete tief durch. Gegen Cayman und seine Männer waren sie hoffnungslos in der Unterzahl. Sieg oder Tod, oder wegrennen, so schnell es geht, das waren die einzigen Optionen. Hinter ihnen stand ein weiterer uralter Sarg, seit Ewigkeiten unberührt.

»Wir haben etwa so viel Chancen wie ein Eiswürfel in der Hölle«, sagte Alicia.

»Das heißt …«

»Wir wissen, was das heißt«, sagte Dahl. Er deutete auf die Treppen und ein fieses Grinsen zog seine Mundwinkel nach oben. »Das ist die Karte, die wir in der Hinterhand haben.«

Drake sah hin und verstand, worauf er hinauswollte. »Auf keinen Fall. Du bist verflucht noch mal verrückt, Dahl.«

»Ja, aber auf *gute* Weise.« Der Schwede sah sich in der Höhle um und tippte auf das Bluetooth-Mikrofon. »Lasst den Bastard reden, während ihr euch was überlegt. Dann auf mein Signal.«

Knappe Antworten – alle hatten verstanden, worum es ging. Cayman, der Geisterkrieger der DIA, der Spezialist fürs Grobe, das bösartige Antlitz der Schattenelite schrie und seine Stimme triefte vor Verachtung.

»Ich war ein Waisenkind im Pflegesystem«, sagte er. »Heute stehe ich noch über Präsidenten. Ihr solltet euch geehrt fühlen, dass ihr auf mein Wort hin sterben werdet.« Er breitete die Arme aus. »Ich arbeite für die wahren Herren der Welt. Kein normaler Mensch kann mehr erreichen.«

Drake betrachtete ihn genau. Es bestand die Möglichkeit, dass er bald das Schicksal der Welt in Händen halten würde. Cayman sah wie ein normaler Mann aus, normaler Körperbau, durchschnittliche Größe, in keiner Weise auffällig. Aber eine Aura des Bösen umgab ihn. Dieser Mann wirkte, als hätte er nie Mitleid, Liebe oder Vergebung empfunden, als wären alle seine Gedanken von einer Eiseskälte durchdrungen. Cayman lachte erneut, es klang gezwungen und fremdartig. Drake wusste in diesem Moment, Russell Cayman hatte noch nie eine wirklich angenehme Stunde verlebt.

»Ihr seid sowieso zu spät. Die acht Teile Odins sind bereits auf dem Weg hierher und wenn sie ankommen – wird die Doomsday-Waffe uns gehören.«

»Die acht Artefakte sind *wichtig*?«, grummelte Alicia. »Dahl, die hättest du mal wirklich besser nicht aus der Hand gegeben.«

»Danke für die Anmerkung. Wird unter ›Ablage P‹ abgeheftet.«

»Nur nicht frech werden, Torsten. Sie sind in Stuttgart, oder?«

»Waren sie.«

»Nun, so weit können sie ja noch nicht gekommen sein. Vielleicht können wir sie abfangen.«

Drake zischte ihr zu: »Wir haben größere Probleme.« Er deutete auf die acht Altäre, die auf dem Boden der Höhle standen. »Ben hat mir gerade eine Nachricht geschickt. Er vermutet, dass die acht Teile dort hineinpassen.«

»Und das aktiviert die Waffe?« Dahl schüttelte ungläubig den Kopf. »Anscheinend enthält das furchtbarste Grab die furchtbarste Waffe und alles dreht sich um Odin und die nordische Mythologie. Wir sollten wirklich mehr darüber herausfinden und mit meinem Sprachexperten im Grab auf Island reden.«

»Werden wir«, sagte Drake. »Sobald wir hier herauskommen.«

Und dann machte er einen Schritt nach vorn. »Hey! Cayman!« Er sah hinauf zu dem Mann, der sich nicht von der Stelle rührte. »Weißt du, wer ich bin?«

Stille breitete sich aus, so gespannt, wie der Stolperdraht einer Sprengfalle, dann zuckte Cayman mit den Achseln. »Ich kenne alle eure Namen. Aber die Namen von Toten werden nichts weiter bedeuten, wenn wir hier fertig sind.«

»Ah, aber ich bin noch nicht tot«, sagte Drake. »Du wirst feststellen, dass ich nicht so einfach zu töten bin. Vielleicht am schwersten von allen, die du je getroffen hast. Weißt du, warum?«

Cayman sagte nichts.

»Weil ich nach dem Mann suche, der den Mord an meiner Frau befohlen hat. Und den Mann, der sie ermordet hat. Ich glaube, du weißt etwas darüber, Cayman. Du und Wells hatte die Finger im Spiel, als sie gestorben ist. Was weißt du darüber?«

Cayman fuhr sich mit der Zunge über die Lippen. »Du wirst gleich sterben, Drake. Tu es mit Ehre und hör mit dem Geheul auf.«

»Hatte es mit der Schattenelite zu tun?«, fragte Drake. »Haben die mit ihrem Tod zu tun? Wer ist der Wikinger?«

Dieses eine Wort löste eine unerwartete Reaktion aus. Cayman zuckte vor Schreck zusammen. Sein Gesicht wurde aschfahl und er öffnete den Mund, um einen Befehl zu brüllen.

Dahl schrie: »Los!«

Der Schwede rannte aus der Deckung und sprintete auf die Treppen zu. Drake und Alicia direkt dahinter. Alicia biss die Zähne zusammen in Erwartung dessen, was Dahl als Nächstes tun würde …

… gleichzeitig sprangen Mai und die drei verbliebenen SAS-Soldaten, die auf dem Boden der Höhle standen, auf die Wände des Grabes *zu* und griffen nach den Seilen, die angebracht worden waren, um das schwere Equipment hinaufzuwuchten. Sie griffen den Feind an …

… während Hayden und ihr Team, ohne zurückzuweichen, auf der Treppe standen und alle ihre Feuerkraft auf die zahlenmäßig überlegenen Angreifer konzentrierten.

Dahl rannte zum Ende der Treppe und sprang ins Nichts. Hätte er bei diesem Stunt Publikum gehabt, hätten sicher alle den Atem angehalten und sich gefragt, was der Schwede vorhatte. Beging er Selbstmord? Aber dann landete er auf dem steinernen Treppengeländer und rutschte mit zunehmender Geschwindigkeit Richtung Erdgeschoss, feuerte dabei und schrie.

Drake war der Nächste, dann folgte Alicia. Beide schrien ebenfalls, um die Angst zu übertünchen. Das Trio rutschte das Steingeländer hinab, feuerte mit den Waffen im Automatikmodus aus allen Rohren.

Mai und einer der SAS-Soldaten schnappten sich Seile und kletterten damit, so schnell es ging, die Wände hinauf, während Sam und ein weiterer Soldat eine vernichtende Salve entfesselten, um ihnen Feuerschutz zu geben. Sie kletterten die etwa sieben Meter hinauf und warfen dann Granaten in die Luft. Es wirkte ungeplant, aber war in Wahrheit dazu gedacht, den Gegner durcheinanderzubringen und ihm die Orientierung zu nehmen.

Dann ließen sie die Seile los und sprangen zu Boden …

… Haydens Team rannte im Schutz des ausbrechenden Chaos auf den Ausgang zu. Einer der Delta-Soldaten wurde von einem Kopfschuss unvermittelt getötet. Eine Sekunde trugen ihn seine Beine noch weiter und er bekam einen weiteren Schuss ab, der eigentlich für Komodo gedacht war. Der Mann rettete seinen Kommandanten das Leben, selbst als er bereits tot war. Hayden sprang auf den Boden der Höhle und Gates, sowie der letzte Secret-Service-Agent und Belmonte rannten aus der Deckung und feuerten ebenfalls.

Mai und der SAS-Soldat landeten gleichzeitig auf dem Boden, rollten sich ab und sprangen wieder hoch, gerade, als die Granaten, die sie geworfen hatten, in der Luft explodierten. Schrapnell flog herum und traf die Körper der Gegner auf allen Seiten des Grabes.

Dahl, Drake und Alicia näherten sich dem Ende des Steingeländers und feuerten relativ ungezielt. Feindliche Soldaten wurden herumgewirbelt und stürzten von der dritten Ebene über den Rand hinab. Weitere führten einen Tanz wie Puppen auf, als die Kugeln durch sie hindurch fetzten und sie stürzten zwischen ihre Kameraden und rissen sie mit zu Boden. Dahl flog vom Ende des Geländers und da es nichts gab, das ihn aufgehalten hätte, knallte er in vollem

Tempo auf den Boden, seine grazile Flucht endete in einer Bruchlandung. Drake und Alicia konnten nicht anders, als ihm auf dem Fuß zu folgen.

»Leck mich«, fluchte Alicia, als sie auf dem Boden lag. »So kann man eine Frau natürlich auch von den Füßen holen.«

Drake wuchtete den schmerzenden Körper vom Boden. Die meisten ihrer Gegner waren geschockt darüber, dass sie von einer zahlenmäßig unterlegenen Gruppe aus drei Richtungen angegriffen worden waren, und brauchten einen Moment, um sich zu sammeln. Die anderen hatten bereits die Waffen im Anschlag. Drake sah den Ausgang vor sich.

Jetzt oder nie.

Sie hatten keine Wahl mehr.

»Schnell.«

Er rannte voraus, auf den Ausgang zu. Kugeln trafen den Boden neben ihnen, aber nicht annähernd so viele, wie es hätten sein können. Selbst die Elitesoldaten unter ihren Gegnern waren abgelenkt durch ihre verwundeten Kameraden. Drake wusste, dass kein Soldat, egal, für wen er arbeitete oder welches Ziel er verfolgte, sich völlig konzentrieren konnte, während seine Kameraden neben ihm schreiend starben. Dann sah Drake, dass Hayden und ihr Team bereits auf sie warteten und ihnen Feuerschutz gaben. Als er an einem der acht Altäre vorbeikam, wurde er etwas langsamer, um einen kurzen Blick darauf zu werfen.

Der viereckige Stein war fest mit dem Felsboden der Höhle verbunden und darauf war der Altar errichtet. Es war eine präzise Form hineingraviert worden. Cayman hatte wohl recht gehabt. Die acht Teile Odins mussten auf den acht Altären befestigt werden, vermutlich, um die Doomsday-Waffe zu aktivieren.

Und die acht Artefakte waren bereits auf dem Weg hierher.

Spiel und Satz gingen an Cayman, aber den *Sieg* hatte er noch nicht errungen. Noch lange nicht. Und wenn man aus Caymans Reaktion etwas schließen konnte, dann wohl, dass die Schattenelite und ihr Anführer, der Wikinger, nicht nur für die schrecklichen Ereignisse rund um die Gräber der Götter verantwortlich waren, sondern auch für die Schrecken in Drakes Vergangenheit.

So wie auch Cayman selbst.

Drake musste diese SAS-Einrichtung erreichen und Wells' Forschungsergebnisse finden. So wie es im Moment aussah – war alles miteinander verbunden.

Hayden schenkte ihm ein schmerzverzerrtes Grinsen, als er bei ihr ankam. »Immer noch am Leben, was?«

»Zumindest so lang, bis sie gerächt ist«, sagte er mit finsterem Gesicht. »Wie viele gibt es, denen das nicht zuteilwird?«

»Zu viele«, sagte Hayden und Drake sah Ben, der hinter ihr stand. Das Gesicht des jungen Mannes war kreidebleich, die Hände blutig. Genau in diesem Moment schlugen Kugeln in den Bogengang hinter Drake ein.

Er deutete auf die lange Passage, der sie hier herunter gefolgt waren. »Wir sollten uns in Bewegung setzen.«

Das Team ging den Weg zurück, den es gekommen war. Zuerst kamen sie schnell voran, waren aber vorsichtig. Dann meldete sich Hayden zu Wort und äußerte ihre Bedenken über die acht Teile Odins.

»Sie können nicht mehr so weit weg sein. Es kommt drauf an, wie Cayman sie transportieren ließ. Ich vermute, im Verborgenen und leise. So arbeiten seine Auftraggeber. Das dauert etwas länger. Aber selbst dann …« Sie ließ das Offensichtliche unausgesprochen.

»Wir müssen sie abfangen«, sagte Dahl. »Es ist zwingend erforderlich, dass wir sie in die Finger bekommen, bevor sie Cayman in Empfang nehmen kann. Und sobald wir hier heraus sind …« Er warf einen Blick in die Finsternis vor ihnen. »Muss ich mit meinem Mann in Island reden. Er hatte genügend Zeit, um zumindest *irgendetwas* zu entziffern.«

»Was ist diese Doomsday-Waffe?«, fragte Belmonte. Er ging in der Mitte der Gruppe und hatte ihnen Feuerschutz gegeben, als sie aus der Höhle geflüchtet waren. »Und wie funktioniert sie? Weißt du das?«

»Noch nicht«, flüsterte Dahl und steigerte das Tempo. »Mein Sprachexperte in Island wird mir helfen, diese Frage zu beantworten.«

»Ich wette, es hat was mit Odin zu tun«, sagte Karin. »Die nordischen Götter hatten da überall ihre Finger drin. Es wirkt alles vorherbestimmt, als würden wir einem Pfad folgen, der in der Antike festgelegt worden war …« Sie verstummte einen Moment. »Aber zu welchem Zweck?«

»Wenn es, wie du sagst, seine Wurzeln in der nordischen Mythologie hat – Odin und Ragnarök –, wird es vermutlich die Welt in ihren Angeln erschüttern«, sagte Dahl zu ihr. »Ragnarök war die letzte Schlacht der Götter.«

»Es ist ja noch nicht passiert«, sagte Belmonte.

Karin nickte. »Ich wette, dass Odin als Erster die Zukunft gesehen hat und realisierte, dass die Götter auf andere Weise gestorben sind. Zuerst hätte er vielleicht darüber gelacht und sich lustig gemacht, aber möglicherweise … *ist es wahr geworden, weil er gesehen hat, wie es passiert ist.*«

»Wow.« Ben hatte Mühe, mitzuhalten. Drake lächelte, als er sah, wie Komodo den jungen Mann halb hinter sich herzog. »Das ist aber sehr tiefgründig, Schwesterlein.«

»Sehr, sehr tiefgründig«, erwiderte Karin. »Aber vermutlich wahr.«

»Und der Schild Odins hat das alles ausgelöst?«, fragte sich Hayden. »Ben und Parnevik haben die ganze Zeit davon geredet, dass es das wichtigste Artefakt ist.«

»Als der Schild gefunden wurde, hat es eine Kette von Ereignissen in Gang gesetzt …«, sagte Karin zu ihr. »Das hat dazu geführt, dass Grab drei gefunden wurde. Da bin ich sicher.«

»Wenn es um die Schattenelite geht …« Jonathan Gates wurde von seinem verbliebenen Secret-Service-Agenten und Komodos überlebendem Delta-Soldaten begleitet. »… wissen wir immer noch nicht, wem wir trauen können.«

Sie erhöhten das Tempo, die Strahlen der Taschenlampen hüpften auf und ab, während sie rannten. Es war anstrengend und gelegentlich schmerzhaft, aber sie wussten, was auf dem Spiel stand.

Jede Minute zählte.

KAPITEL 15

Tageslicht blendete sie, als sie aus dem unheimlichen Tunnel herauskamen. Die Toten und Sterbenden lagen immer noch auf dem Boden. Einer der gegnerischen Soldaten hatte es geschafft, mit der Waffe in der Hand bis zum Rand des Tunnelschachts zu kriechen. Er wirkte überrascht, als das gesamte Team vor seiner Nase aus dem Tunnel kam.

Hayden zeigte auf ihn. »Schnappt euch den Typen. Weil er überlebt hat, darf er uns zur Belohnung alles sagen, was er über Caymans Plan weiß, was mit den acht Artefakten passieren soll.« Sie nickte in Richtung der anderen Zimmer. »Sammelt alle Überlebenden ein. Und überprüft, was draußen los ist.«

Kinimaka, Komodo und der zweite Delta-Soldat machten sich auf den Weg. Sam und seine beiden SAS-Kollegen folgten, nachdem sie sich kurz beraten hatten. Drake nahm sich einen Moment, um im Sonnenlicht zu baden und die sanften, warmen Strahlen zu genießen, die durchs Fenster schienen und die Staubpartikel beleuchteten, die durch die stehende Luft schwebten. Hinter diesen alten Burgmauern lag eine geschäftige Stadt, gefüllt mit Menschen, die keine Ahnung hatten, dass ein gewaltiger Schlagabtausch in ihrer Nähe im Gange war.

Torsten Dahl ging auf eines der Fenster zu, holte das Handy heraus und tippte auf ein paar Buttons. Drake, Ben, Karin und schließlich Belmonte schlossen sich ihm an.

Alicia und Mai blieben ein wenig zurück und bewachten den Tunnel.

Dahl warf einen zweifelnden Blick auf das Handy, als es klingelte und klingelte. Nach einer Minute stellte er den Lautsprecher an. »Verflucht. Hat er keine Voicemail?«

»Vielleicht weiß er nicht, wie man sie benutzt.« Ben grinste. »Alte Säcke haben nicht so viel Ahnung von moderner Technologie. Stimmt's, Matt?«

Dahl hörte ein Klicken. »Hallo?«

»Ja?«

»Ich bin es – Dahl. Alles okay bei dir, Olle?«

»Ja. Mir geht es gut. Wo bist du? Ich dachte schon, du bist tot.«

»Es braucht mehr als ein paar Gorillas mit Pistolen, um mich umzubringen, Olle.«

»Ich habe etwas für dich. Sogar mehr als das. Es sind einige Sachen.«

Dahl sah die anderen mit einem Grinsen an. »Er ist etwas schräg.«

Drake nickte. »Was du nicht sagst.«

»Akerman.« Dahl betonte den Namen. »Wenn du offen reden kannst, wäre jetzt eine gute Gelegenheit.«

»Offen reden? Pah. Ich kann mich glücklich schätzen, dass ich überhaupt reden kann. Nein, *du* kannst dich glücklich schätzen. Denn, wenn die mich umbringen würden, Torsten, wärst du derjenige, den ich mir vornehmen würde.« Er machte eine Pause. »Um dich heimzusuchen. Als Geist.«

Dahl runzelte sorgenvoll die Stirn. »Wissen die, dass du für mich arbeitest?«

»Vielleicht. Sie haben mir nicht mehr getraut, seitdem sie mich mit all den Fotos erwischt haben.«

»Welche Fotos?«

»Die von deiner Frau. Hahahaha.«

»Akerman …«

»Ja, ja. Okay. Schon verstanden. Die Sprache, die im Grab verwendet wurde, ist sehr schwierig zu entziffern. Das weißt du. Ich musste Bilder machen und in meinem Zimmer daran arbeiten. Das war die einzige Lösung.«

Dahl schüttelte den Kopf. »Und?«

»Es ist eine Mischung aus Alt-Akkadisch und Sumerisch. Vielleicht mit einer Spur Babylonisch. Viel konnte ich bisher noch nicht herausfinden, aber so viel kann ich schon mal sagen. Es kann sein, dass diese antiken Sprachen ihren Ursprung in der sogenannten ›Sprache der Götter‹ hatten. Wie du weißt, wurde das antike Akkadisch auf Tontafeln in Keilschrift geschrieben – übernommen von den frühen Sumerern. Als ich die häufig vorkommenden Logogramme übersetzt hatte, war ich auf dem besten Weg.«

»Logogramme?«, fragte Drake.

Karin flüsterte: »Bilder, die für Worte stehen.«

»Ein Lückentext?«, sagte Dahl mit breitem Grinsen.

»Ein klein wenig komplexer ist es schon, Torsten. Ich weiß, ihr Soldaten haltet meistens nur irgendwo drauf und drückt einen Abzug, aber eine unbekannte Sprache zu übersetzen – na ja, das erfordert mehr Fertigkeiten.«

Dahl wartete.

»Wie dem auch sei. Als ich entdeckt hatte, dass die Logogramme eher sekundär waren und der Rest der

Sprache in der Tat ein komplettes Syllabar, kam ich besser voran.«

Drake warf Karin einen Blick zu. »Ein Syllabar ist ein Satz Symbole, die all die Silben einer Sprache repräsentieren. Ein vollständiges Schriftsystem.«

»Zugegeben, es ist ein wenig Altgriechisch vorhanden, etwas *Nushu* aus China und sogar Maya-Sprache, aber es scheint ganz gut zusammenzupassen.«

»Ergibt Sinn«, sagte Dahl. »Die Gräber der Götter sind angefüllt mit Göttern aus allen Ländern.«

»Nachdem ich einigen Unrat beseitigt hatte, konnte ich anfangen, es zu entziffern. Um es dir leicht zu machen, Torsten, halte ich mich an die einfacheren Aspekte.«

»Nett von dir, Akerman.«

»Ich weiß. Es war vorherbestimmt, dass die Entdeckung von Odins Schild eine Reihe von Ereignissen in Gang setzen würde, die zur Entdeckung aller drei Gräber führte. Dazu gehören auch die Apparate auf Blackbeards Schiff, die das Portal öffnen und das Tor, das ihr in Hawaii gefunden habt. Verstehst du? Sie wurden nicht zufällig zum jetzigen Zeitpunkt entdeckt.«

»Das war uns auch schon aufgefallen«, murmelte Drake.

»Aber …« Akerman schrie das Wort nahezu. »Der Text geht weiter und sagt aus, dass die Reihenfolge der Ereignisse ›die Entscheidung der Menschheit, sich zu retten oder zu zerstören‹ offenbaren wird.«

Belmonte pfiff. »Das gefällt mir gar nicht.«

»Die Entscheidung der *Menschheit*?«, fragte Dahl ungläubig.

Karin lächelte müde. »Die Doomsday-Waffe zu nutzen oder nicht zu nutzen«, sagte sie. »Es liegt alles in unseren Händen.«

»Natürlich. Odins Gedicht – das sollt ihr für immer fürchten, so höret mich, ihr Menschensöhne, denn das Grab der Götter zu entweihen, führt zum Tage des Gerichts. Weiter im Text, Akerman.«

»Was die Götter selbst angeht. Odin war derjenige, der die Zukunft sehen konnte – und dann buchstäblich durch die Zeit gereist ist. Zufälligerweise reiste er eines Tages in eine Zeit, in der keine Götter existierten. Sie waren tot. Als er das, was er entdeckt hatte, dem Götterrat und seinen Söhnen vortrug, lachten sie. Sie glaubten ihm nicht. Deswegen fertigte er die Teleportationsapparate und gestattete es einigen Freunden, denen er vertraute, die Zukunft zu sehen. Was geschehen war, *würde* geschehen. Versteht ihr? Vor diesem Augenblick hatten sich die Götter als ewig gesehen, als ein Geschlecht, das niemals sterben konnte. Aber eine einzige harte Wahrheit kann einem die eigene Sterblichkeit vor Augen führen und so war es auch mit den Göttern.«

Karin lächelte ihren Bruder an. Sie hatte recht gehabt.

»Es heißt, kein Gott sei wahrlich böse«, fuhr Akerman fort. »Aber einige waren auf jeden Fall boshafter als andere. Es waren diese wenigen, die gern die Teleportationsapparate zu ihren eigenen Zwecken genutzt hätten – stellt euch nur das Chaos vor, das dadurch entstanden wäre – und so erdachte Odin einen Plan. Die großen Götter bauten Grab Nummer drei, um die Gefahr zu bannen. Dann das in Island. Und dann das in Hawaii. Offensichtlich gibt es dort eine Art Thron?«

Drake nickte, als er Dahls fragenden Blick sah. »Ja. Einen riesigen, finsteren Thron, der über der gewaltigsten Höhle stand, die du je gesehen hast.«

»Dort saß einst Odin«, sagte Akerman. »Bevor er starb. Der letzte der Götter, der folgenschwere Entscheidungen treffen musste. Und dann kehrte er in sein eigenes Land zurück, um zu sterben.«

Dort saß einst Odin. Drake konnte es kaum glauben und sein Herz schlug wild. *Ich bin über den Thron geklettert, auf dem Odin gesessen hat.* Ihm verschwamm einen Moment die Sicht.

»Odin war Herr des Schicksals«, fuhr Akerman fort. »Er schmiedete das Schicksal der Götter und der Menschheit und ich bin sicher, er hat viele entscheidende Wendepunkte in der Geschichte vorherbestimmt. Nicht nur diesen einen.«

»Verraten die Texte irgendetwas über die Doomsday-Waffe selbst oder wie sie mit der nordischen Mythologie zusammenhängt?«, fragte Karin ungeduldig.

»Wer hat das gesagt?«, blaffte Akerman. »Egal. Die Dame klang etwas aggressiv, aber ich nehme an, ich war etwas weitschweifig. Ja – tun sie. Ich habe mich natürlich auf diesen Teil des Textes konzentriert.« Akerman hustete verlegen.

»Red weiter, alter Freund«, sagte Dahl behutsam.

»Die Doomsday-Waffe ist eine Waffe, die entworfen wurde, um eine Überlastung der Elemente zu verursachen. Die Erde wird erbeben. Die Luft wird von Megastürmen von unglaublicher Kraft zerrissen werden. Vulkanketten werden detonieren. Und die Ozeane sich erheben.«

»Das schlimmste Szenario, das man sich vorstellen kann.« Ben nickte. »Natürlich.«

»Thor war der Gott von Blitz und Donner. Poseidon – der des Meeres. Loki – des Feuers. Und sowohl Loki und Poseidon sind dafür bekannt, auch die Götter der Erdbeben zu sein. Ihr habt sie alle gefunden, oder nicht?«

»Neben Tausenden anderen.« Dahls Blick war leer.

Drake wollte ihm etwas Aufbauendes sagen, aber die Worte vertrockneten in seinem Mund zu Asche. Anderen etwas Ermutigendes zu sagen, schien ihm im Moment nicht gegeben zu sein.

»Das ist der Punkt. Die Maschine wird die natürlichen Elemente nutzen, um den Planeten in Stücke zu reißen. Aber das basiert auf der nordischen Version der Apokalypse – Ragnarök. Schon mal davon gehört?«

Hayden verspürte nicht den Wunsch, dem Mann wehzutun, den sie in der Burg gefangen genommen hatten, aber ihre Pflichten waren wichtiger als sein mitleiderregender Wunsch, am Leben zu bleiben. Ein Recht, das er verspielt hatte, als er sich entschied, Söldner zu werden.

Falls er sich entschieden hat, dachte Hayden und erinnerte sich an die Qual, die viele der Männer des Blutkönigs durchleben mussten.

Sie sah ihm durchdringend in die Augen. »Was weißt du von den acht Artefakten, hm? Wo sind sie?«

Sein Gesichtsausdruck änderte sich nicht. Hayden tippte ihm mit dem Lauf ihrer Pistole gegen den Kopf. »Sag es mir. Jetzt.«

»Cayman hat sie herschicken lassen.« Endlich packte der Mann aus. »Er … sie waren in Stuttgart. Nicht weit weg.«

»Sicher, das weiß ich alles. Aber wie transportiert er sie nach Singen?«

Während sie noch redete, stand ihr die Antwort plötzlich vor Augen. Es gab nur eine Methode, um das schnell, sicher und leise zu tun. Aber sie brauchte die Bestätigung.

Der Mann schüttelte den Kopf. »Ich weiß es nicht.«

Haydens Blick verfinsterte sich. Sie sah sich um. Kinimaka war mit einem weiteren Mann ein paar Meter entfernt beschäftigt. Er richtete sich auf und hatte einen ähnlichen Gesichtsausdruck.

Dann erschien Sam, der SAS-Kommandant, in einem verfallenen Türdurchgang in der Nähe. »Wir haben die Kommunikationsanlage gefunden und einen der Funker bearbeitet, bis er uns eine Antwort gegeben hat. Cayman hatte es vorwiegend auf Geheimhaltung und unauffälliges Vorgehen angelegt, vermutlich, weil seine Vorgesetzten darauf bestanden haben. Die Artefakte werden über Land transportiert in einem zivilen Zug.«

Hayden sprang auf. »Wir müssen diesen Zug aufhalten – um jeden Preis.«

Auf Dahls Drängen hin erklärte Akerman es, so schnell er konnte. »Ragnarök ist die Schlacht aller Schlachten. Der Endkampf. Im Grunde die letzte Schlacht der Götter. Das letzte Gefecht aller Helden. Heimdall bläst sein großes Horn. Die Midgardschlange schlägt um sich und verursacht riesige Flutwellen. Klippen stürzen ins Meer. Menschen gehen über den Pfad, der zur Hölle führt und die Himmel teilen sich. Der große Weltenbaum, Yggdrasil, erzittert. Die Götter streiten mit den Eindringlingen. Odin stirbt zwischen den Kiefern von Fenrir. Freyr kämpft gegen Surtur und verliert. Odins Sohn Vidar rächt seinen Vater und tötet den gewaltigen Wolf mit einem Speer. Thor, der Beschützer der Erde, kämpft verzweifelt gegen die große Schlange und besiegt sie, aber kann sich nur noch neun Schritte von ihr entfernen, bevor er an ihrem Gift stirbt. Menschen flüchten aus ihren Häusern. Die Sonne wird schwarz, gewaltige Stürme erschüttern die Erde und sie versinkt im Meer. Sterne verschwinden. Feuer und Dampf steigen auf und die Flammen schlagen bis zum Himmel.«

»Aber das ist nie passiert«, sagte Dahl.

»Vielleicht nicht. Vielleicht *noch* nicht. Odin wurde immer als weisestes Wesen beschrieben. Er hat vielleicht einen Weg gefunden – diesen hier –, um das Unausweichliche zu verzögern. Auf jeden Fall ist euer Kampf, unser Kampf, real. So real, wie es nur geht. Das ist *unsere* Ragnarök, mein Freund.«

»Gemäß welcher Interpretation?«

»Helden müssen sich erheben, um die Welt zu retten, oder die Schurken werden ihr Ende herbeiführen. Woran man glaubt, ist egal. Das letzte Gefecht steht bevor. Die Schlacht aller Schlachten. Ihr müsst diesen Kampf gemeinsam bestehen und ihr müsst ihn gewinnen.«

Drake bemerkte, dass Mai und Alicia sich zum ihm gesellt hatten. Sie hatten die Unterhaltung mitangehört und wirkten wild entschlossen. »Die Schattenelite steckt hinter all dem«, sagte er. »Die wollen die acht Teile, um die Welt zu erpressen. Wir werden sie aufhalten.«

»Aber wieso sollte man die Artefakte hierherbringen?«, fragte Dahl in die Runde und ignorierte einen Moment das Telefon.

»Um zu beweisen, welche Macht sie haben«, sagte Karin angewidert. »Das kann nur bedeuten, dass sie der Welt einen kleinen Vorgeschmack geben wollen.«

Drake fand das Ganze etwas ironisch – dass die acht Teile, die sie einst für irrelevant gehalten hatten, sich als entscheidend erwiesen. Er sah gedankenverloren zu, wie Karin sich aus ihrer Runde löste, um sich mit Komodo zu unterhalten, der auf sie zukam.

Hayden schloss sich ihnen an. »Zeit, uns in Bewegung zu setzen.«

Dahl bedankte sich bei Akerman, wies den schwedischen Sprachexperten an, sofort Island zu verlassen, und beendete den Anruf. »Also«, sagte er. »Wir sollten unseren Zug erwischen.«

Karin fing Komodo ab, als er auf die Gruppe zukam, und führte ihn ein wenig abseits. Sie gingen durch einen schmalen, baufälligen Durchgang und in eine kleine, stille Nische, die eher aus leeren Fenstern und eingefallenem Mauerwerk statt intakten Wänden bestand.

»Ich hab dich vermisst, Trevor.«

Der kräftig gebaute Mann wirkte verlegen, als er seinen Namen hörte. Karin wollte ihn damit necken. Sie kannten sich noch nicht so lange, aber lange genug.

»Und ich dich, Kazmat.« Sein Spitzname für sie basierte auf der Abkürzung für *Hazardous Materials*, Gefahrgut – angemessen für die Familie, der sie entstammte, seiner Meinung nach.

Karin küsste ihn stürmisch auf die Lippen.

Der Soldat musste sich bücken, weil sie kleiner war als er. Als sie sich voneinander lösten, waren beide außer Atem.

»Du bist der erste Mensch, seit Rebecca gestorben ist, dem ich so sehr vertraue.« Karin wiederholte, was sie schon mehrmals zu ihm gesagt hatte. Rebecca war früher Karins beste Freundin gewesen. Obwohl schon einige Jahre vergangen waren, seitdem sie viel zu früh gestorben war, hatte sich Karin nie wieder jemandem so nahe gefühlt. »Lass nicht zu, dass ich es bedauere.«

»Auf keinen Fall.«

»Ich hab so lange mein Leben weggeworfen.« Sie vergrub den Kopf an seiner Schulter, Staub und Schmutz waren ihr egal.

»Wenn das vorbei ist«, sagte Komodo leise, »lassen wir uns etwas einfallen.«

»Ich habe *versucht* zu helfen, ich habe es versucht. Aber ich war so jung …« Karin verdrängte die Erinnerung an Rebeccas Tod. Sie vermutete, die Erinnerungen waren wieder an die Oberfläche gekommen als Reaktion auf die Gefahren, denen sie sich ausgesetzt gesehen hatte und wegen ihrer Gefühle für Komodo.

»Es war nicht dein Fehler. Es waren die anderen. Die Erwachsenen, die dich ignoriert haben.«

»Das weiß ich«, sagte Karin. »Aber …«

»Die waren schuld«, wiederholte Komodo und versuchte, sie zu überzeugen.

»Wir brauchen Zeit zusammen, damit das hier funktioniert.«

Der Soldat entfernte sich ein kleines Stück von ihr. »Wir werden Zeit haben. Das verspreche ich dir.«

»Aber deine Arbeit …«

»Der ganze Mist wird uns nicht in die Quere kommen. Ich kann andere Arbeit finden.«

Karin sah ihn zweifelnd an. »Ein zwei Meter großer, tätowierter, hünenhafter Delta-Kommandant, der aussieht wie ein Biker und Trevor heißt? Unwahrscheinlich.«

»Ich werde einfach dein Bodyguard.« Er näherte sich ihr.

Karin unterdrückte ein Lachen. »Und der manchmal redet wie ein Neunjähriger. Oje.«

»Willst du mit mir kämpfen?« Komodo löste sich mit einem Lachen von ihr. »Du willst dich wirklich hiermit anlegen?« Er blähte die Brust.

Karin warf einen Blick zum Blattwerk vor den Fenstern. »Pack mich einfach und trag mich zu den Bäumen da. Dann sehen wir mal, wer sich mit wem anlegt.«

Aber in diesem Moment hörten sie deutlich, wie das Team die Besprechung beendete und sich auf den Weg machte. Bens Stimme war über den Tumult hinweg zu hören. »Schwesterlein?«

Komodo zuckte mit den Achseln. »Zuerst werden wir wohl die Welt retten müssen.«

KAPITEL 16

Das Team machte sich auf den Weg zurück den Hügel hinauf zu den Autos. Hayden glaubte, dass Cayman Verstärkung angefordert hatte – da er im Untergrund blieb und es nicht so aussah, als wolle er sie verfolgen. Aber das war nicht der Hauptgrund, dass sie sich im Höchsttempo auf den Weg machten. Sie mussten irgendwie einen zivilen Zug aufhalten.

Während sie rannten, schluckte sie ein paar Schmerztabletten. Jede Bewegung ließ einen Feuerstrahl durch ihre verwundete Seite zucken. Sie hatte heute schon genügend Schmerzmittel genommen, um ein Pferd einschlafen zu lassen, aber das Adrenalin hielt sie auf den Beinen. Das struppige Gebüsch, durch das sie lief, und ein Dornbusch neben ihr hätten sie fast stolpern lassen. Als sie aus der Deckung kam, breitete sich die gesamte Stadt Singen vor ihr aus, die sich bis zum Horizont erstreckte.

Kinimaka hielt sie mit seinem mächtigen Arm aufrecht. »Wenn du willst, kann ich dich tragen.«

»Ich weiß, Mano, danke.«

Jonathan Gates blieb stehen und klopfte nachdenklich mit seinem Handy seitlich gegen den Oberschenkel. »Jetzt stehe ich hier, der US-Verteidigungsminister, und versuche zu entscheiden, wen ich um Hilfe bitten kann.« Er lächelte, aber ohne jeden Humor. »Aber mir fällt keine einzige Person ein, jemand, der die richtigen Connections hat und dem ich vertraue.«

Hayden atmete durch und versuchte, aufrecht stehen zu bleiben. Es kam ihr vor, als hätte sie die letzten paar Wochen und Monate eine ganze Lebenszeit hinter sich gebracht. Ihre Hoffnungen und Träume und ihre Zukunft – alles hatte sich verändert. Sie stellte sich immer noch vor, dass sie eines Tages aufwachen und feststellen würde, es war alles eine Halluzination gewesen. Dass Matt Drake und Ben Blake und Alicia Myles nicht wirklich real waren – sondern nicht mehr als die verzerrten, fieberhaften Phantome ihrer eigenen Fantasie.

Aber hier stand sie auf einem Hügel mit Bäumen und einer alten Burg, die auf einem erloschenen Vulkan errichtet worden war. Ihr Chef und ihre Kollegen waren bei ihr. Die ganze Welt stand auf dem Spiel.

Ein Zug fuhr von Stuttgart nach Singen und trug eine Fracht aus Zivilisten, Söldnern und dem Tod. Irgendwie musste sie in diesen Zug kommen.

Sie wandte sich an Ben und Karin. »Erzählt mir mal die Einzelheiten über diesen Zug. Ich benötige die genauen Uhrzeiten. Alle Gleiswechsel und Haltestellen. Alles.«

»Bin dabei«, sagte Karin sofort. Ben sah sie erschöpft an, bevor er sein iPhone aus der Tasche fischte. Sie lächelte ihn nicht an. Es war, als könne er ihre Gedanken lesen. Wusste, dass ihre Beziehung so gut wie vorbei war.

Werde erwachsen, Ben.

Drake hatte sich leise mit seinen SAS-Kameraden unterhalten. Dann sah er Hayden an und gesellte sich zu ihnen. »Schnappt euch diese Artefakte«, sagte er mit seinem Yorkshire-Dialekt. »Oder zerstört sie. Oder versteckt sie irgendwo. Macht diese Bastarde fertig. Egal, was es kostet.«

»Kommst du nicht mit?«

»Alicia, Mai und ich machen uns auf den Weg nach Luxemburg. Wells hatte Cayman und seine Schattenelite seit zehn Jahren auf dem Radar gehabt. Er hat für sie gearbeitet. Kannte jeden ihrer Winkelzüge. Ich vermute, dieses Wissen kann uns noch nützlich sein.«

»Und du findest dabei auch heraus, wer deine Frau umgebracht hat?«

»Ich hoffe, ich erfahre, wer es war. Ich werde ihn nicht jagen, bevor die Geschichte mit dem Grab der Götter vorbei ist.«

»Haltet Kontakt.«

»Jede Stunde.«

Drake sah sie an, mit Respekt, Bewunderung und mehr als einer Spur Zuneigung im Blick. In diesem Moment wusste sie, Matt Drake würde ihr Freund bleiben, auch wenn sie sich von Ben trennte. Sie sah ihm nach, als er ging.

Dann drehte sie sich zu Kinimaka um und hoffte auf etwas herzwärmende Kameraderie, aber Daniel Belmonte stellte sich zwischen sie.

»Meine Dienste hast du ja bisher nicht gebraucht«, sagte er mit einem schelmischen Lächeln. »Aber der Mann, der gerade geht, könnte sie vielleicht brauchen.« Er nickte hinter Drake her. »Was dagegen, wenn ich mich ihm anschließe?«

»Sicher. Wieso sollte ich etwas dagegen haben?« Hayden seufzte. »Du bist hier, weil wir dich einfach mitgeschleppt haben. Im Moment kannst du mir nichts helfen.«

»Ich bin der Beste in dem, was ich tue.«

»Hör auf mit den Zweideutigkeiten, Belmonte. Was zwischen uns war, hat nicht lang gedauert. Es war …« Sie sah ihm in die Augen. »Nicht schlecht, um fair zu sein. Aber du bist vor allem ein Dieb.« Ihr Blick fiel auf Ben und sie dachte an die unausgesprochenen Probleme, denen sie gegenüberstanden. Probleme, die durch die Ankunft von Belmonte noch verschlimmert worden waren. Die letzten paar Tage waren wie ein Wirbelwind gewesen. Niemand hatte Zeit oder Lust gehabt, über seine Gefühle zu reden. Aber sie wusste, was sie empfand.

Sie sah Drake hinterher. »Schließ dich ihm an.«

»Mit Vergnügen.«

»Aber, Belmonte. Es wäre gut, wenn Gottes Geschenk an die Frauenwelt einen Rat annähme.«

»Stell mich auf die Probe.«

»Halte dich dieses Mal von Alicia Myles fern. Sie ist … eine Katastrophe mit blauen Augen.«

Während Belmonte mit einem nachdenklichen Gesichtsausdruck davonging, kamen Ben und Karin zu ihr. Hayden musste erneut ihre Gefühle in einen Winkel ihres Gehirns verbannen. Kinimaka sah sie aufmunternd an. Gastes legte ihr einen Arm um die Schulter.

Ben sagte: »Von Stuttgart nach Singen sind es vier Stunden. Wir haben genügend Zeit, um zum Bahnhof in Zürich zu fahren, wo er eine Dreiviertelstunde Aufenthalt hat und dort zusteigen. Die Fahrt von Zürich nach Singen dauert dann eine Stunde …«

»Was uns 60 Minuten gibt, um den Zug zu durchsuchen und die Artefakte zu finden und zu neutralisieren.« Karin fügte noch eine für das Geschwisterpaar typische Bemerkung an. »Auf die eine oder andere Weise.«

Dahl hatte einen Anruf bei seinem *Staatsminister* beendet und den letzten Teil der Unterhaltung mitbekommen. Er sah ebenfalls Drake nach. »Sag es keinem, aber ich würde meine Karriere opfern, um diesen Mann auf unserer Seite zu haben.«

»Das ist ein wahres Team«, sagte Hayden mit fester Stimme und spürte, wie Gates fest ihre Schulter umfasste. »Keine Solomission. Unter uns – wir werden den Zug besteigen, die Artefakte finden *und* die Arschlöcher bloßstellen, die hinter all dem stecken. Also …«, sie ging auf die Autos zu, die pochende Wunde in ihrer Seite einen Moment vergessen, »einsteigen.«

KAPITEL 17

Drake eilte zu Sam und seinen SAS-Kameraden, die im Stillen ihre Kollegen betrauerten, die sie zurückgelassen hatten, und verabschiedete sich. Mai hatte ebenfalls treue Freunde verloren und stand schweigend etwas abseits. Drake wartete darauf, dass dieser ernste Moment vorbeiging.

»Wir ziehen ab«, sagte er. »Wie sieht es bei euch aus, Sam? Sollt ihr euch bereithalten?«

»Im Moment sieht alles gut aus, Kumpel. Wir bleiben wenigstens noch ein paar Tage in Europa. Aber etwa in einer Woche …« Sam verzog das Gesicht. »Wird irgendein Sesselpupser Wind davon bekommen und wir werden einiges erklären müssen.«

»Das werden wir tun«, sagte Drake und dachte an den Einfluss von Jonathan Gates und an die geheime Recherche von Wells. Eine unangenehme Erinnerung an seine Zeit im SRT tauchte aus seinem Gedächtnis auf. Seine Einheit war beordert worden, nicht bei den Verhören in einem Dorf einzuschreiten. Die Befehle kamen von ganz oben. Aber von wem?

Vielleicht würde er mehr als eine Antwort in Wells' Unterlagen finde.

»Wir werden so lang warten, wie wir können«, sagte Sam. »Es gibt noch drei weitere Teams, die im Moment in Europa aktiv sind. Nur, damit du Bescheid weißt.« Er zwinkerte ihm zu.

Drake bedankte sich bei seinem Freund und sprang in einen der Wagen, zusammen mit Mai, Alicia und Belmonte. In wenigen Sekunden hatten sie ihre Freunde und den Hohentwiel im Rückspiegel gelassen und waren unterwegs zu einem Privatflugplatz am Stadtrand von Singen. Dahls Leute hatten ihnen einen Sondercharterflug organisiert, um nach Luxemburg zu kommen – die Idee dabei war, je schneller sie dorthin kamen, desto schneller wären sie wieder zurück.

Im Wagen herrschte Stille. Belmonte versuchte, mit ein paar lustigen Sprüchen ein Gespräch in Gang zu bringen, aber die anderen drei nutzten den Moment, um zu verschnaufen. Die Fahrt verschaffte ihnen die Möglichkeit, sich zu entspannen und wenigstens etwas Energie zu tanken, nachdem ihre Reserven nahezu aufgebraucht waren.

Während der Fahrt drehten sich Drakes Gedanken um die finsteren Aspekte ihrer Geschichte, über die er lieber nicht nachgedacht hätte. Mai Kitano hatte den Teleportationsapparat dem Blutkönig überlassen, um ihre Schwester zu retten. Es war verständlich, dass sie so gehandelt hatte, aber sie würde sich dafür verantworten müssen. Sie hatte außerdem das Geheimnis um den Tod von Drakes Frau seit Jahren vor ihm geheim gehalten.

Und dann war da Alicia Myles, die entspannt auf dem Rücksitz saß, der Blick aus ihren blauen Augen aus dem Fenster und auf die Felder und Bäume gerichtet, die vorbeizogen. Sie hatte nicht nur ebenfalls dasselbe Geheimnis bewahrt, sondern war ein Teil von Abel Freys Killerbande gewesen. Er fragte sich, ob ihre wichtigste Motivation immer noch Geld war. Er wollte lieber nicht wissen, was sie in der Vergangenheit gegen gute Bezahlung getan hatte.

Aber was würde sie in der Zukunft tun, wenn man ihr genug bot?

Seine Gedanken drehten sich um Ben Blake. Sie hatten sich nur wenige Monate zuvor gemeinsam auf dieses Abenteuer begeben, als sie nach Odins Knochen gesucht hatten. Nun war es, als lebten sie in unterschiedlichen Kontinenten, getrennt durch Liebe, Verlust und Notwendigkeit. Drake hatte Ben nicht einmal gefragt, ob er ihn nach Luxemburg begleiten wolle. Er hatte die Antwort im Voraus gewusst und ehrlich gesagt, war er der Meinung, dass sie ohne ihn besser aufgestellt waren.

Das war die Ansicht eines Soldaten, nicht die Entscheidung des Zivilisten, für den er sich mittlerweile hielt. Das Leben hatte eine weitere Wendung vollzogen.

Aber es war nicht der richtige Moment, um darüber zu reflektieren. Wenn Dahls Mann in Island recht hatte, stand eine Schlacht bevor, eine Schlacht, die das Ende aller Schlachten sein würde, und wie sie endete, entschied darüber, wer künftig die Geschicke der Welt lenken würde. Die Hauptfiguren bei diesem Schachspiel waren sich bereits auf einem kleiner werdenden Schlachtfeld gefährlich nahegekommen. Es war nur eine Frage der Zeit, bevor sie alle aufeinandertrafen. Die Schattenelite hatte sich zum ersten Mal seit Ewigkeiten in die Karten blicken lassen und das Ende des Spiels würde fürchterlich sein. Drake und seine Freunde waren isoliert worden, einige davon getötet, und man legte ihnen Steine in den Weg. Das Zeitfenster, das ihnen noch Gelegenheit bot zu handeln, schloss sich langsam.

Deswegen hatte Hayden den verrückten Plan, einen Passagierzug zu kapern.

»Hast du schon drüber nachgedacht, wie wir das alles bewerkstelligen sollen?«, fragte Alicia, ohne sich vom Fleck zu rühren.

»Sieht aus, als müssten wir mal wieder den Arsch hinhalten und sehen, wie es läuft«, sagte Drake.

»Genau, wie ich es mag.«

»Ich weiß nur, dass die Einrichtung in der Nähe des Flughafens ist. Nichts Besonderes, nur eine Art kleiner Außenposten. Das Problem ist – er wird von den besten Soldaten der Welt bewacht.«

»Zeit für Mr. Belmonte, seine Fähigkeiten zur Schau zu stellen.« Alicia betrachtete die Landschaft, die vorbeizog.

Drake hielt in der Nähe des Flugfeldes. »Seid ihr bereit?«

Der Flug dauerte dreißig Minuten. Drake musste die ganze Zeit an Hayden, Dahl, Ben und die anderen denken, die im Moment auf dem Weg nach Zürich waren, um diesen Zug zu erwischen. Er wäre gern bei ihnen gewesen. Aber, weil Wells Nachforschungen über die Schattenelite angestellt und die Ergebnisse dieser Recherche dann an einem so obskuren Ort versteckt hatte, musste Drake unbedingt einen Blick darauf werfen, das war ihm klar. Wenn er es tat, würde Alysons Geist vielleicht endlich Ruhe finden.

Das Flugzeug ging in den Sinkflug und setzte weich auf dem Boden auf. Wenige Minuten, nachdem sie es verlassen hatten, führte man Drake, Alicia, Mai und Belmonte zu einem wartenden Wagen.

Dann waren sie auf sich gestellt.

Drake programmierte das Navi mit den Zahlen, die er aus Wells' Aufnahme hatte, und sie ließen den Flughafen hinter sich. Die geheime Basis war nur 25 Minuten Fahrt entfernt. Etwa zehn Minuten vorher kamen sie an einer heruntergekommen aussehenden Kneipe vorbei. Auf dem Parkplatz standen verbeulte Autos und chromglänzende Motorräder. Als sie vorbeifuhren, sah Drake, wie ein Mann durch eines der Fenster flog und Kopf voraus im Staub landete. Ein breiter Schlägertyp sah durch das kaputte Fenster, grinste und goss dem Mann sein halbes Bierglas über den Kopf. Den Rest trank er gierig aus.

»Der Laden ist nach meinem Geschmack.« Alicia grinste.

»Ay up, Belmonte«, sagte Drake. »Sollen wir erst etwas Aufklärung betreiben oder anhalten und einen groben Plan zurechtlegen?«

»Erst Aufklärung«, sagte Belmonte sofort. »Es ist besser, wir wissen, womit wir es zu tun haben.«

»Wir sollten uns nicht zu viel Hoffnung machen«, sagte Mai. »Diese geheime Einrichtung verteilt vermutlich keine Leitfäden für Besucher.«

Drake bremste den Wagen ab, als das Navi ankündigte, dass sie ihr Ziel erreicht hatten. Sie umfuhren den Flughafen und steuerten auf ein Industriegebiet zu. Lagerhäuser, Fast-Food-Restaurants, Autohäuser und dicht gedrängte Geschäfte. Das Gebäude zu ihrer Rechten war ein langes, niedriges Lagerhaus mit einem schweren Gittertor und von einer Mauer mit Stacheldraht umgeben. Unauffällige Schilder waren außen angebracht: *Horne Manufacturing*.

»Sieht für mich gut aus«, sagte Belmonte. »Genug Stellen, um sich zu verstecken. Ich hab schon einen Bereich im Blick, von dem aus wir operieren können und einen, zu dem wir uns zurückziehen können. Drei Punkte, an denen man eindringen kann, der vierte direkt neben einem Nachbargebäude. Seht ihr das? Das Dach ist flach. Das ist ein weiterer Vorteil. Das Lagerhaus ist auch nicht allzu hoch. Überall Stacheldraht, aber das wird kein Problem sein. Ich habe ein kleines Wachhaus in der Nähe des Haupttors hinter den Torpfosten gesehen. Da kommen wir schlecht rein, wegen der Security.«

Drake nickte. »Alles, was zu viel Zeit kostet, sollten wir ausschließen.«

»Ich brauche nicht lange. Uns bleiben die Mauern, Zugang aus der Luft oder über das Nachbargebäude. Habt ihr irgendeine Ahnung, was das sein könnte?«

Drake schüttelte den Kopf. »Wenn ich raten müsste. Ein Teil derselben Einrichtung. Wenn ich von dem ausgehe, was Wells gesagt hat, gibt es ein paar Lagerräume an der Rückseite des großen Lagerhauses. Nichts Besonderes. Ist ja schließlich von der Army. Dort hat er die Unterlagen über seine Recherchen versteckt.«

»Wieso dort?«, fragte Mai.

»Weil er die Gelegenheit dazu hatte«, antwortete Drake. »Aufgrund seiner Stellung war er oft hier. Es ist vor allem ein europäischer Durchgangspunkt, was bedeutet, man kann den Stützpunkt für *alles Mögliche* nutzen. Wells wurde sicher oft hierher beordert.«

»Aber es ist trotzdem nur ein Lagerhaus«, sagte Belmonte. »Die Männer, die es bewachen, sind sicher gut, klar, aber es besteht aus Ziegeln, Beton und Metall, dieselbe Konstruktion wie die anderen. Sie haben also das Gebäude nicht verstärkt oder so.«

»Nein. Aber die Security im Inneren ist sicher mehr als ausreichend.«

»Immer schön ein Problem nach dem anderen«, sagte Belmonte. »Vertraut mir. Ich bin schließlich der beste Dieb der Welt.« Ein Grinsen. »Der Schwachpunkt ist dort, wo sich die Wände des ersten und zweiten Gebäudes treffen. Da ist ein Vorsprung an der Wand – seht ihr –, der am Gebäude nach hinten verläuft und einem guten Kletterer Zugang zum Gelände und auf das Dach bietet.« Belmonte verfolgte mit dem Finger eine imaginäre Fliege in der Luft. »Das erste Problem – gelöst.«

Alicia stöhnte. »Und ich hab diesen Clown in mein Höschen gelassen. Zu meiner Verteidigung muss ich sagen, dass ich besoffen war.«

Belmonte sah sie nicht einmal an. »Es gibt keine Fenster. Die Tür, die wir sehen, können wir nicht benutzen. Damit bleibt uns noch ein Ass im Ärmel. Das Dach. Aber ich benötige ein spezielles Werkzeug. Und es wird laut werden.«

»Dann lass dir einen anderen Plan einfallen.« Drakes Tonfall verriet seine Ungeduld.

»Es gibt keinen anderen Plan. Es ist eine Lagerhalle, nicht der Buckingham Palast. Es gibt nur ein paar Zugangspunkte. Abgesehen davon, wird der Plan mit dem Dach funktionieren. Wir brauchen nur ein Ablenkungsmanöver.«

Er sah Mai und Alicia an. »Und welche bessere Ablenkung könnte man sich erhoffen?«

»Du denkst doch nicht ernsthaft drüber nach, uns da hineinzuschicken, um … die Wachen zu bezirzen?«, fragte Mai ungläubig.

»Oh nein. Nichts in der Art. Was ich im Kopf habe, ist weit gefährlicher.«

KAPITEL 18

Auch wenn der gefährlichste Moment in Matt Drakes Leben darin bestanden hatte, den Blutkönig durch die Pforten der Hölle zu jagen, kam der Augenblick schon nahe dran, als er in eine Bar voller Trucker, Junkies, Gangster und Diebe marschierte. Belmonte betrat den Laden als Erster. Drake ging hinterher, dann folgten Mai und Alicia.

Drake schlich durch die verrauchte Bar wie ein Nebelhauch. Harte Kerle mit dicken Armen und Tattoos drehten die zotteligen Köpfe, um einen Blick auf die zwei Frauen zu werfen, während sie weiter an den Bierkrügen nippten. Knapp bekleidete junge Frauen, die in Käfigen tanzten, hörten auf, die Hüften zu schwingen, hielten sich an den Gitterstäben fest und versuchten, einen besseren Blick zu erhaschen. Stämmige Türsteher mit Tanktops und nachgemachten Levi's legten eine Hand auf ihre Taser und wurden wachsam, als sie die veränderte Stimmung bemerkten. Männer, die am Tresen saßen, verstummten und drehten sich um, als hätten sie ebenfalls gespürt, dass sich etwas verändert hatte. Hinter der Bar selbst steckten beide Barmänner langsam die Hände unter den breiten Tresen aus vernarbtem Holz.

Stille senkte sich über den gesamten Raum. Nachdem die Männer sich die beiden Frauen genauer angesehen hatten, suchten sie mit hartem Blick nach möglichem Widerstand, Belmonte und Drake.

Drake musste sich gar nicht so genau umsehen. Messer lagen auf den Tischen. Lines von Kokain und Heroin waren offen ausgelegt. Ein Mann mit langen Haaren und einem Metallica-T-Shirt saß in einer Ecke, küsste leidenschaftlich eine der jungen Frauen und ließ währenddessen eine Pistole um einen Finger herumwirbeln.

Die Kneipe gehörte einer Gang. Einer, die man besser ernst nahm. Er war überrascht. Luxemburg war eigentlich ein sicheres Land, in dem es sich gut leben ließ, abgesehen von ein paar Vierteln um den Bahnhof oder Flughafen. So wie dieses hier.

Die Atmosphäre war geschwängert mit Rauch und finsteren Absichten. Das Klicken von Sicherungsbügeln von Pistolen hörte sich an wie eine erschreckte Klapperschlange. Drake kam der Gedanke, dass jeder Außenseiter, der hier einen Drink bestellte, vermutlich von Glück reden konnte, wenn er den Laden in einem Stück wieder verließ.

Dann holte Drake ein Bündel Hunderteuroscheine aus der Tasche, der fast zu dick war, um ihn in der Hand zu halten. Langsam wedelte er damit in die Richtung des Tisches im Raum, an dem die härtesten Typen saßen.

Eine Patrone rutschte dem Biker vor Schreck aus den Fingern und sein Kiefer klappte nach unten, als wäre er eine Falltür, die aufschnappte.

»Also«, sagte Drake. »Wir wollen euch ein Angebot machen, das ihr nicht ablehnen könnt. Mit wem müssen wir da reden?«

Sie klügelten einen Plan mit drei Schritten aus, um in das Lagerhaus einzudringen. Sie waren der Meinung, dass es zu gefährlich für Drake war, an der Aktion teilzunehmen, weil er selbst ein Ex-SAS-Soldat war. Es wäre für jeden von ihnen schlecht, wenn man sie erwischte, aber für Drake noch um einiges mehr, wenn sie herausfanden, wer er war. Belmonte hatte seine Connections spielen lassen und seine Fertigkeiten genutzt, um den nächsten Laden zu finden, der ein Laserschweißgerät auftreiben konnte und ein paar ausgewählte Werkzeuge, mit denen man ein Steuergerät an ein Elektronikpanel anschließen konnte.

Alicia hatte sich der Gang aus der Bar angeschlossen – eine Erfahrung, die ihr eine Menge Spaß zu machen schien. Drake, der hinter den anderen herging, war einige Male innerlich zusammengezuckt, als sie ein paar ausgefeilte Beleidigungen losgelassen hatte, aber wenig überraschend hatten die Biker sie dadurch nur noch mehr ins Herz geschlossen. Ihm war aufgefallen, dass bereits fleißig Handynummern und Fotos oder Videos über Bluetooth ausgetauscht wurden. Er schüttelte den Kopf.

Alicia blühte auf, wenn Gefahr drohte, berauschte sich daran. Heute Abend war sie in ihrem Element, als sich die Menge von Bikern und Dieben der geheimen Einrichtung des SAS näherte.

Belmonte und Mai hielten sich in den Schatten. Sie umrundeten das Lagerhaus, bis sie an die Stelle kamen, wo die beiden Gebäude zusammenstießen. Hier duckten sie sich und warteten ungeduldig auf das Signal.

Belmonte war nicht nur ein Dieb, sondern hatte noch ein weiteres Laster. Schöne Frauen. Mai näherzukommen war der zweite Grund, wieso er sich dieser Operation angeschlossen hatte, und er konnte genauso gut jetzt versuchen, den Ball ins Rollen zu bringen.

»Du hast das Richtige gemacht«, sagte er. »Du hast deine Schwester rausgeholt. Dann hast du dir Kovalenko geschnappt.«

»Eigentlich war das Drake«, sagte Mai unbefangen. »Und er hat auch Boudreau erwischt. Und Chika wird immer das Wichtigste für mich sein.«

»Und was hat dein Geheimdienst dazu zu sagen?«

»Mein Geheimdienst«, wiederholte Mai. »Der lässt mich an der langen Leine. Denn er weiß, wozu ich imstande bin.«

Belmonte fragte sich einen Moment, ob das eine versteckte Drohung war. Aber er war selbstbewusst und je mehr er redete, plante und seinen Verstand einsetzte, desto weniger würde er über Emma nachdenken müssen und darüber, was mit ihr passiert war. »Ich habe gehört, du bist eine der Besten. Ich könnte mir denken, dass du dasselbe über mich gehört hast …« Er verstummte.

Als Mai nicht antwortete, fuhr er fort. »Leute wie wir sollten ihre Zeit gut nutzen. Wer weiß, wie lang wir noch haben?«

Mai würdigte ihn keines Blickes. »Aus welchem Film stammt der Spruch denn?«

»Ich bin gut bei dem, was ich tue. Bei allem, was ich tue.«

»So originell. Spar dir das für das nächste Mal, wenn du Myles abgefüllt hast.«

Belmonte linste um die dunklen Hecken und die hässliche Ziegelwand, die ihnen die Sicht auf die fahlen Sterne am Himmel nahm. »Ich glaube, du hast recht. Ist vielleicht nicht der beste Moment.«

»Du hörst dich verzweifelt an, Belmonte«, sagte Mai ausdruckslos. »Und ich glaube, wir wissen beide, wieso. Du hast eine Freundin verloren. Sortiere erst einmal deine Gedanken und versuche es dann noch mal.« Sie lächelte ihn unerwartet an. »Noch fairer kann man als Frau wohl nicht sein, oder?«

Belmonte wollte gerade etwas erwidern, lächelte ebenfalls, als eine laute Explosion die Luft zerriss.

Alicias Signal.

Mai nickte und sah die Wand hinauf. »Masken aufsetzen und los.«

Drake beobachtete beide aus den Schatten. Die Einrichtung war eine unbekannte Größe. Ihr Plan basierte auf einigen, nicht ganz grundlosen Annahmen. Hier war noch nie jemand eingebrochen oder hatte die Sicherheitsmaßnahmen auf die Probe gestellt, daher konnte man davon ausgehen, wenn ein Mob die Basis angriff, würde ein Großteil des Personals im Inneren losgeschickt werden, um das Problem zu lösen.

Ein Großteil, aber nicht alle.

Das Lagerhaus hatte vermutlich keine speziell dafür eingeteilten Wachen. Die gut ausgebildeten Männer im Inneren wurden sicher als ausreichend betrachtet, besonders, da hier nichts von besonderem Interesse gelagert wurde. Drake sah zu, wie Alicia mit der Menge mitrannte und dabei mit Drogendealern und Waffenschmugglern flirtete. Er erinnerte sich selbst daran, dass er ihre Anwesenheit nicht für selbstverständlich halten sollte. Oder ihre Loyalität.

Sie war eine Frau, die keine wirkliche Verbindung zu anderen hatte. Sie lebte, arbeitete und spielte nur für sich.

Seine Gedanken wanderten zurück zu Kennedy Moore und die kurzen Momente, die sie miteinander geteilt hatten. Sie zu verlieren war, als hätte sich ihm ein Loch ins Herz gebrannt. Selbst mitten in all dem Trubel, als er kaum eine Sekunde zum Nachdenken hatte, drohte die Trauer und Einsamkeit, ihn zu überwältigen. Und nun war die Erinnerung an Alyson ebenfalls aus dem tiefen Abgrund aufgewirbelt worden, in dem er sie begraben hatte, und krallte sich mehr und mehr in sein bereits vernarbtes Hirn.

Und Ben Blake. Der arme alte Ben war auf sich allein gestellt gewesen, seit dem Augenblick, in dem seine Hände mit dem Blut von Kennedy besudelt worden waren. Drake konnte nichts daran ändern. Es war hart, auf diese Weise erwachsen zu werden. Aber wenigstens wurde er erwachsen. Wenigstens *lebte* er noch.

Ben hatte vielleicht noch eine Chance bei Hayden, dachte Ben, *und er braucht sie.*

Er brauchte alles an ihr, was gut war, stabil und kämpferisch. Hayden war eine Frau, die wusste, wie man für die wichtigen Dinge im eigenen Leben kämpfte. Eine wahre Kriegerin. Aber Bens Chance, weiter ihre Aufmerksamkeit auf sich zu lenken, schmolz rasch dahin.

In diesem Moment warf einer der Biker seinen Molotowcocktail gegen die Wand des Stützpunkts. Glas klirrte und man sah eine Flamme auflodern, dann eine Rauchwolke und aggressiver Jubel war zu hören. Selbst Alicia stimmte mit ein. Drake schüttelte den Kopf und verbarg sich in den Schatten.

Männer der britischen Eliteeinheit rannten zum Tor.

Belmonte kletterte als Erster die Wand hinauf, Mai dicht dahinter. Als er den horizontal verlaufenden Vorsprung erreichte, versuchte er, sich so klein wie möglich zu machen, und kroch darüber wie eine Ratte, die durch ein schmales Rohr kroch. Er stoppte, als er das Dach des Lagerhauses erreicht hatte, drückte sich gegen die Wand, nur ein weiterer Schatten unter Schatten. Mai glitt neben ihn.

Belmonte löste das Gerät vom Körper, das er mit seinen Werkzeugen gefertigt hatte, und senkte seinen Körper gefährlich weit hinab, bis er auf einer Höhe mit einer Sicherungsbox war, die Beine und Füße unter den Dachvorsprung gehakt und um die Mauern gelegt. Mai sprang über ihn hinweg und erreichte schnell die Position, die sie vorher festgelegt hatten, als sie noch auf dem Boden waren. Wenn sie sich hier Zugang verschafften, würde sie in der Lage sein, auf das Stockwerk hinabzusteigen, in dem die Akten in Kartons gelagert wurden. Sie holte den Laserschweißer heraus und schnitt durch das Blechdach, ohne auf Belmonte zu warten. Belmonte hatte gesagt, das Dach bestünde aus einem Millimeter dickem Blech, das auf einer Lage Glaswolle war, dahinter eine Lage Polyurethan. Der Laserschweißer schnitt in Sekunden durch das Dach wie durch Butter. Dann entfernte sie die Glaswolle in einem dicken Stück, wodurch sie hinterher das Dachteil wieder an seine Stelle legen konnte, wenn sie, ohne Aufmerksamkeit zu erregen, entkommen konnten.

»Warte«, flüsterte Mai, als sie sah, dass weitere Männer auf den Brand hinter dem Tor zuliefen. »Gib denen erst einmal die Gelegenheit, das Gebäude zu verlassen.«

Dann gab sie ihm ein Zeichen, weiterzumachen, und plötzlich hieß es jetzt oder nie. Belmonte hatte ihnen bereits gesagt, dass alles zu kurzfristig war und er ohne spezielle Ausrüstung das Alarmsystem nicht deaktivieren konnte, aber er konnte etwas zusammenbasteln, mit dem man sich in die Elektronik hacken *konnte*. Kein wirkliches Problem.

Er legte einen Schalter um und das Haupttor der Anlage kam krachend heruntergesaust. Nun war ein Großteil der Soldaten ausgeschlossen.

Mai hatte bereits ihr Abseilgerät vorbereitet. Sie sprang durch das Loch, rauschte auf den Boden des Lagerhauses zu. Im Fallen warf sie ein halbes Dutzend der improvisierten Rauchbomben, die die Bikergang angefertigt hatte. Sie hatte bereits sechs Männer erspäht. Es gab sicher noch mehr.

Sie landete weich auf dem Boden, federte sich ab. Obwohl sie eine Maske trug, die ihre Sicht einschränkte, konnte sie deutlich die Reihen von Kartons mit Akten erkennen, die sich nach links und rechts erstreckten. Die Box direkt vor ihr trug den Buchstaben ›C‹.

Dann hörte sie das lauter werdende Geräusch von hustenden Männern und trampelnden Stiefeln. Sie musste schnell machen. Selbst bei all dem Rauch würden sie wissen, wie sie nach ihr suchen, sie aufspüren und in die Enge treiben konnten.

Sie rannte nach rechts und folgte den Buchstaben bis ›F‹ und einer Kreuzung in der Reihe aus Kartons. Sie konnte entweder abbiegen und nach dem Buchstaben ›W‹ suchen oder weitergehen. In diesem Moment löste sich eine Gestalt aus der Dunkelheit. Mai hatte das Überraschungsmoment und landete einen wohlplatzierten Schlag. Der Mann ging auf die Knie. Dennoch schaffte er es, den zweiten Schlag zu blocken, aber Mai war durchtrainiert und der dritte Schlag knockte ihn aus.

Sie rannte den abzweigenden Gang entlang. Eine weiterer erschien vor ihr. Sie erspähte den Buchstaben ›S‹ und rannte in die entsprechende Richtung, bis sie bei ›W‹ angelangt war. Sie war mitten im Labyrinth der Reihen aus Kartons. Sie fuhr mit dem Finger die Reihe entlang, bis sie zu einem kleinen Karton kam, auf dem »Wells« stand. Ein unauffälliger Karton mit Schubladen, in dem vielleicht die Geheimnisse verborgen waren, die eine schattenhafte Organisation und einen Killer offenbaren konnten. Mai leerte den Inhalt aus, stellte den Karton vorsichtig zurück und stopfte Wells' Akten in den Rucksack.

Sie bückte sich und wartete, schärfte die Sinne und orientiert sich in alle Richtungen. Es war immer am besten, die Nerven zu bewahren und zu warten; die Gegner auszuspähen, statt kopflos voranzustürmen und auf das Beste zu hoffen.

Soldaten näherten sich dem Hauptgang. Selbst angesichts ihrer Ausbildung konnten sie nicht verhindern, den Rauch einzuatmen. Er war zu dicht und beißend. Mai wich gebückt schleichend zurück, hielt sich dicht über dem Boden und blieb in dieser Haltung, als sie an das Ende des Gangs kam und in einem weiten Bogen dorthin zurückschlich, woher sie gekommen war.

In ihrem Kopf hatte sie den Grundriss des Gebäudes abgespeichert. Gewandt umrundete sie einen langen Holztisch, bedeckt mit Tassen, Tellern und Utensilien, um den Dutzende leere Stühle standen. Einer der Wachmänner, ein Mann mit roten Wangen und tränenden Augen, lief nur wenige Meter entfernt an ihr vorbei, aber bemerkte sie nicht einmal, da sie tief über den Boden gekauert völlig bewegungslos verharrte. Zu ihrem Vorteil hörte man plötzlich lautes Hämmern gegen das Haupttor des Lagerhauses und warnende Rufe, zurückzubleiben.

Die SAS-Soldaten würden in Sekunden durch die Tür kommen. Sie waren zweifellos bewaffnet, aber selbst, wenn nicht, konnte sie etwas improvisieren, mit dem sich die Tür öffnen ließ. Dann würde der Rauch sich schnell verziehen.

Aber Mai war schnell. Sekunden später war sie wieder bei dem reglos herabhängenden schwarzen Seil mit dem Abseilgerät angelangt. Mit einer schnellen Bewegung hakte sie den Klettergurt ein und drückte den Knopf. Der Apparat hob sie in Richtung der Dachbalken hinauf und sie war über den Köpfen der Männer, die nach ihr suchten.

Einen Augenblick später in der Kühle der Nacht. Rauch strömte durch das Loch hinter ihr. Mai benötigte 20 Sekunden, um die Teile des Dachs wieder zurück an ihren angestammten Platz zu legen und zu befestigen. Dann glitt sie hinaus auf die Ziegelmauer.

Belmonte kauerte am Ende des Vorsprungs und wartete auf sie. »Geschmeidig wie eine Raubkatze.«

Sie ließen sich rasch auf den Gehsteig herab und versteckten sich in den Schatten. Drake und Alicia warteten bereits auf sie.

Mai nickte, als Drake sie fragend ansah. »Ich habe alles mitgenommen. Wenn Wells irgendetwas über diese Schattenelite oder den Killer deiner Frau wusste, dann ist es hier drin. Wir müssen es nur noch lesen.«

Der Engländer lächelte.

KAPITEL 19

In den dunklen und von Geistern heimgesuchten Orten unterhalb unserer chaotischen Welt leben böse Menschen, die über diabolische Taten nachdenken. Nicht, dass es kein Licht in ihrem Leben gäbe; sie verspüren große Freude, wenn sie anderen Dunkelheit bringen. Je grenzenloser ihre Macht, desto mehr verzehrt sie sie, frisst sich durch ihre Herzen und Seelen, bis nur eine eiskalte, mitleidlose Hülle übrig bleibt.

Russell Cayman war einst ein Kind gewesen, ein unbeschriebenes Blatt. Aber nicht einmal die Tatsache, dass er von seinen Junkie-Eltern in einem Straßengraben zum Sterben zurückgelassen worden war, hatte ihn in den Mann verwandelt, der er heute war.

Heute war er eine Maschine, die für die Menschen arbeitete, die dieselbe Regierung in der Tasche hatten, die ihn einst betrogen hatte. Dort unten, in den dunklen Höhlen der Erde, fühlte er sich zu Hause. Das einzige Lebenszeichen stammte von den Männern, die um die Gräber herum stiefelten. Wenn sie abzogen, konnte er sich genauso gut in einen der Särge legen, in die Arme von Kali oder Callisto, Trost und Geborgenheit unter den schon lange toten, boshaften Göttern finden, was er in seinem Leben nie erfahren hatte.

Er gab seinen Leuten Anweisungen, überwachte die Aufräumarbeiten auf dem Boden des Grabs um die acht Altäre, sodass sie die acht Artefakte daran anbringen konnten, ohne dass etwas im Weg herumstand. Noch einmal ging er im Kopf die Punkte durch, die in seinem Telefonat mit dem Wikinger wohl zur Sprache kommen würden – dem Boss der Bosse.

Aber sein Blick glitt über die Gräber und ihre spartanische, aufgeräumte Perfektion. Man hatte ihm gesagt, dass das Grab von Amatsu hinter ihm war, eine Gottheit, die buchstäblich den Titel »Gott des Bösen« trug. In einem ruhigen Moment war Cayman hineingegangen und hatte all seine Kraft genutzt, um den Deckel des Sarkophags mit einem Brecheisen zu öffnen. Er bewegte sich nicht weit, aber uralter Staub wurde daraus hervorgewirbelt und stieg ihm direkt in die Nase.

Er atmete tief ein. Ein leises Flüstern wisperte durch den Raum mit den grob behauenen Wänden. Cayman hätte hier in aller Zufriedenheit sterben können. In einer dunklen Ecke fiel etwas um. Er hatte scharfe Augen, aber konnte nichts erkennen. Ein winziger Wirbelwind huschte über den Boden und wirbelte Staub und Unrat auf. Er kam aus dem Nichts und fiel einen Augenblick später in sich zusammen, als hätte er nie existiert.

Caymans Finger schlossen sich um harten Knochen. Er war kalt und rau. Die Kanten waren scharf und hätten ihn schneiden können, wenn er seine Handgelenke dagegen gedrückt hätte.

Aber ein fremdartig klingender Piepslaut riss ihn zurück in die Gegenwart. Der Alarm seiner Armbanduhr.

Es war an der Zeit, an die Oberfläche zurückzukehren und den Wikinger anzurufen.

Cayman zog den Arm mit deprimiertem Seufzen heraus. Er konnte immer noch die uralten Knochen spüren, als er die Dunkelheit hinter sich ließ und ins Sonnenlicht trat. Die Perfektion des Grabes hatte ihn ergriffen, aber der Griff der Schattenelite war um einiges kräftiger. Als er, einem alten Protokoll folgend, überprüft hatte, dass er allein war, sperrte er sich in einem der Militärhelikopter ein und schaltete das Störsignal ein, das bestimmte Funkfrequenzen unterdrückte. Schließlich benutzte er ein Satellitentelefon, das nicht zurückverfolgbar war, um den Wikinger zu kontaktieren.

»Wo stehen wir?« Keine Begrüßung.

»Die Artefakte sind auf ihrem Weg hierher«, sagte Cayman. »Es gab bisher keine Probleme. Das Grab ist vorbereitet.«

»Was ist mit den Flüchtigen?«

»Haben sich aufgeteilt. Versuchen bestimmt noch einmal, uns in die Quere zu kommen. Solche Leute geben nicht so schnell auf. Aber unsere Disziplin wird uns den Sieg bringen.«

»Deine Disziplin«, sagte der Wikinger nach kurzem Schweigen. »Deswegen bist du unser Jünger und unser Wort. Es ist deine Disziplin, die deine rebellischen Männer auf Linie bringt und uns den Sieg.«

»Danke.«

»Das ist kein Kompliment, Cayman.« Der Wikinger seufzte. »Es ist eine Drohung. Siehst du das nicht?«

»Ja.« Cayman hätte sich selbst in den Hintern treten können, weil er nicht konzentriert gewesen war. Seine Gedanken drehten sich zur Hälfte noch um Amatsu in seinem

Grab, dadurch war der Ex-DIA-Agent jemandem mit den Fähigkeiten des Wikingers nicht gewachsen. Der Wikinger behauptete, ein Nachkomme des großen Entdeckers, des Wikingers Erik dem Roten, zu sein – und wer hätte ihm widersprechen sollen? Der Wikinger war eine überlebensgroße Gestalt und er hatte unsägliche Reichtümer und die oberste Position in der Schattenelite von seinem Vater geerbt, als dieser gestorben war. Das war Jahrzehnte her und die Schattenelite hatte nie stagniert oder sich zurückentwickelt. Sie hatte große Schritte unternommen, um sich ihre bereits Ehrfurcht gebietende Position weiter zu sichern.

»Sie wissen vielleicht über den Zug Bescheid.« Der Wikinger war stets pragmatisch. »Sie versuchen vielleicht sogar, uns aufzuhalten. Sie werden stets versuchen, uns Steine in den Weg zu legen oder auszubremsen. Die Schattenelite versammelt sich im Moment in Wien. Du weißt, wo.«

»Dort, wo sie sich stets treffen.«

»Am altbekannten Ort. Grey. Aldridge. Thomas. Leng. Und der junge Holgate – stets hoch motiviert. Aber seine Haltung hat sich in jüngster Zeit geändert. Das werde ich ansprechen, wenn ich in Wien ankomme.«

»Sie sind nicht dort?« Cayman hätte sich auf die Zunge beißen können, weil er eine so dämliche Frage gestellt hatte. Wenn einer seiner eigenen Männer eine solche Frage gestellt hätte, wäre Cayman in Versuchung gewesen, ihn auf der Stelle zu erschießen.

Aber der Wikinger schien ihn gar nicht gehört zu haben. »Ich bin zu Hause. Meine Festung in Prag ist absolut sicher. Nicht einmal eine Armee könnte da hineinkommen. Sobald ich weiß, dass Odins Teile aktiviert worden sind, werde ich nach Wien aufbrechen. Nun, berichte mir Cayman, wurde die Sache mit Wells geklärt?«

»Ja, Sir. Alles gecheckt. Keine Leaks.«

»Gut. Und Drake?«

Cayman zögerte. »Drake?«

»Wir hatten schon mal Kontakt. Das weißt du. Wenn er uns jemals finden sollte …«

Cayman war schockiert. Er hatte noch nie den kleinsten Anflug von Angst in der Stimme des Wikingers gehört. Der Ex-DIA-Mann dachte zurück, welche Fähigkeiten Drake im Grab bewiesen hatte und überdachte seine Meinung.

»Wenn er sein Gesicht noch einmal blicken lässt, Sir, werde ich es ein für alle Mal vernichten.«

»Dann können wir ja nicht scheitern.« Die Stimme des Wikingers klang so fröhlich, wie es einem Mann wie ihm überhaupt nur möglich war. »Solange kein Wunder passiert, können die Artefakte nicht gestoppt werden. Die gesamte Welt wird vor uns erzittern. Unsere Herrschaft, die bereits absolut ist, wird für alle Ewigkeiten gesichert sein.«

KAPITEL 20

Hayden und ihr Team erreichten den Bahnhof in Zürich gerade noch rechtzeitig. Als sie drinnen waren und sie durch den Bahnhof rannte, während sie die großen blauen Schilder nach ihrer Bahnsteignummer absuchte, bemerkte Hayden, wie sauber und glänzend der Bahnhof war. Der weitläufige Boden glänzte, die Nischen mit den Bogengängen, die zu den Geschäften führten, sahen gemütlich, warm und einladend aus. Bizarre und bunte Ballons hingen von der Decke. Touristen strömten durch den Bahnhof, gingen aneinander vorbei und stießen ab und zu aneinander, jeder auf seinen eigenen Zeitplan konzentriert.

Karin war die Erste, die den Namen entdeckte. »Singen!« Sie rannte in Richtung des Bahnsteigs und Hayden und der Rest sprintete hinter ihr her. Ihnen war schmerzlich bewusst, dass sie nur noch Minuten hatten, um den Zug zu erwischen. Als sie ihn erreichten und der Motor noch im Leerlauf vor sich hin blubberte, gab die CIA-Agentin einen Seufzer der Erleichterung von sich.

Karin sah sie fragend an. »Wissen wir, wo die Artefakte sind?«

»Steigt einfach ein«, rief Hayden. »Darüber machen wir uns später Sorgen.«

Ein roter und weißer Streifen war auf einige der Waggons lackiert, an der Stelle, wo sie auf den Zug sprang. Sie sah ein großes grünes Starbucks-Logo, als sie einen Satz durch die Tür machte. Das Verlangen nach einem großen Karamell-Macchiato traf sie mit aller Macht. Aber in diesem Moment hörte man, wie sich die Türen schlossen und der Motor lauter wurde. Sie waren unterwegs.

Dahl meldete sich zu Wort. »Wir haben eine Stunde«, sagte er, »um die Artefakte zu finden und zu verhindern, dass sie Singen erreichen. Lasst uns loslegen.«

Hayden ging voraus durch den ersten Waggon und dann, als wären ihre Gebete auf merkwürdige Weise erhört worden, sah sie erneut das Starbucks-Logo und betrat einen Coffeeshop direkt im Zug. Ein komplettes Starbucks-Geschäft.

Von hinten meldete sich Ben zu Wort. »Ich habe noch nie von einem Starbucks in einem Zug gehört.«

Die Barista erschien mit erstaunlicher Schnelligkeit hinter dem Tresen. Drake und Kinimaka zuckten zusammen und griffen nach ihren Waffen, die sie nicht offen durch den geschäftigen Bahnhof hatten tragen wollen.

»Es ist ein Versuchszug«, sagte die Barista. »Er wurde hier in Zürich gebaut.« Ihre beschwingte Stimme ließ erkennen, dass sie stolz war. »Wenn das funktioniert – könnte sich das weltweit durchsetzen.«

»Schlaue Idee«, sagte Ben. »Bietet man in Versuchszügen kostenlose Getränke an?«

Die Augen der Barista funkelten. »Leider gibt es nur einen Kellnerservice.«

Hayden blieb stehen, als sie den nächsten Waggon erreichten, und betrachtete die Passagiere. Alle Plätze waren belegt. Große Rucksäcke standen überall herum. Ein wummernder

Beat dröhnte aus winzigen Earbuds. Ein Jugendlicher unterhielt sich lautstark am Handy.

Sie ging weiter, hatte den Waggon in Sekunden durchquert. Der Nächste war ein Spiegelbild des ersten. Als sie zum dritten Waggon kamen, und dieser ebenfalls voll besetzt war mit einer Mischung aus Touristen und Einheimischen, wies Dahl alle an, zwischen den Waggons stehenzubleiben. Er öffnete rasch ein Fenster und streckte den Kopf heraus.

»Noch drei weitere normale Waggons«, sagte er, nachdem er das Fenster wieder fest verschlossen hatte. »Dann noch zwei weitere Waggons ganz am Ende des Zugs …« Er verstummte einen Moment. »Mit geschwärzten Fenstern.«

Kinimaka schnaubte. »Noch offensichtlicher ging es wohl nicht?«

»Die Schattenelite hat genügend Verbindungen, um kurzfristig ein paar weitere Waggons an einen normalen Passagierzug anhängen zu lassen«, sagte Hayden finster. »Denen ist *egal*, wie offensichtlich es ist, Mano. Die glaube, sie sind allmächtig.«

Dahl nickte. »Hayden hat recht. Die Menschen bitten nicht – sie erwarten Gehorsam. Los geht's.«

»Wir gehen einfach bis zu ihrem Waggon und stürmen rein?«, fragte Karin, die gerade versuchte, sich eine Alternative einfallen zu lassen. »Das ist ein zu großes Risiko.«

»Wir sind Soldaten, Miss«, sagte Dahl zu ihr. »So machen wir das.«

»Und hinein ins Tal des Todes …«, rezitierte Karin. Als die anderen sie verständnislos ansahen, sagte sie: »Das ist ein Gedicht. ›Der Angriff der leichten Brigade‹. *Hinein ins Tal des Todes ritten die Sechshundert.* Erinnert sich jemand?«

Dahl nickte. »Ein Gedicht über Heldentum.«

Karin nickte. »Sie ritten auf Kanonen zu … und man darf nicht vergessen, die waren auf Pferden und hatten nur Säbel. Kanonen links, Kanonen rechts und Kanonen vor ihnen. Während Pferde und Helden fielen.«

Einen Moment herrschte Stille. Dann warf Hayden einen Blick in Richtung des nächsten Waggons. »Gehen wir.«

Schweigend schlängelten sie sich durch die nächsten drei Waggons. Die Anspannung stieg. Sie hatten keine Waffen und keinen Plan. Da war nur der Mut in ihren Herzen und das Wissen, dass die acht Artefakte Millionen Unschuldige zu Geiseln machen oder vernichten konnten. Im Moment war nichts anderes von Bedeutung. Als sie den letzten normalen Waggon betraten, spürte Hayden, wie Dahl sich an ihr vorbeidrängte. Einen Moment war sie verärgert, aber dann wurde ihr klar – der Schwede hatte nicht deswegen die Spitze übernommen, weil er an ihr zweifelte, sondern weil er einfach immer seinen Mann stehen würde. Er kannte es nicht anders.

Als sie am Ende des letzten Passagierwaggons angekommen waren, wurde Dahl langsamer. Hayden warf einen Blick um seine breiten Schultern herum. Der nächste Waggon hatte eine Glasschiebetür, aber das Glas war getönt. Nicht einmal Umrisse waren dahinter zu erkennen.

Hayden legte dem Schweden eine Hand auf die Schulter. »Warte einen Moment.« Sie sah sich um, versuchte, sich etwas einfallen zu lassen. Irgendetwas, das dafür sorgen würde, dass sie nicht blind in die Höhle des Löwen laufen würden.

In diesem Moment hörte sie eine Stimme hinter sich.

»Entschuldigung. Darf ich mal durch? Ich habe hier den Kaffee für den letzten Waggon.«

Sie drehte sich um. Die Stimme war die der Barista, an der sie vor ein paar Minuten vorbeigekommen waren. Hayden lächelte. »Ich hoffe, der Kaffee ist schön heiß.«

Ein paar Sekunden später hatte Hayden die grüne Schürze übergestreift und balancierte ein Tablett mit Pappbechern in einer Hand. Die Barista saß auf einem Fensterplatz und beschwerte sich, dass ihr Bereichsleiter sicher super angenervt sein würde, weil es doch die Jungfernfahrt war und so.

Kinimaka hielt sie am Handgelenk. »Äh, Boss. Bist du dir da sicher? Du weißt, dass es auch männliche Baristas gibt, oder?«

»Mano, mir geht's gut. Was zur Hölle ist los mit dir? So viel Sorgen hast du dir nicht mal gemacht, als ich ein Messer abbekommen habe. Zweimal.«

Kinimaka drehte sich um. Hayden sah ihm einen Moment hinterher, dann sah sie Ben Blake in die Augen über die Schultern des riesigen Hawaiianers hinweg.

Er nickte ihr zu, sein Gesicht war ausdruckslos, aber seine Augen waren liebevoll. Hayden hatte keine Zeit für so etwas. Sie atmete tief durch, stellte sich ihrer Angst, und trat vor.

Direkt in die Höhle des Löwen.

KAPITEL 21

Matt Drake war nervös, als er in das Restaurant in der Nähe des Flughafens in Luxemburg ging und direkt auf die Bar zuhielt. Das war das Einzige, was ihn davon abhielt, Mai den Rucksack vom Rücken zu reißen und sofort den Inhalt zu durchwühlen.

Alicia zog ihn am Arm. »Falsche Richtung, Drakey. Du hast wohl schon vergessen, dass du auf den guten Stoff verzichten wolltest?«

Er ließ sich von ihr zu einer fahl beleuchteten Sitznische führen, den Blick die ganze Zeit auf den bernsteinfarbenen Nektar gerichtet. Es erforderte eine gewaltige innere Anstrengung, der Versuchung nicht nachzugeben.

Mai hatte Wells umgebracht, Drakes ehemaligen Kommandanten, von dem Drake mittlerweile glaubte, er würde durch seine Recherchen rehabilitiert werden.

Alicia hatte schon zu lang zu viele Geheimnisse gehütet. Drake war sich immer noch nicht über ihre wahren Motive klar und wusste nicht, ob sie loyal bleiben oder ihn an den Höchstbietenden verkaufen würde.

Mai nahm den Rucksack ab und setzte sich in die Ecke. Drake nahm den Platz ihr gegenüber. Alicia quetschte sich neben Mai. Belmonte sah zu ihr herüber und schlenderte dann zur Bar, um etwas zu essen zu bestellen.

»Emmas Tod hat ihn ziemlich mitgenommen«, sagte Mai. »Das ist der einzige Grund, wieso er uns hilft.«

»Er ist gut«, gab Drake zu. »Wie er sein Equipment selbst zusammengebaut hat. Der Elektronikhack. Und nicht zu vergessen, das Geld, das er uns gegeben hat, um die Biker zu bezahlen.«

»Das ist es, was mir Sorgen macht«, sagte Mai, während sie den Rucksack öffnete. »Belmonte ist ein Dieb. Er nimmt sich, was er will, und verschenkt nichts.«

»Der Mann trauert. Geh nicht so hart mit ihm ins Gericht.« Drake musste sich zusammenreißen, um nicht den Papierstapel an sich zu reißen, der auf den Tisch fiel, während Mai sich einen Moment Zeit nahm, um ihn in drei Stapel aufzuteilen.

Belmonte kam mit vier Gläsern Wasser zurück und einer Runde schwarzem Kaffee. »Ich hab ein paar Tapas bestellt«, sagte er mit einem Achselzucken. »Schien ein guter Plan zu sein.«

Drake hörte ihn kaum. Wells' Handschrift war klein, krakelig und schwierig zu entziffern. Nach einer Weile wurde ihm klar, was er las, war eine Beschreibung von Wells' geheimen Nachforschungen im Hauptquartier der Schattenelite. Die gesamten Ergebnisse in einem Rutsch zu lesen, verschleierte, in welche Gefahr sich Wells begeben hatte und wie geschickt er hatte vorgehen müssen. Fast jeder Absatz war mit einem anderen Stift geschrieben. Drake erinnerte sich daran, dass Wells ein ganzes Jahrzehnt recherchiert hatte.

In einem Absatz ging es um eine Reise nach Wien. In einem weiteren um einen Mann namens Russell Cayman, der in den »inneren Kreis« aufgenommen worden war – eine Auszeichnung, die während einer Generation immer nur einem einzigen Außenstehenden verliehen wurde. Dieser

Außenseiter musste sein Leben lang für die Ziele der Organisation kämpfen und die Identitäten der Mitglieder geheim halten. Nach seiner Initiation würde er nur dafür leben.

»Nicht, dass es jemals irgendwelche Zweifel gegeben hätte«, sagte Drake, »aber das bestätigt, dass Cayman unsere Eintrittskarte in die Schattenelite ist. Vielleicht hätten wir ihn uns in Singen schnappen sollen.«

»Ich bin nicht sicher, dass wir das geschafft hätten«, schnaubte Alicia verächtlich.

»Nein. Aber Dahl ist eine Maschine.« Drake grinste. »Sag ihm einfach, was das Ziel ist und gib den Befehl.«

Mai meldete sich zu Wort. »Was ich hier lese, gefällt mir gar nicht.« Sie sah Drake an. »Es geht um Operation Doubledown.«

»Was?«

Die Tapas wurden an den Tisch gebracht. Belmonte machte etwas Platz auf dem Tisch, sodass die Kellnerin die kleinen Schüsseln auf dem Tisch verteilen konnte. Als sie wieder ging, las Mai laut aus den Akten vor.

»Die Operation verlief glatt, aber dann gab es eine unglückliche Wendung. Unerwarteterweise führten alle Spuren zur Schattenelite und trotz meiner Versuche, die Spuren zu verschleiern, ließ sich das Team nicht in die Irre führen.«

»Doubledown war meine letzte Operation«, sagte Drake. »Alles lief glatt und dann erhielten wir den Befehl, einfach abzubrechen.« Er schwieg einen Moment. »Wir überwachten jemanden, den wir für einen untergetauchten Terroristen hielten. Einen Mann, der in Wien lebte.«

Mai hatte schweigend weitergelesen.

»Oh, Matt. Es wird noch schlimmer. Die Operation hätte direkt bis zur Schattenelite geführt. Wells wurde unter Druck gesetzt, sie zu beenden. Auf die ein oder andere Weise. Das Verhör, das ihr mitangesehen habt …«

Drake hatte einen Flashback zu diesem schrecklichen Tag, als er noch ein Teil des SRT-Teams gewesen und Zeuge geworden war, als einige Soldaten ein paar der Dorfbewohner verhört hatten. Was noch schlimmer gewesen war – als er Wells, seinen Einsatzkommandanten informiert hatte, sagte dieser ihm, er solle sich nicht weiter darum kümmern. Das ginge ihn ganz und gar nichts an. Ab diesem Zeitpunkt war er zunehmend desillusioniert gewesen, wenn es um die Army ging, und er hatte seine Prioritäten neu geordnet.

»Ich erinnere mich daran.« Er bemerkte Alicias Nicken. Sie war ebenfalls dort gewesen.

»Dieser Tag stand ebenfalls in Verbindung mit der Schattenelite.« Mai fasste mehrere Absätze zusammen. »Sie suchten nach jemandem, suchten nach Informationen. ›*Ihre Arroganz*‹, so formuliert es Wells. ›*Ihre selbstgerechte, egoistische, ekelhafte Arroganz.*‹ Diese Leute …«, Mai blickte auf, »tun, was sie wollen und mit wem sie wollen.«

»Verstehe«, sagte Drake. »Was steht da noch?«

Mai las weiter und hielt dann plötzlich inne. Ihre Augen weiteten sich. Die Farbe wich aus ihren Wangen und sie sah zu Drake. »Es tut mir leid«, flüsterte sie. »Es tut mir so leid.«

Drake schloss die Augen und atmete tief durch. »Mach weiter.«

»Ich … ich werde es Wort für Wort lesen. ›Drake war einfach zu engagiert. Doubledown war seine Operation und er war mit Feuereifer dabei. Er musste gestoppt werden und das schnell. Der Rat stellte mir ein Ultimatum. Ich schlug als Kompromiss eine neue Idee vor. Mein Vorschlag war der ›Unfalltod‹ seiner Frau. Mitten während der Operation ordnete ich eine kurze Pause an, schickte alle nach Hause und gab den Befehl. Ich kontaktierte unseren Aktivposten, Coyote, und gab ihm grünes Licht. Es passierte am selben Abend, an dem ich mich mit ihm stritt, was perfekt war …« Mai verstummte. »Das steht noch mehr. Aber …«

Drake starrte sie entsetzt an. »Wells hat den Mord an Alyson befohlen? *Wells*?«

»Um dich – uns – von der Schattenelite fernzuhalten«, sagte Alicia mit einem gewissen Unterton in der Stimme. Selbst ihre übliche unerschütterliche Entschlossenheit hatte durch die Offenbarung einen heftigen Schlag erhalten.

Drakes Stimme versagte fast, als er sagte: »Also wusste Wells über Doubledown Bescheid und was dabei ans Tageslicht kommen würde. Und zwar der Mann in Wien. Er wusste von den ermordeten Dorfbewohnern. Er hat Alysons Mord befohlen. Wells war eine verfluchte Schlange.«

»Der sein Leben der Schattenelite gewidmet hat«, sagte Belmonte. »Aber was haben sie ihm dafür gegeben?«

»Wells war einst ein Patriot«, sagte Drake. »Ein wahrer englischer Patriot. Es wäre nicht leicht gewesen, ihn davon zu überzeugen, sein Land zu verraten.«

»Ich glaube nicht, dass er es als Verrat an seinem Land gesehen hat«, sagte Mai, als sie ein Stück weitergelesen hatte. »Hier steht noch was anderes.«

KAPITEL 22

Hayden betrat den Waggon mit den getönten Scheiben und lächelte, als einige misstrauische Blicke sie trafen. Aber dann sah sie die wahre Macht des Starbucks-Logos, als jede, der ein ernstes Gesicht gemacht hatte, sich zurücklehnte und entspannte, als er ihre Schürze erblickte.

»Ein großer Venti Misto mit Schlagsahne und einem Spritzer Karamellsoße?« Sie machte einen Schritt vor, während der Zug brummend über die Schienen ratterte.

Die Männer sahen sich an, versuchten, herauszufinden, wer die Bestellung aufgegeben hatte. Hayden nutzte die kurzfristige Verwirrung und schüttete den kochend heißen Kaffee über die Männer, die in unmittelbarer Nähe waren. Sie schrien und schlugen die Hände vors Gesicht. Hayden sprang auf einen Mann zu, riss die Pistole aus seinem Holster und wirbelte herum, feuerte dabei.

Im selben Moment platzten Dahl, Kinimaka und Komodo durch die Tür und warfen sich auf die Söldner. Caymans Männer hatten sich schnell wieder gefasst. Dahl landete einen Schwinger und schickte den ersten Mann, der ihm in die Quere kam, zu Boden. Er nutzte den Schwung, wirbelte herum, knurrte einem Mann ins Gesicht, der hinter ihm aufgetaucht war. Dahl packte die Kehle des Mannes mit den Pranken, verpasste ihm einen Kopfstoß und warf ihn durch den Waggon.

Grüne Bäume und Felder huschten an den Fenstern vorbei, die nur in eine Richtung durchsichtig waren. Eine Waffe fiel zu Boden, als Kinimaka deren Besitzer ausschaltete. Jemand schlug dem Hawaiianer auf den Kopf und er ging zu Boden. Glücklicherweise hatte er genügend Geistesgegenwart, die Waffe zu schnappen, als er stürzte. Er feuerte wild auf seinen Angreifer, traf den Mann in die Knie und erledigte ihn.

Hayden hatte zwei der Söldner mit dem Kaffeetrick kampfunfähig gemacht, bevor sie überhaupt reagieren konnten, aber die anderen hatten sich schnell vom Schreck erholt und die Waffen aus den verborgenen Holstern geholt. Hayden starrte in die kalten Läufe. Hinter den Männern bewegte sich etwas. Sie wurden plötzlich zur Seite geschleudert, als Kugeln durch ihre Schädel drangen. Kinimaka hatte ihr Leben gerettet und vom Boden aus auf die Männer geschossen.

Hayden rollte sich eine Sekunde später ab, bevor ein weiterer Mann auf sie feuerte, und sie war auf Höhe seiner Knie. Über ihr war eine gewaltige Präsenz zu spüren und sie sah ehrfürchtig zu, wie Komodo die verbliebene Reihe an Söldnern wie eine Reihe Bowling-Pins ummähte. Er landete stöhnend auf dem Boden am Ende des Waggons. Verletzte Söldner knallten mit den Köpfen gegen die Fenster oder stürzten auf den Boden, als er sie zur Seite schleuderte. Hayden verschwendete keine Zeit und gab ihnen den Rest. Sie schoss jedem in kaltblütiger Abgeklärtheit in den Kopf. Sie wussten alle, was sie taten, als sie sich für diese Zirkusnummer freiwillig gemeldet hatten.

Als der erste Waggon abgehakt war, rannten sie direkt in den zweiten. Hayden hörte Chaos hinter sich. Passagiere in den anderen Waggons hatten offenbar die Schießerei gehört und Alarm geschlagen. Zum Glück waren bei dieser Operation keine Zivilisten in der Schusslinie. Sie sah, wie Ben und Karin in den ersten Waggon gingen und die Waffen einsammelten.

Dann waren sie im zweiten Waggon. Aber dieses Mal war das Überraschungsmoment nicht mehr auf ihrer Seite. Sie stand einem Dutzend Männer gegenüber, die ihre Waffen gehoben hatten. Ein weiteres halbes Dutzend saß auf den Sitzen im hinteren Teil des Waggons und die acht Teile Odins waren um sie herum verteilt.

Einer der Männer runzelte die Stirn. »Bist du ganz allein?«

Dahl war im Korridor stehen geblieben, der die beiden Waggons trennte und hatte erneut eines der Fenster geöffnet. Drei Sekunden später hatte er sich aus dem Fenster gelehnt, einen kleinen Vorsprung gegriffen, der am Dach des dahin rasenden Zuges verlief und sich nach draußen gehievt. Der heftige Fahrtwind traf sofort seinen Körper und ließ ihn gefährlich hin und her schwingen. Ein Baum raste nahe der Schienen vorbei und einer der Äste peitschte über seinen Rücken, zerriss seine Kleidung und hinterließ einen blutigen Striemen. Mit einem schnellen Sprung landete er auf dem Dach des Zugs und blieb gebückt, um nicht das Gleichgewicht zu verlieren.

Eine schmale Lücke trennte ihn vom letzten Waggon. Er ignorierte den Fahrtwind, der ihn wie Thors Hammer traf, und sprang über den Spalt. Noch im Sprung warf er einen Blick durch das Oberlicht des Waggons unter sich und ging im Kopf seine Optionen durch.

Komodo landete hinter ihm. Die beiden Männer schlichen gebückt vorwärts, die Waffen in der Hand.

Der Zug ließ den Bergpass hinter sich und durchfuhr eine langgestreckte Kurve. Neben den Schienen verlief eine Landstraße. Dahl sah Autos und einen Reisebus, der neben ihnen herfuhr. Die Passagiere machten große Augen, als sie die Männer auf dem dahin ratternden Zug sahen.

Dahl trat so leichtfüßig auf, wie er konnte, die Augen fest auf seine künftigen Opfer im zweiten Waggon gerichtet. Er ging zum nächsten Oberlicht und sah nach unten auf die Gruppe Söldner, die hinten im Waggon saßen. Um die erste Gruppe konnte sich Komodo kümmern.

Ein Moment extremer Anspannung zog sich dahin. Er konnte sich kaum beherrschen.

Hayden nahm sich eine Sekunde, um die Aufmerksamkeit der Söldner zu erregen. »Ich bin allein.«

Sie sah, wie einige von ihnen sich sichtlich entspannten. Ein paar lächelten sogar. Keiner von ihnen warf einen Blick Richtung Dach. Sie ließ den Blick absichtlich zum Fenster wandern, wo gerade die Straße zu sehen war, im Wissen, dass die meisten ihrem Blick folgen würden. Sie sah zum Fenster hinaus.

Stille legte sich wie ein Vorhang aus Blei über den Waggon. Hayden ließ die Waffe locker zwischen zwei Fingern baumeln.

Der Lärm von Schüssen und splitterndem Plexiglas zerriss die Stille. Blut und Knochensplitter spritzten herum, malten Muster auf die Wände, die Ähnlichkeit mit Hieroglyphen hatten. Die Männer, die Hayden am nächsten standen, verschwanden nahezu in einer roten Wolke. Sie hatte in einer Millisekunde die Waffe wieder fest in der Hand.

Dahl und Komodo sprangen durch die zerschmetterten Oberlichter und landeten geschmeidig wie Katzen – auf den Füßen und mit gezogenen Waffen. Dahl hatte noch im Fall seelenruhig ein Magazin in die Waffe gesteckt, als würde er einen Spaziergang machen.

Erneut wurde es still. Hayden betrachtete die toten Männer vor sich. Kinimaka betrat den Waggon, dicht gefolgt von Ben und Karin.

Der Geruch von Blut und Tod durchzog süßlich stinkend den Waggon. Hayden machte ein paar Schritte und betrachtete die acht Artefakte Odins. Alle schienen unbeschädigt, bis auf die Walküren, die ein paar Querschläge abbekommen hatten. Männer lagen um die Artefakte herum auf dem Boden.

Und dann sah sie, wie einer der Männer, den sie für tot gehalten hatte, den Arm ausstreckte, um nach einem Handy zu greifen, das im Kampfgetümmel zu Boden gefallen sein musste. Der Blick aus seinen schwarzen Augen, aus denen die Bosheit funkelte, traf ihren …

»Nein!«, kreischte Hayden.

Aber der Finger des Mannes berührte den Anruf-Button. Die Bombe detonierte in einer gewaltigen, tödlichen Wolke aus Metall und Feuer, zerstörte die Unterseite des ersten Privatwaggons, unter dem sie angebracht gewesen war. Die Explosion zerfetzte den Boden des Waggons. Das hintere Ende des letzten zivilen Waggons wurde völlig von den

Schienen gehoben. Menschen flogen durch den Gang oder gegen die Sitze vor ihnen. Taschen und Laptops, Wasserflaschen und Handy, Kindles und Zeitungen flogen durch die Luft. Die Schreie klangen wie ein Höllenchor.

Hayden und der Rest des Teams wurden zu Boden geworfen, landeten in einem Knäuel zwischen den toten und sterbenden Söldnern. Ihre Waffen flogen davon. Die Gewalt der Detonation machte sie einen Moment benommen.

Dann passierte das denkbar Schlimmste. Der letzte normale Passagierwaggon knallte wieder auf die Schienen, aber die Räder verfehlten sie und trafen stattdessen die Schwellen, das Kiesbett, die Befestigungen und den Unterbau mit einem ohrenbetäubenden Knirschen und der gesamte Zug kippte zur Seite. Aus der Ferne hätte man gesehen, wie die Waggons sich neigten und albtraumhaft langsam auf die Seite kippten. Als sie auf den Boden trafen, war der Zug immer noch mit hohem Tempo in Bewegung, aber der plötzliche Aufprall auf dem glücklicherweise weichen Erdboden bremste ihn langsam ab. Eine Welle aus Erde und Staub flog über die Lokomotive, die Fahrerkabine und den ersten Waggon hinweg. Die letzten paar Waggons wurden davongeschleudert, entfernten sich vom restlichen Zug, und als Hayden, immer noch benommen, den Kopf hob, blieb ihr fast das Herz stehen, angesichts dessen, was sie sah.

Die letzten beiden Waggons rutschen von den Schienen weg, trafen eine Erdböschung, wodurch der letzte Waggon sich nach oben bewegte und herumgedreht wurde, sodass sein hinteres Ende sich auf die Straße senkte. Autos wichen aus oder kamen schleudernd zum Stehen.

Ein kleiner Wagen knallte gegen das hintere Ende des Zugs. Ein Landrover, der direkt dahinter gewesen war, wich scharf zur Seite aus, um nicht aufzufahren, aber er traf dennoch mit dem Heck den Kleinwagen.

Hayden war von der Wucht der Explosion auf den Boden geworfen worden und versuchte, sich wieder zu fangen, aber ihr wurde schwarz vor Augen. Die Wucht der Detonation schien ihr das Gleichgewicht geraubt zu haben und es fiel ihr schwer, einen klaren Gedanken zu fassen.

Nicht weit von ihrem Ohr hörte sie eine Stimme krächzend aus dem Handy eines der toten Söldner dringen.

»Hier ist Cayman. Zug ist kompromittiert. Wir gehen zu Plan B über. Wiederhole: Plan B. Hört ihr mich?«

Die Antwort eines weiteren Mannes erklang über die ungesicherte Verbindung. »Wir haben den Zug von der Straße aus verfolgt, wie angewiesen, Sir. Der letzte Waggon … nun, er ist direkt vor uns.«

»Rein mit euch«, befahl Cayman. »Sichert die Artefakte und …« Kurzes Schweigen. »Neue Befehle vom Wikinger. Bringt die Bastarde mit, die uns aufzuhalten versuchen. Bringt sie nach Prag.«

Als die Dunkelheit sie umfing, hatte Hayden nur einen Gedanken. Ruf Matt Drake an. Sie mobilisierte den letzten Rest ihrer verbliebenen Kraft, um den Anruf zu tätigen.

Caymans letzte Worte klangen ihr noch in den Ohren. »Prag ist eine Festung. Nicht einmal eine Armee kann uns dort etwas anhaben.«

TEIL 3

DIE SCHATTENELITE

KAPITEL 23

Mai saß neben Drake am Tisch und war kaum zu stoppen. »Diese *Gruppe*.« Sie spuckte das Wort nahezu aus. »Hat Wells ins Visier genommen, damit sie einen Informanten in der britischen Army hatten. Sie überzeugten ihn, dass sie die Welt regierte und die britische Regierung kontrollierten. Nicht nur das – es war Cayman, der ihn rekrutiert hat und ihn überzeugte, dass alle Regierungen der Schattenelite unterstanden. Ich glaube, Wells hat seinen Patriotismus etwas zu weit getrieben.«

»Schwache Männer haben stets große Geheimnisse«, sagte Alicia und lächelte wissend. »Cayman hatte bestimmt etwas gegen Wells in der Hand, da könnt ihr sicher sein.«

Drake versuchte, die Fakten zusammenzusetzen, die sie bisher hatten.

»Cayman gehört zur DIA, oder? Er arbeitet undercover für die Schattenelite. Wenn das der Fall ist, müssen wir annehmen, dass es in der CIA und im Weißen Haus ähnliche Maulwürfe gibt, genauso wie in jedem anderen Geheimdienst der Welt.«

»Deswegen kann Gates nicht jeden über sich und in seiner Umgebung einweihen«, sagte Mai. »Und wir stehen hier draußen allein im Regen.«

»Aber damit sind wir auch mitten im Geschehen«, sagte Drake mit einem schmalen Lächeln und füllte einen kleinen Teller mit Chorizo-Soße, *Patatas Bravas*, Olivenöl und Brot.

»Wir wissen, wo Cayman ist. Wir wissen, was die Schattenelite will. Jetzt müssen wir sie nur noch finden.«

»Wien«, meinte Belmonte. »Du bist diesen Bastarden doch schon mal auf die Pelle gerückt. Kannst du dich an irgendwas Besonderes in Zusammenhang mit Operation Doubledown erinnern?«

Drake überlegte einen Moment. Die Erinnerungen wurden verschwommener, je näher sie an Alysons Tod heranrückten. Er schüttelte den Kopf.

»Sam kann sich vielleicht erinnern. Ich nicht.« »Wir könnten hinfahren«, schlug Mai vor. »Ruf deine Kumpels an und bitte sie, sich mit uns zu treffen. Wir sind immer noch innerhalb des Zeitfensters, das sie dir genannt haben.«

»Das wäre ein Plan. Aber es ist ein gewagter Versuch, Mai. Besonders, weil Hayden und die anderen gerade darum kämpfen, die acht Artefakte zu bekommen.«

Drake sah auf sein Handy, obwohl er wusste, dass jeder Benachrichtigungston auf höchste Lautstärke gestellt war. »Aber wir hätten schon etwas von ihnen hören müssen.«

»Eine riskante Mission«, sagte Belmonte und sein Blick schien in die Ferne gerichtet. »Menschen sterben.«

»Menschen sterben auch, wenn sie über die Straße gehen«, sagte Drake ungerührt. »Ich frage mich, wer dieser *Coyote* ist.«

»Das ist eine andere Mission«, sagte Alicia. »Für eine andere Zeit.«

»Was immer passiert«, sagte Mai, »die Schattenelite muss aufgehalten werden. Ich arbeite für einen der besten Geheimdienste der Welt und ich habe noch nie von ihnen gehört. Aber sie sind die Puppenspieler, die hinter allem stehen. Männer, die nach derartigen Massenvernichtungswaffen streben, dürften niemals jemanden beherrschen.«

»Verflucht richtig«, sagte Alicia. »Wenigstens sind ich und die Elfe mal einer Meinung.«

»Die Elfe und ich«, korrigierte sie Drake.

»Ermutige die Bitch nicht auch noch«, sagte Mai betont. »Ist schon schwer genug zu ertragen. Im Moment will ich sie nur einmal pro Tag umlegen.«

Belmonte sah von einem zum anderen. »Wieso habe ich den Eindruck, dass es hier eine freundschaftliche Vergangenheit gibt?«

»Leck mich, Belmonte.« Alicia stocherte in ihrem Essen herum. »Ein Dieb wie du weiß doch sowieso nichts über Freundschaft, nur über Affären.«

Belmonte schlug mit dem Glas auf den Tisch. »Geh nicht davon aus, dass du mich kennst.«

Alicia sah ihn eindringlich an. »Aber ich kenne dich, Daniel, wie du so oft betont hast. Ich kenne dich so gut.«

»Mir liegen Menschen am Herzen. Lagen mir am Herzen.« Der Meisterdieb seufzte und schüttelte den Kopf. »Ich glaube, das einzig Schlimme, was mir je in meinem Leben passiert ist, ist gleichzeitig auch das Schlimmste, was mir je im Leben passiert ist. Ich weiß nicht einmal, wieso ich noch mit euch zusammen bin. Was wird mir Rache schon nützen?«

Drake versuchte, nicht zur Bar zu sehen. »Ich kann es dir erklären.«

»Ich bin nicht wie du, Drake. Ich bin mehr jemand, der unbemerkt und raffiniert vorgeht, nicht mit Action und purer Gewalt. Ich bin kein Held. Werde es niemals sein.«

»Ein Held wird durch seine Handlungen in einem bestimmten Moment definiert.« Mai hörte sich an, als würde sie ein altes japanisches Sprichwort zitieren. »Nicht durch das, was er normalerweise tut oder nicht tut.«

Drakes Handy klingelte. Er griff rasch danach und schnappte es sich, wirkte überrascht.

»Karin?«

Das Flüstern der jungen Frau wirkte angespannt, ängstlich und gehetzt. »Wir werden gefangen genommen. Sie haben uns. Alle von uns. Ich …«, kurzes Schweigen, »ich werde versuchen, mein Telefon eingeschaltet zu lassen …«

Dann war nichts mehr zu hören. »Wir müssen los. Belmonte, bezahle die Rechnung. Haydens Team wurde gefangen genommen. Lasst uns gehen.«

Ohne einen Blick zurück, rannten sie ins Ungewisse, um ihren Freunden zu helfen.

KAPITEL 24

Hayden hatte Mühe, sich zu konzentrieren, da ihr erschöpfter Körper ihr nicht mehr gehorchen wollte. Die Gehirnerschütterung der Explosion hatte sie einen Moment ausgeknockt, aber ihr Gleichgewichtssinn war noch schlimmer in Mitleidenschaft gezogen worden. Ihr war übel geworden, sie hatte sich durch einen trägen Nebel kämpfen müssen, um sich wieder zu erinnern, wo sie war. Sie konnte einen Blick auf die anderen erhaschen. Dahl und Komodo waren genauso betroffen – beide hielten den Kopf in den Händen und stöhnten. Kinimaka, Ben und Karin ging es etwas besser. Sie saßen aufrecht, aber bewegten sich nicht, den Blick starr nach vorn gerichtet.

Ihr wurde bewusst, dass sie nicht mehr in dem Zug war. Sie rutschte auf dem harten Stahlbodenblech eines Busses herum. Die Bewegung des Fahrzeugs, das schnell um Kurven und über Schlaglöcher in der Straße fuhr, sorgte nicht gerade dafür, dass sich ihr langsam zurückkehrender Gleichgewichtssinn schneller erholte.

Sie versuchte, sich zu bewegen, und bemerkte, dass ihre Arme auf den Rücken gefesselt waren. Die Fußgelenke hatte man ebenfalls zusammengebunden. Dahl und Komodo rollten leblos neben ihr hin und her. Vage war ihr bewusst, dass Karin eine Hand freigekämpft hatte, ein kurzes Gespräch führte und dann die Tastensperre ihres Telefons aktivierte und es tief in die Tasche stopfte. Erst in diesem Moment fiel ihr auf, dass sie auf der Ladefläche des Busses allein waren und die Leute, die sie gefesselt hatten, es vermutlich hastig getan hatten. Ihre eigenen Fesseln saßen ebenfalls locker.

Aber ihr Gleichgewichtssinn war immer noch nicht zurückgekehrt. Der Bus wurde langsamer und fuhr immer wieder kurz an. Von vorn aus dem Bus hörte sie Flüche. Sie steckten im Verkehr fest, vielleicht fuhren sie durch eine Stadt oder um eine herum. Ihre Gedanken wurden langsam klarer. Sie hatte immer noch keine Ahnung, wie lang es her war, dass der Zug infolge der gewaltigen Explosion entgleist war. Sie hätte niemals damit gerechnet, dass die Schattenelite in einem ihrer eigenen Waggons eine Bombe angebracht hatte, aber es war eine Lektion, die sie nun ein für alle Mal gelernt hatte und nie mehr vergessen würde. Sie hoffte inständig, dass keine Zivilisten verletzt worden waren.

Bens Stimme drang durch den Nebel an ihr Ohr. »Hayden. Hayden, bist du okay?« Sie hatte Mühe gehabt, die Stimme zu verarbeiten, obwohl sie hörte, dass jemand mit ihr sprach.

Ihre Nase knallte gegen den rostigen Blechboden und Tränen stiegen ihr erneut in die Augen. »Nicht … nicht wirklich«, brachte sie als Flüstern heraus.

Sie war erleichtert, als sie die Stimme von Torsten Dahl hörte. »Wissen wir, wo wir sind oder wohin wir fahren?«

Alle verneinten. Karin sagte leise: »Ich habe es geschafft, Drake anzurufen und mein Handy anzulassen, sodass er uns tracken kann. Der Akku sollte eine Weile halten. Aber die hinteren Fenster sind geschwärzt. Sie würden merken, wenn ich ein Loch hineinkratzen würde.«

»Löse unsere Fesseln.« Hayden wusste, dass Karin es nicht versucht hatte, weil sie benommen war.

»Werde ich, aber als sie einmal angehalten haben, um nach uns zu sehen, sah ich eine Menge Männer mit Waffen. Die sind vorsichtig.«

Der Bus sauste um eine Kurve. Hayden rollte zur Seite und knallte gegen Kinimaka. Ihr war vage bewusst, dass der Hawaiianer gegen Komodo gedrückt wurde und den Delta-Soldaten an die Seitenwand des Busses presste. Keine sehr bequeme Position.

»Tut mir leid, Kumpel«, sagte Kinimaka.

Ein Brett an der Vorderseite wurde nach unten geschoben und das Gesicht eines Mannes erschien. Er war glatzköpfig, glattrasiert und blickte finster drein. Auf der Stirn hatte er eine Narbe.

»Ich höre Geschnatter«, sagte er. »Und das gefällt mir gar nicht. Der Wikinger will euch sehen, aber er hat nichts über eure Finger gesagt. Haltet die Schnauze. Wir sind bald da.«

Das Gesicht und die Stimme mit dem osteuropäischen Akzent verschwanden. Hayden durchzuckte ein Schock. Sie drehte sich zur Seite, um Dahl anzusehen.

»Der Wikinger?«, flüsterte sie.

»Das Ende der Befehlskette«, sagte Dahl. »Der Anführer der Schattenelite will uns bestrafen, weil wir seine Pläne durchkreuzt haben. Ich vergebe keine Preise, wenn jemand errät, was danach passieren wird.«

»Sicher, aber was währenddessen passieren wird, macht mir mehr Sorgen.«

Hayden dachte an die Zivilisten, Ben, Karin und Gates, der hinter ihr lag. Sie dachte darüber nach, was diese furchtbaren Männer ihnen antun könnten.

Bitte, Drake, dachte sie. *Komm und rette uns.*

Im selben Moment wurde gerade Matthew Holgate, dem sechsten und jüngsten Mitglied der Schattenelite, sein kalorienarmes Mittagessen in einem teuren Restaurant im Wiener Museum der Naturgeschichte serviert. Die Speisekarte war kurz und änderte sich nie, aber das war egal. Sie wussten, was er immer bestellte. Er plauderte ein paar Minuten mit der freundlichen Kellnerin und betrachtete dann seinen wartenden Kaffee.

In seinen schwarzen Tiefen erblickte er eine Reflexion seiner selbst, die eingesperrt dort schwebte. Ein passendes Bild. Bis vor nicht allzu langer Zeit war Holgate einer der reichsten Playboys der Welt gewesen, ein Mann mit einem Haus, fünf Autos und einem Dutzend Frauen in jeder bedeutenden Stadt der Welt. Er war als Trendsetter und sogar als Philanthrop bekannt gewesen. Aber hinter all dem lauerte die Schattenelite, eine Gruppe, der er seit seiner Geburt angehört hatte, genau wie sein Vater. In seinen jüngeren Jahren hatte er die unbegrenzte Macht durch seine Verbindung zur Schattenelite genossen, für nichts verantwortlich sein zu müssen, hatte die Zeit genossen, als ihr Anführer – der melancholische Wikinger – ihnen erlaubt hatte, wahllos mit dem Leben anderer Menschen zu spielen. Selbst in der abgestumpften Welt eines reichen Mannes gab es nichts Vergleichbares, als eine Person oder

Familie auszusuchen und dann endlosen willkürlichen Qualen auszusetzen.

Das stärkte den Glauben der Gruppe an die eigene Macht, sagte der Wikinger. Der Zweck heiligte stets die Mittel. Eine weitere tote Bauernfamilie – wen interessierte das schon?

Aber vor Kurzem hatte ein zufälliges Ereignis Holgates Leben auf den Kopf gestellt. Die Welt glaubte im Allgemeinen, es sei eine Rezession gewesen. Aber Holgate kannte die Wahrheit – die Entscheidungsträger hatten beschlossen, dass die Welt zu schnell voranschritt und langsamer machen musste, dass der Fortschritt zu rasch geschah, der Mann von der Straße zu reich wurde, sein Leben zu schmerzlos. Eine Entscheidung wurde an der Spitze getroffen, eine Ebene unter der Schattenelite – die diskutiert hatte, ob es irgendeine Bedeutung für die Gruppe hatte, aber letztlich entschied, eine Ära der Entbehrung nicht aufzuhalten. Es hätte keine Auswirkungen auf sie. Es würde sogar ihre Position stärken und den Umfang ihrer Macht und ihrer Spiele erweitern.

Aber dann war Holgate in seiner blinden Arroganz in einen der größten Bankencrashs aller Zeiten hineingeraten. Danach hatte er noch größere Verluste durch den fallenden Wert von Unternehmen gemacht. Er hatte viel Geld in Hedgefonds investiert und in Start-up-Unternehmen, die einfach von der Bildfläche verschwunden waren.

Alles war so schnell geschehen. Sein Reichtum buchstäblich ausgelöscht. Als ihm klar wurde, wie viel seines Reichtums nur auf dem Papier bestanden hatte, hätte er sich fast von der großen Marmortreppe vor seinem Haus auf das Dach seines glänzenden Maserati MC12 Supercars geworfen. Aber eine Überlegung hatte ihn davon abgehalten. Er hatte an seine Kollegen in der Schattenelite gedacht und geglaubt, sie würden ihm helfen. Erst später, nachdem er ein paar wohlüberlegte Fragen gestellt hatte, realisiert er, dass sie – die Menschen, mit denen er ein Leben lang zusammengearbeitet hatte – ihn sicherlich kreuzigen würden, wenn sie es jemals herausfanden.

Und dann passierte diese ganze Odin-Sache. Die Schattenelite hatte in den letzten zwei Monaten häufiger getagt als in den vorangegangenen zwei Jahren. Holgate saß nur da und hörte zu, äußerte sich gelegentlich, ohne wirklich bei der Sache zu sein. Stets war ihm bewusst, dass seine fünf Brüder jederzeit von seinen Pleiten erfahren könnten.

Aber die Antwort hatte sich Holgate in Form der acht Teile Odins gezeigt. Sie waren von entscheidender Bedeutung. Das Herz der Welt.

Holgate lächelte, als die Kellnerin sein warmes Essen auf den Tisch stellte. Dann nahm er das nicht nachverfolgbare Handy in die Hand, das ihm kürzlich einer der gefährlichsten Männer der Welt gegeben hatte.

Als der Anruf mit einem schroffen, »Ja?«, beantwortet wurde, tat Matthew Holgate die ersten Schritte auf dem diabolischen Kurs, der seinen neuen Masterplan darstellte.

»Ich kann die Artefakte besorgen. Alles ist bereit. Also, wie viele der reichsten, verrücktesten Terroristen der Welt kannst du zusammentrommeln?«

Er wartete auf die Antwort.

»So viele? Gut. Dann lehne dich mal zurück und hör mir zu.«

Hayden versuchte sich abzustützen, als der Bus plötzlich zum Stehen kam. Gelächter, tief und rau, war aus dem vorderen Teil zu hören, dann knallten zwei Türen. Rufe drangen von außen herein. Die hintere Tür wurde geöffnet und ein Mann stand lachend vor ihnen.

»Macht bloß keine Dummheiten.« Er hob drohend die Waffe.

Hayden machte sich auf alles gefasst, als ihre Kollegen an den Füßen aus dem Bus gezerrt wurden und man sie einfach auf den Boden fallen ließ. Ein Gefühl der Hilflosigkeit überwältigte sie, als sie spürte, wie sie an den Fußgelenken gepackt und ihr Körper grob über den Boden des Busses gezerrt wurde. Ein Moment der Schwerelosigkeit, dann knallte sie mit dem Gesicht zuerst auf den Erdboden. Weiteres Gelächter. Mehrere Männer, die sich über sie lustig machten.

Sie rollte sich schnell herum. Das grelle Sonnenlicht in ihrem Gesicht ließ ihr die Tränen in die Augen steigen. Einen Augenblick später fiel ein Schatten auf sie. »Hoch.«

Starke Arme rissen sie hoch auf die Beine. Für ein paar Sekunden stand sie schwankend auf wackeligen Beinen, noch nicht gewöhnt an ihre neue Position. Sie versuchte, die Übelkeit niederzuhalten. Dahl stand neben ihr und sah sich verstohlen um. Kinimaka und Komodo standen neben ihm. Hinter ihnen sah sie Gates, Ben und Karin, bevor sie den Blick wieder zu Boden wandte und so tat, als würde ihr erneut schwindelig werden.

Ein Stiefel trat sie in den Rücken, sie strauchelte und schrie überrascht auf. Dahl drehte sich wütend um, aber starrte in den Lauf einer glänzenden Heckler & Koch. Hayden schob sich an ihm vorbei, gab ihm einen kleinen Stoß. Besser die Aggressionen für später aufsparen.

Sie waren durch ein Tor in einen Innenhof gebracht worden. Das Anwesen des Wikingers umgab sie von allen Seiten. Das Mauerwerk war alt, aus Stein und Ziegel gefertigt, mit maßgefertigten Fenstern und Türen. Das Tor selbst war massig und auf beiden Seiten von gewaltigen Pfeilern und einem Wachhäuschen gesäumt. Der Boden bestand aus feinem weißem Kiesel. Der Himmel über ihren Köpfen war blau und wolkenlos. Männer standen entspannt herum, jeder hatte irgendeine Art Automatikwaffe in der Hand.

Es gibt keinen Weg hier raus, dachte sie. Dann schalt sie sich selbst. Es gab immer einen Plan. Das einzige Hindernis war ihre Angst.

Erneut ein Stiefeltritt in den Rücken. Dieses Mal fing sie sich, drehte sich um und warf dem Söldner mit dem wettergegerbten Gesicht, der sie getreten hatte, einen bösen Blick zu. »Leg die Waffe weg«, sagte sie ruhig, »und versuch das noch mal.«

Dabei hoffte sie, dass er nichts über ihre Messerwunde wusste … aber der ältere abgehärtete Mann grinste nur, zeigte dabei einen Mund voll schwarzer Zähne und eine Zunge, an der ein kleines Stück fehlte. Er scheuchte sie weiter.

Hayden nutzte das kleine Zwischenspiel, um ihre Umgebung genauer zu betrachten. Die Villa des Wikingers umgab sie von vier Seiten und war drei Stockwerke hoch. Wo auch immer dieses Gebäude stand, es war vermutlich von ähnlichen Häusern in einem reichen Viertel umgeben. Von dort, wo sie stand, konnte sie keine Rückschlüsse auf den Ort ziehen.

Sie ging auf eine gewaltige Steinmauer zu. Ihre Kameraden waren daran aufgereiht und sahen auf den Innenhof. Sie stellte sich ganz ans Ende der Reihe.

Zwölf Männer traten vor und hoben die Waffen.

Nein!, schrie sie in Gedanken. Das ging zu schnell. Sie hatten noch nicht einmal den Wikinger getroffen. Wieso sollte man sie alle hierher bringen und dann bei Ankunft erschießen?

Das Geräusch von einem Dutzend Waffen, deren Abzug gespannt wurde, hallte über den sonnenbeschienenen Innenhof. Hayden starrte dem Tod ins Auge und dachte: *Ich hatte nicht einmal Zeit, mit Ben zu reden.*

Drakes Instinkte konzentrierten sich völlig auf ein Ziel: Einen GPS-Tracker zu finden, um Karins Handysignal tracken zu können, und sie und ihre entführten Kameraden zu lokalisieren. Angesichts von Belmontes Expertise war das eine einfache Aufgabe, aber dafür mussten sie wieder in die »Gefahrenzone« um das Lagerhaus am Flughafen gehen, die sie eben hinter sich gelassen hatten. Drake dachte nicht zweimal darüber nach. Er ging voraus, um einen Tracker zu besorgen und in weniger als einer halben Stunde zum Flughafen zurückzukehren, gerade rechtzeitig, um das nächste Flugzeug nach Prag zu erwischen, ein Flug, der weniger als 70 Minuten dauern würde.

Drake verschwendete keine einzige davon. »Ich habe zwei Pläne«, sagte er zu den anderen. »A und B …«

Hayden schloss die Augen nicht. Stattdessen blickte sie in den Gewehrlauf, der regungslos auf sie gerichtet war. Sie würde bis zum Schluss widerstehen. Die Zeit schien sich wie ein Gummiband auszudehnen, erwartungsvoll gespannt.

Ein Ballon schwebte über dem Innenhof durch den Himmel, blutrot, die lange Schnur baumelte noch daran und wehte im Wind, als wäre er einer Kinderhand entrissen worden.

Die Bewegung hatte die Aufmerksamkeit aller erregt. Als Hayden wieder dorthin blickte, wo vorher die Waffe gewesen war, erschrak sie, als sie sah, dass ein Mann dort stand.

Der Wikinger. Er stand vor seinen Soldaten, die langen blonden Haare wehten in der Brise, das zerfurchte Gesicht wirkte fast sympathisch, aber so wie Hayden es sah, zeigte es nicht mehr als argwöhnisches Desinteresse. Es war die Aufmerksamkeit, die ein Psycho einer Fliege schenkte, die im Netz einer sich nähernden Spinne gefangen war.

»Odin«, sagte er. »Er war der Vater der Götter. So wie ich der Vater unseres Rats bin. Wir sind uns ähnlich, Odin und ich.«

Hayden trat nervös von einem Bein aufs andere. Dahl gab neben ihr ein verächtliches Schnauben von sich.

Der Wikinger legte den Kopf schief. »Mein Reichtum geht auf die Tage der Wikinger zurück. Sein Ursprung liegt weiter in der Vergangenheit als bei jedem anderen Vermögen. Ich bin ein Nachfahre Beowulfs, auch wenn die Zweifler euch vielleicht einreden wollen, dass er niemals existiert hat. Das großartige Gedicht – geschrieben im Jahr 800 vor unserer Zeitrechnung, aber erst im 17. Jahrhundert entdeckt – berichtet von einem realen König und einem realen Land. Hier …« Er tippte mit dem Fuß auf den Boden, auf das Fundament seines Zuhauses. »Ich habe Beweise, dass er existiert hat.«

»Und dass er ein Monster bekämpft hat?«, sagte Dahl sarkastisch.

»Wir kämpfen alle gegen unsere Monster. Ich habe nur gesagt, Beowulf war real, nicht Grendel.«

»Sie sind der Wikinger«, sagte Hayden, die immer noch unwillkürlich geschockt war.

»Der Mann, der hinter allem steht.« Sein Gesicht verriet keine Regung. »Der Schatten, der über der Schattenelite steht. Ja.«

»Und Sie würden die Doomsday-Waffe einsetzen?«, fragte Hayden.

»Einsetzen?« Der Wikinger ließ das Wort auf der Zunge zergehen, als wäre es ein Pfefferminzbonbon. »Einsetzen? Ein vieldeutiges Wort. Ja, ich würde sie einsetzen, meine Liebe, aber auf welche Weise meinen Sie?«

»Um verflucht noch mal die Welt zu vernichten.«

Der Wikinger zuckte nicht einmal mit der Wimper. »Sei doch nicht so dumm. Wieso sollte ich das tun? Wieso sollte ich zerstören, was mir gehört?«

Dahl lachte. »Weil du völlig irre bist, Kumpel.«

Hayden zuckte zusammen. Sie hörte, wie Ben scharf die Luft einsog und sogar Komodo schluckte.

Der Wikinger ließ sich nichts anmerken. »Die Doomsday-Waffe wird unserer Versicherung sein. Wenn sie erst einmal an Ort und Stelle ist, wird sie niemals aktiviert werden müssen.« Dann schweifte sein Blick in die Ferne. »Aber stellen Sie sich vor, stellen Sie sich vor, dass sie eines Tages eingesetzt werden würde. Feuer und Wasser, Stürme und Blitz und Donner, Erdbeben und Megatornados auf der ganzen Welt. Welche Schönheit. Welch ein Ende!«

Hayden wusste, er machte keine Scherze. Dem Mann fehlte jeder Sinn für Humor.

»Odin, der sich Ragnarök stellen musste«, sagte der Wikinger. »Mit seinen Söhnen an der Seite marschierte er in den Kampf. Er stelle sich den Monstern. *Echten* Monstern …«

»Nein«, unterbrach Dahl den mächtigsten Mann der Welt. »Tat er nicht.«

Der Wikinger richtete einen undurchdringlichen Blick auf den Schweden.

»Ich habe Odins Knochen gesehen«, sagte Dahl. »Ich habe sie berührt. Ich habe sein Grab gesehen. Er ist sicher nicht im Kampf auf irgendeinem Schlachtfeld gestorben. Ragnarök«, sagte er leise, »ist der wahre Mythos.«

»Er hat recht.« Zum ersten Mal meldete sich Gates zu Wort. »Ragnarök ist jetzt, nicht damals. Odin wendete es ab, indem er die Götter sterben ließ. Aber den Schild auszugraben, hat eine Kettenreaktion in Gang gesetzt, die mit der Entdeckung des dritten Grabs und der Doomsday-Waffe endete. Jetzt haben wir die Wahl. Wir entscheiden. *Die Menschheit entscheidet, ob sie sich selbst rettet oder vernichtet.* Das waren die Worte, die im isländischen Grab gefunden wurden.«

»Sie beziehen sich auf den Tag der Abrechnung.« Der Wikinger betrachtete teilnahmslos den US-Verteidigungsminister. »Aber das ist alles hinfällig. Erinnern Sie sich an den Kalten Krieg? Die Tage, als die Russen und Amerikaner Tausende Atomwaffen aufeinander gerichtet hatten und darauf warteten, dass das Schicksal seinen Lauf nahm? Selbst für uns war das eine schlimme Zeit. Wir können nicht jeden kontrollieren, dem der Finger am Abzug juckt. Ein Ausrutscher, ein wütender Moment hätte die ganze Welt in einen Atomkrieg stürzen können. Aber nun ... werden wir die einzige Supermacht sein und wir werden *alle* Waffen in der Hand halten.«

»Was, wenn wir den Bluff beim Namen nennen und Sie die Karten auf den Tisch legen müssen?«, fragte Gates.

»Wir sind die Schattenelite«, sagte der Wikinger einfach. »Wenn sich eine Stimme gegen uns erhebt, soll sie zum Verstummen gebracht werden. Wenn sich viele Stimmen gegen uns erheben ... dann werden wir die Idioten von der Landkarte fegen.«

Der Wikinger machte einen Schritt nach hinten und musterte sie alle eine Weile. Hayden hielt stolz den Kopf oben. Der Wikinger wandte sich ab und schritt durch die Reihen der Bewaffneten.

Wie ein Mann richteten alle die Waffe auf sie, zielten und hielten sie still.

Eine Stimme sagte: »*Feuer*!«

Schüsse, Schreie und das Geräusch von Kugeln, die in Mauerwerk schlugen, zerstörten den Frieden eines idyllischen Wintertages.

Kaum war das Flugzeug gelandet, schoben sich Drake und seine Freunde an den anderen Passagieren vorbei und versuchten, so schnell wie möglich durch den Zoll zu kommen. Falls jemand sie für unhöflich hielt, meldete sich dennoch niemand zu Wort. Aber ihre finsteren Gesichter hätten vermutlich jeden davon abgehalten, sich zu beschweren.

Außerhalb des Flughafens, in der Eiseskälte, entspannten sich alle ein wenig. Drake winkte ein Taxi heran und holte das Trackinggerät heraus, das Belmonte gekonnt zusammengebastelt hatte.

»Das Signal ist noch stark«, sagte er.

Mai betrachtete neben ihm einen Stadtplan von Prag. »*Dejvice.*« Sie nannte den Namen einer Vorstadt, die zum alten Stadtgebiet gehörte. Das Taxi fuhr in hohem Tempo los. Während der Fahrt gingen sie noch einmal den Plan durch. Er war wenig ausgefeilt und riskant, aber sie mussten improvisieren und das war das Beste, was ihnen eingefallen war. Drake war sicher, dass ihre Freunde heute getötet werden würden. Es war nur eine Frage, wann.

»Und die acht Teile Odins?«, fragte Mai.

»Sind zweitrangig«, sagte Drake. »Unsere Freunde sind wichtiger.«

»Wir sollten es zumindest versuchen …«

»Mai«, sagte Drake mit Nachdruck. »Es tut mir leid. Aber du hast dein Mitspracherecht verwirkt, als du eigenständig gehandelt hast. Du hast alles riskiert, um Chika zu retten. Jetzt bin ich dran.«

Alicia sah Mai mit funkelndem Blick an. »Hey, sieh es mal folgendermaßen – eine Bitch, die so viel Mist gebaut hat wie du, würde man einfach einschläfern. So bekommst du noch eine zweite Chance.«

»Einschläfern?«, wiederholte Mai. »Und, wer sollte das tun? Du?«

»Ich schläfere euch gleich beide ein, wenn ihr nicht damit aufhört.« Drake wusste, dass sie sich nur auf den bevorstehenden Kampf und die Gewalt einstimmten. Er warf Belmonte einen Blick zu.

»Du bleibst besser im Wagen. Im *anderen* Wagen, wenn du verstehst, was ich meine.«

Der Meisterdieb nickte. Drakes Plan grenzte an Selbstmord, aber mehr hatten sie nicht. In diesem Moment klingelte Drakes Handy, ein alter Dinorock-Song, es ging darin um Rauch auf dem Wasser.

Drake hörte einen Moment zu, dann verfinsterte sich sein Gesicht. »Oh, nein«, sagte er. Dann: »Und es besteht keine Chance, dass …?«

Der Engländer hörte weiter zu. Anscheinend keine guten Neuigkeiten. Schließlich nickte er und machte das Handy aus. »Das war Sam. Sein Team wird nicht rechtzeitig hier sein. Verdammt.«

»Das ändert nichts am Plan«, sagte Alicia mit Nachdruck.

Drake nickte. »Sam fährt direkt nach Wien. Sie werden sich später mit uns treffen. Angenommen …«

»Wir überleben«, beendete Belmonte den Satz mit einem Kopfschütteln. »Oje.«

»Was immer passiert, Kumpel«, Drake sah ihn an, »Du musst dich mit ihnen treffen und alles erklären. Wenn wir sterben, sind Odins Artefakte womöglich verloren.«

Drake schloss die Augen. »Ich wünschte, wir wüssten, ob es unseren Freunden gut geht.«

Haydens Hände waren locker hinter ihrem Rücken gefesselt und an einem Metallring festgebunden, der in die grobe Steinmauer hinter ihr eingelassen war. Das Seil war festgebunden. Ihr Team, alle mit den Nerven am Ende, aber am Leben, war neben ihr aufgereiht.

Zu Beginn kam also die psychologische Folter. Das Erschießungskommando war präzise gewesen. Ihre Kugeln waren in die Wand über ihren Köpfen eingeschlagen, hatten Ziegelstücke und heiße Geschosssplitter auf sie herabregnen lassen. Der Wikinger hatte nicht einmal mit der Wimper gezuckt. Dann waren sie in die Villa gezerrt und in einen Raum im Erdgeschoss gescheucht worden.

Betonboden. Ziegelwände. Ein großer Gully in der Mitte des Raums.

Ein Raum, der zum Töten gedacht war und hinterher leicht zu reinigen.

Nun zogen Männer mit einem Grinsen auf dem Gesicht einen dicken, industriell aussehenden Schlauch in das Zimmer. Normalerweise wurde er wohl als eine Art Hochdruckreiniger verwendet, war aber nun auf die Gefangenen gerichtet.

Hayden machte sich auf den Einschlag gefasst, als weitere Männer in den Raum strömten, einige mit Sturmgewehren, andere mit einer seltsam aussehenden Waffe ausgerüstet. Mit dem dicken und kurzen Lauf sah sie noch bedrohlicher aus, als die Heckler & Koch.

»Gummigeschossgewehr«, sagte Dahl emotionslos. »Härtere Schlagwirkung als ein Schlag mit der Faust. Ist vermutlich am besten, sich zu ducken.«

Hayden warf dem Schweden neben ihr einen Blick zu. »Irgendeine Idee?«

Bevor er antworten konnte, öffnete der Wikinger den Schlauch. Er wurde durch den Wasserdruck gerade gestreckt. Zwei Männer hielten die Düse und konnten kaum ihre Freude verbergen, als ein dicker Wasserstrahl die hilflosen Gefangenen mit voller Wucht traf. Hayden wurde ins Gesicht getroffen und ihr Kopf knallte nach hinten gegen die Wand. Die Macht des Wasserdrucks nahm ihr die Luft. Sie hatte das Gefühl, im Stehen zu ertrinken.

Sie schnappte nach Luft, schluckte Wasser, ließ den Kopf von einer Seite zur anderen rotieren, um sich zu schützen, aber sie konnte dem unglaublich starken Wasserstrom nicht entkommen. Der letzte Atemzug wurde aus ihrer Lunge gepresst. Sie hatte schon einmal Waterboarding aushalten müssen, aber das war im Vergleich harmlos gewesen. Am Rande der Bewusstlosigkeit hörte sie einen lauten Knall, als das Feuer aus den Gummigeschosswaffen eröffnet wurde.

Der unverwechselbare Klang von Bens Schreien drang an ihre Ohren.

Sie schluckte mehr Wasser, hustete, war nicht in der Lage, es alles auszuspucken, da der Wasserstrom nicht nachließ. Dann, als sie sich völlig in ihr Schicksal ergeben hatte, bewegte sich der Strahl zur nächsten Person – Kinimaka.

Hayden ließ den Kopf hängen, hatte keine Kraft mehr übrig. Ihre Messerwunde pochte, der Schmerz durchschnitt die Wolke der Hilflosigkeit, die sie umgab. Sie dankte Gott, dass die Gummigeschosse sie noch nicht getroffen hatten, denn sollte eines davon ihre Wunde treffen – würde selbst die Ausbildung durch die CIA nicht verhindern, dass sie um Gnade betteln würde.

Sie hing an ihren Fesseln, gab sich geschlagen, schützte Verwundbarkeit vor, während sie sich gleichzeitig bemühte, wieder zu Atem und zu Kräften zu kommen. Sie zog prüfend an den Fesseln, in der Hoffnung, dass das Wasser sie aufgeweicht haben könnte. Aber wenn es überhaupt eine Wirkung gehabt hatte, dann eher die, dass sie noch enger waren, wodurch das raue Hanfseil noch tiefer in ihre bereits aufgekratzte Haut schnitt.

Verzweiflung machte sich breit. Sie versuchte, sie niederzukämpfen, einen Ausweg zu finden, aber tief in ihrem Inneren konnte sie die schreckliche Wahrheit nicht mehr leugnen.

Es gab kein Entkommen.

Sie neigte den Kopf zur Seite und sah, wie der Strahl des Wasserwerfers Karin erreicht. Würden die Wassermassen ihr Handy beschädigen oder zerstören? Falls ja, wartete ein langer, langsamer Tod auf sie, ohne Hoffnung, dass Drake oder die anderen sie fanden.

Drake betrachtete das Anwesen des Wikingers, bis er Karins genaue Position ermittelt hatte. Das Gebäude sah ähnlich aus wie die anderen außen herum. Sie waren nahe an der Straße gebaut, wie um sämtlichen verfügbaren Raum zu nutzen. Die Gärten waren winzig, auch wenn die Außenwände der

Häuser hoch und nahezu unüberwindbar waren. Schmale Fenster mit Vorhängen im Erdgeschoss und größere, zweiteilige Fenster im ersten und zweiten Stock. Drake sah nicht einmal eine Tür. Vielleicht war sie auf der anderen Seite, aber das war egal. Er hatte nicht vor, anzuklopfen. Sein Plan war riskant und ein Teil davon basierte auf Vermutungen, aber die Situation erforderte sofortige und extreme Maßnahmen.

»Dort.« Er zeigte Mai und Alicia, wo die Außenmauern verliefen, und überließ ihnen das Weitere. Zusammen mit Belmonte lief er durch die benachbarten Straßen und suchte nach den zwei am besten geeigneten Wagen. Nach fünf Minuten hatte er einen grauen Land Rover erspäht und eine PS-starke Toyota-Limousine. Er wies Belmonte darauf hin.

»Bereit?«

»Nein, aber ich bin dabei.«

Hayden hob die Hand. Ein Gummigeschoss prallte von der Wand neben ihrem rechten Auge. Der Mann, der es abgefeuert hatte, lachte wie ein Irrer und lud hastig nach, um es noch einmal zu versuchen. Links und rechts von ihr versuchten ihre Begleiter, sich zusammenzukauern, um weniger Ziel zu bieten, aber sie waren alle völlig durchweicht und die meisten von ihnen waren schon an den Stellen getroffen worden, wo es am meisten schmerzte.

»Wir haben noch den ganzen beschissenen Tag Zeit!« Einer der Söldner lachte und die anderen stimmten ein. Es klang wie langgezogenes Eselsgeschrei. Er zielte und feuerte, hatte sein Ziel genau im Blick. Das Gummigeschoss knallte gegen Komodos Rippen, aber der kräftige Delta-Soldat zuckte nicht.

Hayden seufzte angesichts solcher Dummheit und sah, dass Karin es ihr gleichtat. *Soldaten und ihr Machogehabe.* Der Söldner lachte weiter. »Na, *das* ist doch mal eine willkommene Herausforderung. Hältst dich wohl für einen Helden? Oder glaubst du, es kommt einer, um dich zu retten? Glaub mir, Kumpel, alle Helden, die ich kenne, sind lang tot.«

Dahl versuchte, sein klatschnasses Haar zur Seite zu werfen. »Gut gemacht, Komodo. Ich hätte das Gleiche getan.«

»Dann sterben wir alle wie die Schafe«, flüsterte Hayden. »Wir müssen cleverer sein als diese Tiere und uns nicht auf ihr Niveau begeben.«

»Vorschläge?«

Hayden war verzweifelt. »Hast du keinen Plan? Der tolle Torsten Dahl. Der irre Schwede? Was ist los?«

»Ich würde sagen …« Dahl hielt die Hände hoch, von den Fesseln *befreit* und blutig, weil er sie sich dabei aufgeschürft hatte. »Reißen wir ihnen die Schädel ab und stecken sie ihnen in den Arsch.«

Der irre Schwede rannte, als wäre der Teufel hinter ihm her, und brüllte dabei. Blut spritzte von seinen Händen und das Wasser toste um ihn herum. Er rannte auf ein Dutzend bewaffneter Männer zu. Augenblicke später war er mitten zwischen ihnen, zertrümmerte einem das Gesicht mit einem brutalen Ellbogenschlag, einen anderen trat er so hart, dass er gegen die Rückwand geschleudert wurde. Hayden nutzte das Chaos, um die eigenen Handgelenke aus den Fesseln zu winden, aber der Schmerz, als ihre Haut aufgerissen wurde, ließ sie aufschreien. Wie zur Hölle hatte Dahl das ausgehalten? Der Mann musste übermenschliche Kräfte haben. Sie sah, wie Kinimaka und Komodo dasselbe taten, die Gesichter verzerrt, aber voller verzweifelter Entschlossenheit. Komodo schaffte es, ein Handgelenk zu befreien.

Der Wikinger trat durch die Tür auf der anderen Seite, schüttelte den Kopf, als er das Handgemenge sah, und rief nach weiteren Wachen. Man musste ihm zugutehalten, er stand seinen Mann, beobachtete das Geschehen. Dann erschienen plötzlich – als wäre es ein Zaubertrick – Mai und Alicia hinter ihnen, die durch eines der Fenster im Erdgeschoss eingedrungen waren. Der Wikinger ging sofort hinter einigen Wachmännern in Deckung.

Das Blatt hatte sich jedoch gewendet. Dem Ansturm von Dahl, Mai und Alicia hätte keine Söldnertruppe der Welt standhalten können. Die Frauen stürmten in den Raum und teilten Wunden und Verletzungen aus, als wären sie der Weihnachtsmann, der Geschenke bringt. Mai fegte einen Mann von den Beinen und warf ihn dadurch gegen seinen Kollegen. Beide gingen zu Boden. Alicia zerquetschte einem Soldaten die Luftröhre und einem anderen brach sie den Kiefer.

Hayden gab ihren Kampf gegen ihre Fesseln auf. Sie war mit den Kräften am Ende und wartete, dass Komodo etwas fand, um ihre Fesseln zu durchtrennen.

Der Delta-Soldat befreite sich und fiel auf die Knie. Er stöhnte und hastete zu einem der Männer, die Dahl bei seiner Attacke getötet hatte, durchsuchte die Leiche und fand ein Kampfmesser, das zur Standardausrüstung gehörte.

Der Wikinger drang weiter in den Raum vor, unbewaffnet, unbeeindruckt, das faltige Gesicht zeigte nicht die kleinste Spur einer Emotion. *Was weiß er?*

Hayden beugte sich vor, als Komodo ihre Fesseln durchtrennte. Sie war zu erschöpft, um zu kämpfen, aber stolperte dennoch vorwärts; hoffte, wenigstens einen der Gegner im Getümmel zu erledigen. Mai und Alicia hatten sich bis zu Dahl durchgekämpft und die wenigen Söldner, die tödliche Waffen trugen, zuerst ins Visier genommen und entwaffnet.

Der Lärm von Gewehrfeuer hallte durch den großen Raum. Einer der Wasserwerfer war noch aktiv und blies Wassermassen an die Wand, die in einer Miniwelle davon abprallten. Dahl knallte einem Mann den Kopf gegen die Mauer und schlug ihn damit bewusstlos.

Hinter Hayden befreite Komodo Kinimaka. Der gewaltige Hawaiianer knurrte ein Dankeschön, sprang über einen gefallenen Söldner, um neben sie zu gelangen, und hielt ihr die Hand hin. »Du solltest lieber zurückfallen.«

»Gibst du mir etwa einen Befehl, Mano?«

»Ja, Boss, tue ich. Und jetzt bleib hinter mir.«

Kinimaka verzog keine Miene, als ein Söldner ihn im Visier hatte. Der Schuss aus der großen Waffe knallte los und das Gummigeschoss schlug gegen Kinimakas Oberschenkel, wo er sicher einen blauen Fleck hinterlassen würde, aber Kinimaka knurrte nur verächtlich. Kinimaka streckte den Arm aus und schnappte den Söldner an der Kehle und hob ihn vom Boden. Der Söldner rammte Kinimaka den Lauf des Gewehrs gegen den Hals.

Die beiden Männer starrten sich an, nur Zentimeter voneinander entfernt.

Hayden hob eine kleine Pistole auf und schoss dem Söldner zwischen die Augen. Kinimaka blinzelte ihr dankbar zu. »Mahalo.«

»Jederzeit. Ich halte dir den Rücken frei und du mir. Sozusagen.«

Kinimaka blinzelte überrascht, aber drehte sich dann um, als plötzlicher Lärm den Raum erfüllte und alles übertönte.

Hayden sah in die Richtung. Ihre Hoffnung schwand, als eine zweite große Gruppe von Söldnern in den Raum schwärmte, alle bewaffnet und mit einem blutrünstigen Ausdruck im Gesicht. Der Wikinger verschränkte die Arme und lehnte sich gegen die Wand.

Game over.

Ein Dutzend Waffen feuerte auf einmal, über ihre Köpfe hinweg, ein Ausdruck von Überlegenheit und Entschlossenheit. Dahl blieb mitten im Schritt stehen, einen Söldner in jeder Hand. Ein tödliches Schweigen senkte sich über den Raum, die plötzliche Stille hallte in ihren Ohren wider.

Der Wikinger starrte Mai und Alicia an. »Ich gratuliere euch. Allein schon hier einzubrechen, bedeutet, dass ihr würdig wärt, Teil meines Teams zu sein. Aber das hier …« Er deutete auf die toten und sterbenden Söldner zu ihren Füßen. »… beweist, dass ihr noch zehnmal mehr wert seid. Aber euer Heldenmut ist sinnlos. Seht ihr, es gibt keine Helden mehr. Nicht in dieser Welt. Euer verzweifelter Plan B hat versagt.«

Alicia blieb angespannt und bereit zum Angriff. »Wir sind eigentlich Plan A. *Er* ist Plan B.«

Und mit einem gewaltigen Knall, als wäre ein Berg detoniert, und Matt Drake donnerte hinter dem Lenkrad eines Land Rovers mit voller Geschwindigkeit durch die Rückwand des Raums. Sein Gesicht wirkte wild entschlossen. Um den dahindonnernden Wagen herum regnete es Ziegel, Putz und Holzstücke und er trug den Rauch dutzender kleiner Sprengladungen mit sich, die Belmonte angebracht hatte, um die Mauer zu schwächen.

Alle rannten in verschiedene Richtungen. Der Wikinger warf sich zur Seite. Einer seiner Männer wurde von einem Ziegelstück getroffen, das durch die Explosion davongeschleudert worden war. Der große Brocken zerschmetterte seinen Schädel, bevor er auch nur blinzeln konnte. Mai und Alicia gingen in Deckung. Der Rest von Haydens Team folgte ihnen den Bruchteil einer Sekunde später. Das Aufheulen des Motors war wie das Brüllen eines tödlichen Monsters und es dürstete nach Rache.

Als der schwere Wagen den Schwung verlor, sprang Drake aus der Tür, schnappte sich ein paar der weggeworfenen Sturmgewehre und eröffnete das Feuer mit einer Waffe in jeder Hand. Feuersalven schossen aus beiden Läufen. Söldner kippten vornüber und wurden herumgewirbelt. Blut spritzte auf den Boden und die Wände um sie herum.

Der Wikinger krabbelte zwischen den Leichen herum, mit Ziegelstaub und Blut bedeckt. Zu fliehen, unerkannt zu bleiben, war im Moment das einzig Wichtige für ihn. Er versuchte nicht einmal, eine Schusswaffe zu finden. Dahl machte weiter, wo er aufgehört hatte, schnappte sich zwei der geschockten Söldner und knallte ihre Schädel zusammen.

Dann warf er mit einem Knurren ihre Leichen zur Seite. Die würden sich nicht mehr am Schmerz anderer aufgeilen.

Es war Hayden, die völlig durchnässt, blutend und humpelnd nach unten griff und den Wikinger am Kragen schnappte. Sie zerrte ihn grob nach oben, bis sie sich in die Augen sahen.

»Sehen Sie? Es *gibt* noch Helden auf der Welt.«

KAPITEL 25

Hayden zog den Wikinger auf die Beine. Der alte Mann wehrte sich und schrie, aber ihr Blick zeigte kein Mitleid.

»Wir sollten ihn töten«, sagte Belmonte und rutschte vom Rücksitz des zerstörten Land Rovers. »Dieser miese Bastard hat alles angestoßen, was passiert ist.«

»Er ist wertvoll«, sagte Hayden und versuchte, die Situation aus der Perspektive einer CIA-Agentin zu beurteilen. »Stellt auch mal vor, welche Geheimnisse er kennt.« Sie warf Jonathan Gates einen Blick zu. »Stimmt doch? Wir könnten herausfinden, wem wir noch vertrauen können.«

Der Verteidigungsminister nickte schwach und setzte sich zwischen die Trümmer. »Das werden wir. Geben Sie mir eine Minute.«

Hayden stieß den Wikinger in Dahls Richtung und humpelte zu ihrem Chef.

»Sind Sie okay, Sir?«

»Nur erschöpft«, sagte Gates. »Die Reise durch die halbe Welt schien zuerst eine gute Idee zu sein. Ich fürchte, ich habe das Ziel der Mission aus den Augen verloren. Eine Kette sauberer, verlässlicher und vertrauenswürdiger Personen bis hinauf zum Weißen Haus zu finden.«

»Das ist egal.« Hayden setzte sich lächelnd neben ihn. »Jetzt, wo wir den Wikinger haben, wird diese Aufgabe viel einfacher sein.«

»Wenn wir es richtig angehen.«

»Ja«, stimmte Hayden zu. »Wenn wir es richtig angehen.« Während ihr Adrenalinspiegel sank, nahm der Schmerz in ihrer Seite zu. Sie hatte noch einige Schmerztabletten in der Tasche und nahm ein paar davon.

Ben setzte sich neben sie. »Geht's dir gut, Hay?«

Seine Freundin warf einen Blick über seine Schulter auf die Männer im Raum. »Sobald die Medikamente wirken.«

Dahl drückte den Wikinger gegen eine Wand und hielt ihn dort fest. Alicia erschien neben seiner Schulter und betrachtete den Anführer der Schattenelite, als wäre er ein bizarres Relikt.

»Willst du irgendwas loswerden, du verknöcherter alter Wichser?«

»Ich will meinen Anwalt sprechen!«

Alicia wirkte überrascht, was ungewöhnlich für sie war. »Wenn du nicht so ein mieser bösartiger Wichser wärst, würde mir das fast Respekt abnötigen.«

Aber dann schob sich Drake an ihr vorbei und lehnte sich vor, verpasste dem Mann einen leichten Kopfstoß. »Sag mir«, knurrte er. »Warst du das? Vor ein paar Jahren? Warst du der Bastard, der mitbekommen hat, dass ich euch zu nahekam und ihren Tod befohlen hat?«

Der Wikinger starrte ihn eine Minute an und sagte dann: »Wells, der Kommandant Ihrer Einheit, machte den Vorschlag, dass ihr Tod … Sie ablenken würde. Also, ja, als Anführer der Gruppe übernehme ich die Verantwortung dafür, dass es zugelassen wurde.«

»Und Coyote? Der Mann, der sie umgebracht hat. Wer ist das?«

»Sie glauben also, dass es ein Mann war …«

»Stopp«, unterbrach Mai. »Es tut mir leid, Matt, aber wir haben wichtigere Probleme. Die Welt ist immer noch in Gefahr. Wo sind die acht Teile Odins? Sagen Sie es uns sofort und Ihre Zukunft sieht vielleicht nicht so finster aus.«

»Ich habe so lang überlebt«, sagte der Wikinger, »indem ich meine Optionen sorgfältig abgewägt habe und meinem Instinkt vertraute. Ich werde länger am Leben bleiben, wenn ich Ihnen das sage – die Schattenelite hat ihr Hauptquartier in Wien«, er nickte Drake respektvoll zu, »wie Sie vor vielen Jahren schon fast herausgefunden haben. Ich kann Ihnen die Adresse geben. Die acht Teile und die Köpfe der anderen Familien werden dort sein.«

Dahl meldete sich zu Wort. »Wieso sollten die acht Teile in Wien sein? Man braucht sie, um die Doomsday-Waffe zu aktivieren, oder nicht? Wieso brachte sie Cayman dann also ursprünglich von Island nach Stuttgart?«

»Glaubt nur nicht, dass ihr die Einzigen seid, die einen Plan B haben. Wir haben ebenfalls für den Notfall vorgesorgt. Da wir diesen Planeten regieren, haben wir einen neuen Plan, wie jeder mit Verstand vorhergesehen hätte.«

»Der lautet?«

»Wir werden es zuerst mit Drohungen versuchen, wie wir es immer getan haben. Es hat seit Tausenden von Jahren funktioniert. Es wird auch wieder funktionieren. Aber …« Er blickte starr geradeaus, ohne erkennbare Emotion. »Wenn wir gezwungen werden, werden wir eine Demonstration unserer Macht bieten. Wien ist nicht weit von Singen, perfekt für unsere Zwecke. Und …« Er zuckte mit den Achseln.

»Der Stützpunkt in Stuttgart war nur ein weiterer Durchgangsort. Nur ein weiterer, passender Ruheplatz auf dem Weg.«

»Dein neuer Plan sieht für mich wie ein Rückschritt aus«, sagte Drake.

»Es ist der Schritt, den *ich* ursprünglich geplant hatte«, sagte der Wikinger. »Aber ich wurde vom Rat überstimmt. Jetzt nutzte ich das Fiasko, das ihr ausgelöst habt, um meine Autorität geltend zu machen.«

»Fiasko?«, sagte Hayden benommen. »Wir haben Sie davon abgehalten, diese verfluchte Waffe als Warnung an die Welt einzusetzen. Haben Sie überhaupt überlegt, dass Sie sie vielleicht nicht mehr aufhalten können, wenn Sie Ihren Spaß hatten, und sie ausgelöst haben?«

Der Wikinger blinzelte und zeigte zum ersten Mal eine Emotion.

»Ihre Arroganz«, sagte Hayden, »Ihr Egoismus, sich so widerlich überlegen zu fühlen, erstaunt mich. Glauben Sie, weil Sie allmächtig sind, können Sie Odins Entscheidung in Zweifel ziehen?«

»Die Götter waren real«, blaffte Dahl ihn an. »Selbst jetzt halten Sie sich für zu wichtig, um das einzusehen. Selbst jetzt noch.«

»Unsere Familien haben diese Welt weit länger regiert, als ihr euch vorstellen könnt. Als die Welt noch jung und größtenteils unentdeckt war, waren wir bereits wohlhabend. Die Beseitigung der weißen Flecken auf der Landkarte hat unsere Macht nur gestärkt. Unsere uralten Familien gehören zu den sechs bedeutendsten der Geschichte.«

»Ihr haltet euch für Götter?«, blaffte ihn Drake an. »Ist es das?«

»Die Götter der Menschen.« Der Wikinger brachte fast ein Lächeln zustande. »Da bin ich mir sicher.«

»Wir verschwenden Zeit, die wir nicht haben«, sagte Mai drängend. »Sie geben uns diese Adresse in Wien und Sie werden uns noch etwas geben.«

»Und was wäre das?«

»Mindestens drei Stellen, an denen wir in das Gebäude kommen.«

»Nun, es ist eine Weile her, dass ich eine Karte gezeichnet habe …«

Drake packte ihn am Genick. »Machen Sie sich keine Sorgen, alter Mann. Sie sind schon dabei, Ihre Sünden wiedergutzumachen. Sie kommen mit uns.«

KAPITEL 26

Russell Cayman hatte sich wie eine große schwarze Spinne in der Ecke des finsteren Grabs zusammengekauert. Er sang leise zu sich selbst, eine gruselige Litanei, die sein Leben und all seine Nöte aufzählte. Wenn irgendeiner der Söldner den Anblick für erschreckend hielt, so gab doch niemand einen Kommentar dazu ab. Sie ließen ihn einfach in Ruhe, so unheimlich und besorgniserregend es auch wirkte.

Die mit Löchern bedeckte und vernarbte Grabstelle neben ihm gehörte Amatsu, dem Gott des Bösen. Auch wenn Cayman nicht an Magie oder Aberglaube und Geister glaubte, so glaubte er *doch*, dass ein altes und furchtbares Trauma einen dunklen Fleck in der Vergangenheit hinterlassen konnte. Einen Makel, in der Zeit gefangen.

Er sonnte sich in seiner Wärme. Er hatte unlängst den Befehl erhalten, dass er und seine Männer noch eine Weile im Grab bleiben und es bewachen sollten, sodass niemand aus Neugier darin herumschnüffelte. Das geheime Netzwerk der Schattenelite würde sich um neugierige Behörden kümmern.

Tödliche Gewalt sollte stets angewendet werden.

Cayman und seine Männer hatten kein Problem damit. Dafür wurden sie bezahlt. Jetzt mussten sie nur noch warten.

Cayman war überzeugt, dass die acht Teile Odins immer dazu bestimmt gewesen waren, in das dritte Grab der Götter zurückzukehren. Welche Waffe oder welcher Mensch wäre schon mächtig genug, das Unvermeidliche aufzuhalten?

Früher oder später, absichtlich oder zufällig, durch eine gute oder böse Tat, würden die Artefakte an ihren angestammten Ruheplatz zurückkehren und ihr strahlendes und schreckliches Schicksal erfüllen.

Matthew Holgate schlenderte durch den gepflegten Garten des Schlosses Schönbrunn, die wunderbaren Springbrunnen, Statuen und die Architektur aus dem 17. Jahrhundert überall um ihn herum fielen ihm gar nicht auf. Er ging langsam auf die *Gloriette* zu, jeder Schritt wie eine schwere Aufgabe oder eine Last auf seinem Herzen, als er darüber nachdachte, was kommen würde.

Seine Vorfahren hatten ein wohlhabendes Leben in Wien geführt, bereits zu den Zeiten, als dieser spektakuläre Palast gebaut worden war. Zweifellos hatten sie seine Besitzer, Architekten und jeden Bewohner im Lauf der Zeit gekannt. Holgate würde das Familienerbe zerstören, das Erbe von Jahrhunderten in Asche und Staub verwandeln.

Er dachte über die Menschen nach, die seine Familie gekannt hatte. Die Könige. Die Prinzen. Die Präsidenten und Premierminister. Und dann dachte er über den Abschaum nach, mit dem er sich heute herumschlagen musste. Männer ohne Gewissen, ohne jeden moralischen Skrupel. Männer, die man dazu erzogen hatte, so hart und skrupellos zu sein, dass ihre Herzen aus schwarzem Eis bestanden.

Nicht, dass sich die Schattenelite jemals ihrer wunderbaren humanitären Grundsätze gerühmt hätte, aber wenigstens hatte jeder Kopf der sechs Familien ein gewisses Ausmaß an Humanität besessen.

Holgate hatte Angst vor so vielem. Er hatte Angst, diesen Weg allein zu gehen – das erste Mal, dass er es je hatte tun müssen – nicht in der Lage zu sein, den Deal abzuschließen; vor den Konsequenzen, sollte er scheitern oder seinen neuen Wohltätern gegenüber nicht loyal sein. Er hatte keinen Puffer – keinen Russell Cayman – er war allein, konnte nur darauf hoffen, dass sie ihm abkaufen würden, was er anzubieten hatte.

Und vor allem war er verängstigt, was passieren würde, sobald der falsche Mann die richtige Waffe kaufte.

Aber die Zeit blieb nicht stehen. Und Holgates neuer Masterplan stellte sicher, dass den anderen fünf Mitgliedern der Schattenelite nicht viel bleiben würde. Holgate drehte sich um und betrachtete den gewaltigen Springbrunnen und die spektakuläre Gloriette dahinter. Normalerweise war sein Gesicht bleich, aber nun war es wegen der beißenden Kälte gerötet, sein gehetzter Blick wurde vom blutroten Leuchten des Himmels angezogen, eine offensichtliche und schweigende Anklage.

Und dann klingelte sein Handy. Er öffnete die Knöpfe des langen schwarzen Mantels und griff in die Innentasche, holte es heraus. »Ja?«

»Wir haben die nötigen Vorkehrungen getroffen«, sagte eine Stimme mit einem starken Akzent, die eindeutig gebildet klang. »Der Basar wird rechtzeitig bereit sein. Viele, viele … Besucher werden dort sein, mein Freund. Es sollte besser alles wie geplant laufen.«

»Das wird es«, antwortete Holgate schnell. »Schick mir einfach die Männer, die du mir versprochen hast.«

»Sie sind bereits hier.« Der Mann leierte eine Kontakttelefonnummer herunter. »Sie warten auf dich. Ich habe meinen Teil getan. Und noch eine Warnung, mein Freund, nicht einer der Interessenten würde zögern, eine ganze Stadt zu vernichten, um nur an einen Mann heranzukommen, und du hast mehr als zwei Dutzend zu deinem Basar eingeladen – zusammen mit ihren Bodyguards. *Bau bloß keinen Mist*, unser aller Leben hängen davon ab.«

Die Verbindung wurde getrennt. Holgate betrachtete einen Moment das leere Display und dann die Gesichter der vorbeigehenden Touristen mit den leuchtenden Augen.

Bau bloß keinen Mist.

Es war nicht die Vorstellung, dass ein Mann eine Stadt zerstören könnte, die Holgate das Blut in den Adern gerinnen ließ. Es war die Vorstellung, dass dieser Mann die Macht hätte, die ganze Welt zu zerstören.

Dann tu es nicht, dachte er. *Geh einfach. Sag es dem Wikinger. Scheiße, geh zur Polizei.*

Aber der stolze Anführer einer der sechs Familien durfte sich keine Blöße geben. Er war schließlich privilegiert. Ein Gott unter den Menschen. Er konnte es sich erlauben, exzentrisch zu sein.

Alles würde bald nach seinem Plan laufen. Das tat es immer.

KAPITEL 27

Drake starrte auf die winterlichen, sonnendurchfluteten Straßen Wiens, während Karin den Richtungseingaben des eingebauten Navis folgte, um zu dem Ort zu fahren, wo laut den Zusicherungen der Schattenelite seit zahllosen Jahren das Hauptquartier der Schattenelite war.

Vor Jahren hatte Wells den Befehl gegeben, Alyson zu töten. Mit der Zeit war Drake über ihren Tod hinweggekommen, aber als der Odin-Zyklus begonnen hatte, hatten ihm die Details auf grausame Weise wieder vor Augen gestanden. Und nicht nur das.

Drake hatte nicht nur Alyson bei dem Unfall verloren. Er hatte auch sein ungeborenes Kind verloren. Abgesehen von Streit, Hunger, Ungerechtigkeit und Folter gab es eine schreckliche und absolute Wahrheit – kein Elternteil sollte jemals sein eigenes Kind begraben müssen, ob ungeboren oder nicht. Jetzt dachte Drake darüber nach, was alles hätte passieren können und wie sein Leben anders verlaufen wäre. Es erforderte eine körperliche Anstrengung, den aufkeimenden Schmerz zu unterdrücken. Die harte, gleichgültige Schale des Soldaten und sein Verdrängungsmechanismus mühten sich, das Leid zu unterdrücken und in eine Nische seines Geistes zu verbannen.

Die Straßen Wiens um ihn herum wurden langsam dunkler. Die Beleuchtung war hell, bunt, warm und einladend vor der Finsternis der Nacht. Drake sah kleine Kinder mit

Bommelmützen, Handschuhen und Schals, die zwischen den Geschäften herumliefen, ihre Eltern konnten kaum Schritt halten. Er sah die beeindruckende Architektur eines weitläufigen Museums, die uralte Fassade kunstvoll durch eine moderne Lightshow erhellt. Geschäftsleute, Sekretärinnen, Touristen und Verkäufer strömten aus der U-Bahn, viele von ihnen hasteten über die breiten Straßen, während sie den Drahtgeschossen auswichen, die ungehemmt dahinrasten – Radfahrer in Wien hielten es selten für nötig, zu bremsen.

In einer unscheinbaren Straße hielten sie an und drei Männer stiegen ein. Sie wirkten hart und kampferprobt und hatten große schwarze Sporttaschen dabei. Sam, der Anführer, nickte Drake zu.

»Sam«, begrüßte der Ex-SAS-Mann seinen alten Freund und dessen Team. »Danke, dass ihr euch uns anschließt.«

»Hatten eh nichts Besseres vor, Kumpel.«

Die Menschenmenge zerstreute sich, aber man sah weiterhin alte Gebäude mit beeindruckender Architektur. Ein weitläufiger Park erschien zu ihrer Rechten. Belmonte merkte an, dass es in der Mitte ein exzellentes Restaurant gab. Ein Lokal, das von den Einheimischen frequentiert wurde und ihnen weitgehend vorbehalten war und nicht den reichen Touristen angepriesen wurde. Weitere Straßen und Ampeln und große Wohnhäuser. Dann kamen sie in ein Viertel, dessen Straßen von Bäumen gesäumt waren. Noch ein Stück weiter und die Toreinfahrten wurden weniger zahlreich, bis …

Der Wikinger sagte: »Fahren Sie langsamer. Wir sind da.«

Drake sah ein schmales Tor, auf beiden Seiten von hohen Bäumen gesäumt. Dahinter war sicherlich ein Zaun mit Stacheldraht. Er drückte auf den Knopf für den Fensterheber.

»Ay up. Sie lügen uns besser nicht an. Die Strafe für Lügen ist bei uns langsam und qualvoll und normalerweise erholt man sich davon nicht.«

Mai hob eine Augenbraue, als er es sagte. »Ein Date mit Alicia?«

Selbst die Engländerin musste grinsen. »Du bist näher an der Wahrheit, als du vielleicht glaubst.«

Drake rechnete damit, dass Belmonte sich als Nächstes zu Wort melden würde, aber der englische Meisterdieb schien in letzter Zeit nicht ganz er selbst zu sein. Er sagte nichts, sondern sah nur zur Frontscheibe hinaus und tippte aufs Lenkrad. Drake drehte sich im Sitz zur Seite. Der zweite Wagen stoppte hinter ihnen. Der Rest der Schattenelite und die acht Teile Odins warteten auf sie.

Vorsichtig ging das Team direkt durch das Eingangstor und verschwand dann in den Schatten auf dem weitläufigen dunklen Gelände. Niemand hatte sie am Tor aufgehalten, aber der Wikinger hatte eine Zahlenkombination eingegeben und das Gesicht nahe vor die Kamera gehalten. Es bestand die Wahrscheinlichkeit, dass er einen Alarmcode eingegeben hatte, der auf »Eindringlinge« hinwies. Eine Reihe von Zahlen, die ihm Einlass gewährte, aber gleichzeitig einen lautlosen Alarm auslöste. Mai, Alicia und die Hälfte des Teams ging nach links. Drake und die anderen nach rechts.

Sie bewegten sich schnell, hielten nach Wachen, Fallen oder einer Bewegung Ausschau. Vorsichtig schlichen sie durch die Bäume und den prunkvollen Garten. Das Anwesen der Schattenelite war abgelegen und nicht zu sehen. Drake fragte sich langsam, ob vor ihnen überhaupt ein Gebäude lag. Vielleicht hatte der Wikinger sie zum Schutz seiner Kollegen in die Irre geführt. Aber dann sah Drake, dass die Zugangsstraße direkt vor ihnen eine lange Rechtskurve beschrieb.

Und direkt dahinter, so hoch, ausladend und beeindruckend wie wenige andere Häuser in Wien, lag schweigend das geheime Hauptquartier der Gruppe vor ihnen, die die Welt regierte.

Fast jedes Fenster war erleuchtet.

Dahl murmelte: »Sind nicht gerade auf Energiesparen bedachte *Ökos*, oder?«

Drake ließ sich auf ein Knie fallen und zog den Wikinger mit sich nach unten. Die Feuchtigkeit des Grases durchdrang seine Hose. Seine Waffe gab ein metallisches Klappern von sich, als er sie dem alten Mann leicht auf den Kopf schlug. »Ist das normal?«, zischte er. »Die Festbeleuchtung?«

»Nein.« Der Wikinger wirkte erschrocken. »Auf keinen Fall.«

»Und die Vordertür?«, fragte Mai. »Hängt die normalerweise immer so schief in den Angeln?«

Drake sah genauer hin und war erstaunt über die Adleraugen der japanischen Agentin. Die Vordertür war klein, ein bogenförmiges Vordach war darüber und sie war zum Teil hinter einer Säule verborgen, aber die Winkel der Konstruktion wirkten schief.

»Gut erkannt.«

»Da stimmt was …«, begann der Wikinger seinen Satz.

Ein Schuss war aus dem Inneren des Hauses zu hören. Der Wikinger sog scharf die Luft ein. »Nein. Oh nein …«

Drake gab ein Zeichen und die Gruppe sprintete aus der Deckung hinter den Bäumen, zielgerichtet und gut organisiert. Mai und Alicia flankierten ihn, Dahl blieb am Ende der Gruppe und zog den Wikinger mit sich. Auf der anderen Seite übernahmen Hayden und Kinimaka die Spitze. Komodo und das SAS-Team folgten ihnen und schwärmten zur Seite aus. Direkt hinter ihnen liefen gebückt Karin und Ben, Gates und Belmonte.

Drake erreichte das Haus und warf einen schnellen Blick durch das nächstgelegene Fenster, bevor er sich flach gegen die Wand drückte. Er schüttelte den Kopf. Nichts. Mai überprüfte das nächste Fenster und Alicia ein weiteres. Beide Frauen schüttelten die Köpfe.

»Vordertür.«

Drake rannte an den Fenstern vorbei, bis er zur offenen Tür kam. Das dicke Holz war mit einer Axt bearbeitet und von Kugeln durchsiebt worden. Der Rahmen und der Beton außen herum waren vernarbt. Sogar das verzierte Fenster über der Tür und der Türsturz wiesen Einschläge von Kugeln auf.

»Keine Profis, nehme ich an«, sagte Alicia.

»Was es noch schlimmer macht.« Drake warf einen Blick hinein und trat schnell einen Schritt zurück. »Söldner, die ungezielt draufhalten, sind leicht aufzutreiben, aber schwer unter Kontrolle zu halten. Lasst uns gehen.«

Der Wikinger knurrte etwas, aber Dahl legte ihm Handschellen an und sagte ihm, er solle die Schnauze halten, wenn ihm seine Zähne lieb waren. In dem Haus hingen alte Gemälde an jeder Wand und teure Möbel standen auf persischen und ägyptischen Teppichen. Die Gewölbedecken wurden von Kronleuchtern geziert. Von Meisterhand gefertigte Skulpturen mythischer und urzeitlicher Tiere waren zu beiden Seiten des Korridors aufgestellt. Drake nahm an, dass es keine Reproduktionen waren. Als er genauer hinsah, erkannte er, dass eines der Gemälde das alte Babylon mit seinen lasterhaften Vergnügungen darstellte. Ein anderes Sodom und Gomorra in all seiner unmoralischen Pracht. Wieder ein anderes zeigte Höllenteufel, die junge Menschen verdarben, während Männer in teuren Anzügen vom Bauch abwärts nackt herumstanden, Whisky aus Kristallgläsern tranken und zusahen.

»Das alles hier«, grollte Dahl den Wikinger an, »so lebt ihr also, während so viele Menschen sich mühsam durchs Leben kämpfen und sterben?«

Drake überprüfte den ersten Raum. Hayden den anderen auf der gegenüberliegenden Seite des gewaltigen Flurs. Sie lauschten auf das leiseste Geräusch. Von weiter drinnen hörten sie leises Stöhnen, einen Schrei und einen Befehl, der in von einer gutturalen, fremdartig klingenden Stimme gebrüllt wurde. Es schien aus dem hinteren Teil des Gebäudes zu kommen.

Ein weiterer Raum wurde überprüft, dann ein vierter. Hayden und Kinimaka betraten das fünfte Zimmer, das einen breiteren Eingang hatte und eine enorme Doppeltür

– die Sorte, die normalerweise von zwei wartenden Portiers aufgehalten wurde. Nach einem Moment der Anspannung, als keiner von den beiden sofort wieder auftauchte, trat Drake in den Raum.

Hayden hatte ihm den Rücken zugedreht, stand regungslos da. Kinimaka ließ den Kopf hängen. Drake, der bereits das Schlimmste befürchtete, schritt an dem stämmigen Hawaiianer vorbei, um sich das Zimmer anzusehen.

Vor Schreck blieb er wie angewurzelt stehen.

Sie waren an die Wände genagelt worden. Vier Mitglieder der Schattenelite mit ausgestreckten Armen und Beinen in Kreuzeshaltung, die Handflächen und Füße von schweren Bolzen durchbohrt, die direkt in die Wand gedrungen waren. Blutströme rannen über die teuren Tapeten, die Wandteppiche und Vorhänge, die um sie herum hingen, und auf dem Boden hatte sich schon eine Pfütze gebildet. Die Augen der Männer traten aus den Schädeln, sie stöhnten leise und schmerzerfüllt.

Der Rest des Teams betrat nacheinander den Raum. Keiner – nicht einmal Ben und Karin – verschwendete einen Gedanken an diese Männer. *Lebe durchs Schwert … schmecke das Blut der Unschuldigen … sterbe schreiend, Arschloch.*

Drake warf kaum einen Blick auf das Bild des Grauens. Seine Hauptsorge bestand darin, die Personen zu finden, die für diese Schweinerei verantwortlich waren. Diejenigen, die wussten, wo die acht Teile Odins zu finden waren. Er drehte sich um, die Waffe bereit, und sah Sam und das SAS-Team an, die den Flur im Auge behielten.

Sam nickte. Alles okay.

Er verließ den Raum. Die Stimme des Wikingers sorgte dafür, dass er stehen blieb. »Was? Aber Sie müssen …«

Dahl schlug ihm ins Gesicht. »Wir müssen gar nichts. Sie sollten lieber darüber nachdenken, wie Sie uns weiter nutzen können, denn sobald Sie nutzlos werden … ergeht es Ihnen wie Ihrem Vorfahren Beowulf und den Wikingern. Sie landen unter der Erde. Jetzt Schnauze halten.«

Der Wikinger zuckte nicht einmal, als er den Schlag erhielt. Er schien beinahe den Tränen nahe.

Das Team verteilte sich im Flur und rückte weiter vor. Vier weitere Räume wurden schweigend gesichert. Drake fluchte innerlich. Sie schienen zu spät gekommen zu sein, aber wenn sie kopflos voranstürmten, würden sie nur selbst getötet werden.

Er wandte sich an den Wikinger. »Wir haben einen Schuss gehört. Irgendwer ist immer noch hier. Was ist da hinten?«

»Ein großes Zimmer, durch das man in den Garten hinter dem Haus kommt. Die großen Fenster reichen vom Boden bis zur Decke, sodass man einen guten Ausblick …«

»Dahl«, sagte Drake. Der Schwede brachte den Wikinger mit einem weiteren Schlag zum Schweigen.

Drake rückte so schnell vor, wie er es nur wagte. Er hatte eine Blutspur entdeckt, die auf Schulterhöhe an der Wand entlang führte. *Ist vielleicht einer der Eindringlinge verletzt?* Wenn es so war, dann vermutlich, weil er von seinen eigenen Leuten angeschossen worden war.

Er blieb vor der geschlossenen Tür stehen und gab den anderen ein Zeichen, dass er bereit war.

Kinimaka trat die Tür aus den Angeln.

Drake sprang als Erster voran, gefolgt von Hayden. Vor ihnen erstreckte sich eine ganze Wand aus Glastüren, die einen spektakulären Ausblick boten.

Aber ihre Aufmerksamkeit konzentrierte sich auf den blutenden Mann, der über den Boden krabbelte, ein Messer im Rücken und eine Pistole in der Hand.

»Holgate!« Der Wikinger wollte vorspringen, aber Dahl legte ihm einen kräftigen Arm um den Hals.

»Warte.«

»Ist er einer von deinen Männern?«, zischte Drake und behielt dabei das Zimmer, den Mann und das Spektakel hinter den Fenstern im Auge.

»Ja. Matthew Holgate. Das jüngste Mitglied unserer Gruppe.«

Mai, Alicia und das SAS-Team umrundeten Drake, übernahmen die Spitze und sicherten die Umgebung. Drake ging neben dem Mann auf die Knie, der gerade von einem Hustenanfall durchgeschüttelt wurde.

»Was ist passiert?«, fragte Drake.

Holgate erschrak und drehte den Kopf zur Seite und versuchte, die Waffe herumzuschwenken. Drake entwaffnete ihn, ohne Rücksicht auf seine Verletzungen, und wiederholte die Frage.

»Sie … sie haben mich überwältigt«, hustete Holgate. »Ich musste zusehen …« Er hustete erneut und sein Gesicht verzog sich vor Schmerz. »Während sie … meine Freunde *gekreuzigt* haben. Die einzigen Freunde, die ich je hatte.«

Der Wikinger ließ sich neben Holgate auf die Knie fallen. »Was ist hier passiert? Ich bin es. Du musst mir sagen, was heute Abend falsch gelaufen ist.«

»Falsch gelaufen?« Holgate spuckte das Wort beinahe aus, als wäre es giftig. »Alles ist seit Jahren falsch gelaufen. Aber du? Du hast es nie bemerkt. Deine Pläne … deine kostbaren, fehlerlosen Pläne mussten umgesetzt werden. Tag um Tag. Woche für Woche.« Holgate stöhnte und versuchte, mit der Hand den Rücken und das Messer zu erreichen.

Drake packte seine Hand. »Es ist vermutlich besser, es nicht rauszuziehen, Idiot.«

Der Wikinger streckte ebenfalls die Hand aus, aber Dahl hielt seinen Arm wie eine Schraubzwinge fest. Holgate brauchte einen Moment, bis er fortfuhr. »*Du hattest keine Ahnung*«, zischte er plötzlich und seine Augen waren feurig, als sich sein Blick auf den Wikinger richtete. »Du wusstest nicht einmal, dass ich alles verloren habe. Du warst unnahbar. Eine Eisstatue in Anzug und Krawatte. *Du hast mich im Stich gelassen.*«

Der Wikinger wich zurück und starrte ihn entsetzt an. »Ich? Was? Du hast dein Vermögen verloren? Das Vermögen deiner Familie? Unmöglich.«

Mai meldete sich von ihrer Position an einem der großen Fenster, das bis zum Boden reichte. »Da draußen bewegt sich was. Ich sehe ein paar Männer hinter den Bäumen am Rand der Eislaufbahn.«

Drake überließ die beiden Männer der Schattenelite sich selbst. Die Frage war – sollten sie die Verfolgung aufnehmen?

»Warte«, sagte er und wandte sich wieder an Holgate. »Die acht Teile Odins. Wurden sie gestohlen?«

Holgates Gesicht wurde noch bleicher. Seine Lippen bewegten sich, aber keine Worte drangen über seine Lippen.

»Haben sie die Artefakte?« Drake hätte den Mann am liebsten erwürgt.

»Ja.« Das Geständnis klang wie ein Todesröcheln.

»Und wohin bringen sie sie?«

Nackte Angst sprach aus Holgates Blick. »Sie haben mich hintergangen.« Er keuchte ungläubig. »Sie lassen mich hier mit nichts zurück.«

»*Wohin bringen sie sie?*« Drake hätte fast nach dem Messer gegriffen.

»Zu einem Waffenbasar!«, schrie Holgate. »Einem großen Markt für Terroristen. Die Teile sollten an den Höchstbietenden versteigert werden.«

Drake war eine Sekunde später auf den Beinen. »Los!«, schrie er. »Wir müssen sie stoppen!«

KAPITEL 28

Mai und Alicia schlüpften durch die Tür, die einen Spalt offenstand, auf die Terrasse. Drake erfasste nun erst das ganze Spektakel, das hinter den Fenstern lag.

Die obere Hälfte des riesigen Gartens war in eine Eislaufbahn verwandelt worden, deren Oberfläche unter den Halogenflutlichtern glänzte. Darum herum waren die Bäume mit Weihnachtsdekoration geschmückt und von Lichterketten erleuchtet. Künstlicher Schnee lag auf dem Boden verteilt, lose ausgebreitet und gelegentlich in kleinen Haufen. Die alten Männer hatten für sich selbst ein Winterwunderland kreiert, eine einsame, verrückte Fantasiewelt.

»Spinner«, murmelte Hayden, als sie neben Drake stehen blieb. Kinimaka war wie immer an ihrer Seite und machte ein ernstes Gesicht. »Drake, ich glaube die ganze Geschichte nicht. Diese Typen da draußen – das sind Amateure. Und man tischt uns die Geschichte auf, die hätten die Schattenelite gefunden und massakriert?«

Drake sah sich zu Dahl um. »Bleib bitte hier. Wir müssen wissen, was passiert ist.«

Dahl nickte. Drake verließ das Haus und trat in die knackig kalte Nacht. Seine Freunde vom SAS liefen hinter Mai und Alicia her, die das mit Brettern verschalte Geländer der Eislaufbahn umrundeten und auf die Bäume zuhielten. Vor sich sah Drake einen Mann zwischen den Bäumen auftauchen. Zuerst wirkte er erschrocken. Drake brauchte eine Sekunde, um zu zielen und zu schießen. Der Mann schrie eine Warnung, den Bruchteil einer Sekunde, bevor die Kugel ihn von den Füßen holte.

Andere Menschen flitzten zwischen den Bäumen herum und erwiderten das Feuer. Drake warf sich auf die Veranda und der Rest des Teams tat es ihm gleich. Sie gingen hinter der Bande um die Eislaufbahn in Deckung, aber keine einzige Kugel schlug auch nur in ihrer Nähe ein.

»Los?« Sam sah zu Drake.

Es war verlockend. Ein starkes, eingespieltes Team wie ihres konnte in Sekunden eine Horde Terroristen erledigen … aber wenn auch nur eine dieser ungezielten Kugeln einen Glückstreffer landete …

Aber die acht Teile Odins waren unterwegs zu einer Auktion, an der die reichsten und tödlichsten Terroristen dieser Erde teilnehmen würden. Etwas musste passieren. Ein Soldat war ein Soldat, weil er alles riskierte für sein Land und die Menschen, die er liebte. Ein Held war ein Held, weil er die Angst spürte, aber sich trotzdem in Gefahr begab.

»Scheiß drauf«, sagte er. »Geben wir's ihnen.«

Sie standen gleichzeitig auf und rannten in Zweierformation um die Eislaufbahn herum, gaben präzise Schüsse ab. Zwei der fliehenden Männer wurden getroffen und brachen zusammen, rutschten durch den Kunstschnee. Kugeln trafen Baumstämme und schlugen durch Blätter, zerschmetterten die bunten Leuchtketten und ließen die dicken Zierkordeln aus den Bäumen zu Boden gleiten. Gewaltige Eisskulpturen wurden getroffen und splitterten, einige fielen um und zerbarsten zu kleinen Stücken, als sie auftrafen.

Drake nutzte die Deckung der Bäume, um ungebremst voranzustürmen. Schnell entdeckte er die Nachhut der Terroristen und gab ein halbes Dutzend Schüsse ab. Männer stürzten schreiend zu Boden, fielen zwischen die Lichterketten und rissen noch weitere der Weihnachtsdekorationen mit sich herab. Drake hastete an den gefallenen Soldaten vorbei, übernahm mit Mai die Spitze, zuversichtlich, dass sein Team hinter ihm aufräumen würde.

Er kauerte sich in den Schnee, atmete flach, lud die Waffe nach. Die künstlichen Schneeflocken auf dem Boden knirschten, als Mai neben ihm in die Knie ging. Es war so leise um sie herum, dass man ihre Atmung hören konnte. Er linste durch die geschmückten Äste, schob eine Papierlaterne zur Seite.

»Wie in alten Zeiten?«, sagte Mai.

»Du und ich?«, sagte Drake. »Stimmt wohl. Sehr alte Zeiten.«

»Immer noch deutlich und warm in meiner Erinnerung, Matt.«

Er hielt inne und sah sie an. Es hatte keine Anzeichen, keine Vorwarnung gegeben, dass sie immer noch so empfand. »Und das sagst du mir jetzt? In diesem Moment?«

Mai feuerte, als ein Kopf hinter der Deckung auftauchte. »Wir sind beide Soldaten. Das ist unser Job. Und, na ja, es ist fast Weihnachten. Was wäre ein besserer Moment?«

Damit sprang sie auf und rannte zum nächsten Baum. Drake duckte sich, als eine Kugel überraschend nahe vorbeizischte und stand auf, während er feuerte. Eine Sekunde später war er wieder an Mais Seite.

»Meine Gefühle für dich haben sich nie geändert«, sagte er zu ihr. »Nicht einmal ein bisschen in all den Jahren. Aber bevor wir uns darüber unterhalten, müssen wir das hier beenden.« Er schwieg.

»Für Alyson?«, sagte Mai und nun rannte Drake mit ihr gemeinsam, einen halben Schritt hinter ihr. Terroristen flohen vor ihnen, ihre bunte Kleidung war leicht ins Visier zu nehmen, ihre Schreie waren mindestens so nützlich wie ein Leuchtsignal, um sie aufzuspüren.

»Ja, für Alyson.« Drake keuchte, feuerte, redete und sah sich gleichzeitig nach weiteren Zielen um. »Und für Kennedy. Diese ganze Odingeschichte hat dafür gesorgt, dass sie in mein Leben gezogen und letztlich getötet wurde. So haben wir uns getroffen. Ich will das alles hinter mir lassen, bevor ich versuche, in die Zukunft zu blicken.«

»Klingt vernünftig.« Mai sprang über einen gestürzten Terroristen, hüpfte über seinen Rücken, als er versuchte, aufzustehen. Sie feuerte zwischen den Beinen nach unten und traf ihn. »Ich werde hier sein …«

Sie zuckte mit den Achseln, als sie wie eine Katze landete. »Wenigstens eine Weile.«

Sie hatten die dichten Bäume mittlerweile hinter sich gelassen und näherten sich dem hinteren Teil des Gartens. Drake sah die hohe Steinmauer zwischen den Ästen. Er verließ sich auf seinen Instinkt, der jahrelang in Kriegen geschärft worden war, erspähte den Gewehrlauf eines Gegners, der hinter einem Baum hervorragte, drehte sich um und feuerte. Das Gewehr flog davon und er schickte den Mann, der es hielt, direkt zur Hölle.

Terroristen hasteten vor ihnen herum, hatten sich am Fuß der Mauer versammelt, einige kletterten bereits an einem halben Dutzend Strickleitern nach oben, die man darüber geworfen hatte. Mai ließ sich auf ein Knie fallen und begann, einen nach dem anderen abzuknallen, wie Tontauben auf einem Schießstand. Drake suchte angestrengt nach einer Spur der Artefakte, hinter denen sie her waren.

Nein, dachte er. *Eine falsche Spur? Das kann nicht sein. So schlau sind die nicht.* Und Drake war sich ziemlich sicher, dass ihre eigene Anwesenheit für die Terroristen überraschend gewesen war. Aber dennoch …

Dann hörte man das Dröhnen eines starken Motors, der angelassen wurde. Drake wusste sofort, was es war. Das Fluchtfahrzeug.

Die flohen bereits mit den acht Teilen!

»Die Mauer!«, schrie er. »Feuert auf die Mauer mit allem, was ihr habt.«

Hayden und Kinimaka und das SAS-Team kamen zusammen angerannt und ließen einen Kugelhagel auf die Mauer prasseln. Terroristen brachen zusammen, wo sie standen. Diejenigen, die versuchten, das Feuer zu erwidern, starben genauso schnell oder wurden von ihren Kameraden zu Boden gerissen. Männer stürzten wie nasse Säcke von der Mauer, trafen diejenigen unter sich. Tödliche Steinsplitter flogen von der Wand, während Geschosse das Ziegelwerk bedeckten und zerklüfteten und Linien über die glatten Blöcke zeichneten.

Drake zögerte nicht. Er erreichte den Fuß der Mauer und warf sich auf die nächste schaukelnde Leiter, schnappte sich eine Sprosse und kletterte hinauf. Ein Terrorist war bereits über ihm auf der Leiter und hatte fast die Spitze der Mauer erreicht. Drake holte den Vorsprung schnell auf und riss den Mann von der Leiter, hörte seine Schreie, während er durch die Luft wirbelte und heftig auf dem Boden aufschlug.

Ihm war vage bewusst, dass Mai auf der Leiter neben ihm war und im selben Tempo hinaufkletterte. Er war etwas überrascht, dass er überhaupt schneller war als sie, aber dann vertrieben das Röhren des Fluchtfahrzeugs und das, was er oben auf der Mauer erblickte, alle weiteren Gefühle aus seinem Körper, abgesehen von Entsetzen.

Das Fahrzeug, ein dunkler Kleinbus, der anscheinend einen getunten Motor hatte, schoss auf dem dunklen Boulevard davon, der an die Villa angrenzte. Eine Sekunde später hatte er eine Kreuzung erreicht, schleuderte ein wenig und verschwand dann entlang einer Straße, die man von hier nicht sehen konnte.

Eine Reihe von etwa einem halben Dutzend Terroristen hatte man zurückgelassen und sie richteten alle ihre Waffen direkt auf Drake und Mai, die oben auf der Mauer waren.

Dann eröffneten sie das Feuer.

KAPITEL 29

Drake sprang von der Mauer, um den sechs schwarzen Mündungen zu entkommen, die auf ihn gerichtet waren. Bis die Terroristen das Feuer eröffnet hatten, war er bereits im freien Fall. Die Kugeln sausten über den Kopf der Mauer hinweg. Steinsplitter regneten um ihn herab.

Er ließ die Waffe los. Seine Hand griff suchend nach der schwingenden Strickleiter und fand sie. Er griff fest zu, seine Handflächen brannten, aber er ließ nicht los, sondern packte das Seil noch fester. Sein Sturz wurde abrupt gebremst. Seine Schultermuskeln protestierten und der Rücken schmerzte, als er gegen die Mauer geschleudert wurde. Er schwang das Bein, landete mit dem Fuß auf einer der flexiblen Leitersprossen und stieg nach unten.

Hayden war sofort bei ihm. »Was ist passiert?«

»Sie sind entkommen«, sagte Drake. »Die Artefakte sind weg.«

»Und wir haben niemanden da draußen«, zischte Hayden. »Weil wir alle hier drin sind! Scheiße!«

»Der Verteidigungsminister, Gates, hat seit Tagen vor Ort nach Unterstützung gesucht«, sagte Kinimaka. »Ebenso Komodo. Sie haben kampfbereite Männer. Die brauchen wir jetzt.«

Sam sah Drake an. »Das Regiment kann zwei Teams herschicken. Der Flug dauert eine Stunde.«

»Die sollen sich bereithalten«, meinte Drake und ging zurück Richtung Haus. »Dahl hat ebenfalls einige Männer vor Ort. Aber zuerst müssen wir herausfinden, wohin sie mit den Artefakten unterwegs sind und wann sie den Verkauf tätigen wollen. Veranstaltungen wie dieser Basar können fast unmöglich so kurzfristig verlegt werden.«

»Stimmt.« Hayden war neben ihm und hielt das Tempo, während sie durch den Schnee zur ehemaligen Villa der Schattenelite stapften, die nun zu ihrer Gruft geworden war.

Eine angespannte Stille umgab das Team, während sie um die hell erleuchtete Eislaufbahn herumgingen und sich den offenen Glastüren näherten. Ein dunkles Gefühl der Vorahnung breitete sich aus, als alle darüber nachdachten, was ein zu allem entschlossener Terrorist mit einer Doomsday-Waffe anstellen konnte.

Dahl kam ihnen an der Tür entgegen. »Du hast versagt? Ja, da traut man so einem Arsch aus Yorkshire und der versaut alles.«

Drake brachte nicht einmal die Willenskraft für eine schnippische Antwort auf. Er schob sich an dem Schweden und dem Wikinger vorbei und ging zu Holgate, der immer noch auf dem Boden lag. Komodo kümmerte sich um ihn und Ben, Karin und Gates standen daneben.

»Ist er noch bei Bewusstsein?«

»Kaum.«

»Weck ihn auf«, knurrte Drake. »Ist mir egal, wie. Wir brauchen ihn nur ein oder zwei Minuten lebend.«

Der Wikinger protestierte. »Entschuldigen Sie mal! Verstößt das nicht gegen …«

Dahls Faust unterbrach den Mann. »Reiß das Maul auf und ich stopfe es. Kein Problem.«

Eine Minute später regte sich Holgate und protestierte. Drake nickte zufrieden. »Das genügt.« Er kniete sich hin, bis er nahe genug war, um dem Mann ins Ohr zu flüstern. »Also, Sie leben oder sterben«, sagte er. »Und wenn Ihnen alles egal ist, können wir das leicht oder schwer machen. Ihre Entscheidung. Verstehen Sie? Jahre, Jahrhunderte lang habt ihr Leute die Gesetze geschrieben und sie gebeugt, wie ihr wolltet. Aber jetzt … *jetzt* sind wir das Gesetz. Niemand ist hier, um Ihnen zu helfen, Holgate.«

Ein gebrochener Blick richtete sich auf ihn. »Aldridge? Grey? Leng?«

»Alle tot.« Drake kümmerte es nicht. »Und sie haben gelitten, Holgate. Wie wollen *Sie* sterben?«

»Die Schattenelite …«, begann der Wikinger, aber musste dann husten.

»Es gibt keine Schattenelite mehr.« Drake hörte, wie Alicia seufzte. »Krieg das mal in deinen dicken Wikingerschädel.«

Holgate musste es auch gehört haben, denn seine Augen füllten sich mit Tränen. »Es ist meine Schuld«, flüsterte er. »Alles meine Schuld. Ich habe die Terroristen hergelotst. Sie sollten mir helfen, die Teile Odins zu stehlen und in die Tschechische Republik zu bringen, aber sie haben mich hintergangen.«

»Welche Überraschung«, murmelte Drake. »Reden Sie weiter.«

»Ich war bankrott, mein Besitz hatte seinen Wert verloren. Aber das hätte die Gruppe niemals akzeptiert. Das war unmöglich. Nicht mal ansatzweise. Unsere Familien waren selbst in den dunkelsten Tagen der letzten tausend Jahre wohlhabend.«

»Und du hast alles versaut, ich verstehe«, sagte Drake. »Aber das ist mir scheißegal, verstehst du? Ich will nur wissen, wo dieser Basar abgehalten wird, wie viele Terroristen daran beteiligt sind, und wann das Ganze stattfindet? Machen Sie schnell, Holgate, bevor ich meinem Team Befehl gebe, Ihnen ein Körperteil nach dem anderen abzuschneiden.«

»Eine alte, verlassene Stadt in der Tschechischen Republik. Eine Geisterstadt. Morgen, um drei Uhr nachmittags, Ortszeit.«

»Und wie viele?«

Holgate zitterte, als er zum ersten Mal Drake direkt in die Augen sah.

»Ja?«

»Alle.«

KAPITEL 30

Sie wussten, dass der morgige Tag ihr letzter sein konnte. Es schien nur passend, dass sie die Nacht zusammen verbrachten. Sich so vielen Gegnern auf einmal zu stellen, machte es äußerst unwahrscheinlich, dass alle von ihnen überlebten.

Belmonte suchte ein Hotel in Wien aus, in dem er schon häufig übernachtet hatte, und reservierte ein Dutzend Zimmer im gleichen Stockwerk. Der Meisterdieb gab sein Geld aus, als wäre es nicht mehr wichtig, und das war vielleicht zum Teil seine Art, für Emmas Tod Buße zu tun. Das aufzugeben, was ihm am wichtigsten war.

Oder – *fast* am wichtigsten war.

Eine Sache war klar. Belmonte hatte etwas durchlitten, was sein Leben verändert hatte. Er würde nie mehr derselbe sein. All seine Prioritäten hatten sich für immer verändert.

Das Hotel Imperial stand in all seiner Fünf-Sterne-Pracht, hell erleuchtet wie ein goldenes Juwel, am Ende eines dunklen, gefährlichen Pfads. Die Lobby war eine opulente, einladende Mischung aus kräftigen Farben, kräftigem Rot und goldenen Akzenten, dunklem Eichenholz und einem hell strahlenden Kronleuchter, der die Szenerie beleuchtete. Rechts von der Drehtür stand ein Weihnachtsbaum mit üppigem Schmuck und glitzernden Lichtern. Große, wunderschön verpackte Geschenke standen um den Stamm verteilt.

»Ah, so lebt also die andere Hälfte«, sagte Alicia, blieb stehen und sah sich in der Lobby um. Selbst die schnippische Engländerin zog den Mantel fester um sich, um ihre ramponierte Kleidung zu verbergen. Während Belmonte bezahlte, betrachtete der Rest des Teams die wohlhabenden Hotelgäste. Einen Moment später gab ihnen der Meisterdieb ein Zeichen und sie stiegen die mit rotem Teppich ausgelegte Treppe hinauf, die mit schwerem Eichenholz verkleidet war. Darüber hing ein weiterer Kronleuchter. Am Ende der Treppe standen zwei Marmorsäulen und eine, mit warmem Licht angestrahlte Statue, über der ein teuer aussehendes Gemälde hing.

»Hier entlang.« Belmonte ging voraus und einen weiteren, üppigen Korridor entlang, bevor er stehen blieb und winkte. »Hier unten. Zimmer 305 bis 316. Sucht euch eines aus.«

»Eine Sache noch.« Alicia war nie besonders gut darin gewesen, Danke zu sagen. »In meinem Zimmer gibt es hoffentlich ein paar von diesen schicken Schlappen und einen Bademantel.«

Belmonte steckte seine Zimmerkarte ins Schloss. »Ich dachte, du hättest vielleicht mehr Interesse am kostenlosen Massageservice.«

Alicia machte große Augen. »Na, aber auf jeden Fall.«

Die Gruppe zerstreute sich und freute sich auf etwas Entspannung, gefühlt zum ersten Mal seit Ewigkeiten. Drake kam es vor, als wären es Monate. Er suchte sich ein Zimmer aus. »In der Lobby in einer halben Stunde, wer Lust hat«, und betrat sein Zimmer allein.

Er lehnte sich gegen die Tür und schloss die Augen.

Es hieß, wenn ein geliebter Mensch starb, passte er vom Himmel aus als Engel auf einen auf. Er schickte schweigend ein Gebet hinauf.

Das einzige Problem war – er wusste nicht, ob er leben oder sterben wollte.

Karin zerrte Komodo praktisch ins Zimmer. Ihr war egal, ob irgendjemand sie vorher für prüde und pedantisch gehalten hatte. In Sekunden waren beide nackt und traten unter die heiße, voll aufgedrehte Dusche. 15 Minuten später waren sie immer noch nackt, aber nun unter den dicken, luxuriösen Decken und halb mit Runde zwei fertig. Bevor sie fertig waren, hatte Karin die Rollen getauscht, sich auf den kräftigen Amerikaner gesetzt, ein Bein links, eines rechts, und gerufen: »Mann, dieses Mal bleibst du besser bei mir!«, bevor er sie wieder auf den Rücken drehte und seinen Mund nahe an ihr Ohr hielt.

»Auf jeden Fall.«

Hayden bat Ben ihn ihr Zimmer, als der junge Mann unbeholfen im Flur stehen blieb und unsicher wirkte. Als sie ihn hereinbat, strahlte er. Er ging an ihr vorbei, sein Selbstbewusstsein wiederhergestellt.

»Verfluchter Mist! Ich weiß, es ist erst ein paar Tage her, aber es kommt mir vor, als wären wir seit Monaten nicht mehr allein gewesen.«

Hayden ging ans Fenster, das von dicken Vorhängen eingerahmt war. Sie schob die Gardine zur Seite. Auf dem Bürgersteig waren viele Leute unterwegs und der Verkehr kroch dahin. *Nichts hat sich verändert*, dachte sie. Es könnte genauso gut L. A. oder Washington, D. C., sein. Der Ort war egal. Die Architektur war vielleicht prunkvoller, die Bäume älter, aber die Musik spielte hier nach derselben Melodie wie überall sonst.

»Ich kann es nicht glauben, dass wir den ersten Auftritt von *Wall of Sleep* verpasst haben«, sagte Ben niedergeschlagen. »Erinnerst du dich? Das Festival in Leeds?«

»Hör auf«, sagte Hayden leise.

Ben hörte sie nicht. »Aber ich glaube, es hat ordentlich *gerockt*, als ich das Grab unter Singen gefunden habe, oder?«

Hayden dachte daran, als sie Ben und Drake in Washington, D. C., getroffen hatte. Sie hatte sich vom Enthusiasmus, der Intelligenz und dem unschuldigen Charme des jungen Mannes angezogen gefühlt. Sie hatte den Mann gesehen, der noch im Körper eines Jungen steckte. Sie hatte das Bedürfnis verspürt, diesen Mann an die Oberfläche zu bringen. Die Herausforderung hatte sie angenommen … und hatte das Gefühl, sie war ihm vielleicht etwas schuldig.

Sie dachte an Mano Kinimaka, der allein in seinem Zimmer am Ende des Flurs saß. Er war stets an ihrer Seite gewesen, hatte sie bewacht, aber in letzter Zeit schien sie mehr und mehr an ihn denken zu müssen. Doch es war nur sein Job – sie zu beschützen. Es waren die Zuwendung und Sorge in seinem Blick, die sie verwirrten.

Sie wandte sich wieder dem Raum zu, wandte sich Ben zu. Auf seine jungenhafte Weise wirkte er immer noch anziehend. Sie nahm sich einen Moment, um die doppelte

Menge ihrer verschriebenen Schmerztabletten trocken herunterzuschlucken. Die Wunde in ihrer Seite pochte nahezu so heftig wie die in ihrem Herzen. Die Messer, die sie durchdrungen hatten, schienen wie eine körperliche Manifestation ihres Geisteszustands.

Sie war verwundet, körperlich und geistig.

Darauf bedacht, ihn nicht zu berühren, setzte sie sich dicht neben Ben aufs Bett. Es war nicht der richtige Augenblick für ein Drama.

Morgen war es eventuell egal.

Alicia verbrachte ein paar Minuten in der Dusche. Das Wasser traf sie mit festem Strahl, eine angenehme Massage, aber sie hielt sich nicht lange mit solchem Luxus auf. Schnell trat sie heraus, trocknete sich ab und zog sich frische Sachen an. Ein paar einsame Minuten betrachtete sie das Hotelzimmer und ging dann zur Bar hinab. Das Leben war zu kurz, um es allein zu verbringen und auf vier Wände und ein leeres Bett zu starren.

Der erste Drink, den sie bestellte, war ein Jack Daniels mit Cola. Als sie den vierten vor sich stehen hatte, ließ eine massige Gestalt sich auf den Stuhl neben ihr fallen.

»Mano Kinimaka.« Sie musterte ihn. »Du bist wirklich ein Riesenkerl, wie du sicher weißt.«

»Schon mal vom Big Kahuna gehört? Meine Mom hat mich immer einen verdammten Riesen-Kahuna genannt.«

Alicia lachte. »Willst du dich besaufen?«

»Suche nur ein bisschen … Ablenkung.«

»Ach ja? Was hatte dir da so vorgeschwebt?«

»Wir sollten mal eine Sache von Anfang an klarstellen, Myles. Du hast keine Chance bei mir.«

Alicia sah ihn an und machte einen Schmollmund. »Ich weiß, auf wen du stehst, aber ihre Wunden reichen tiefer als nur eine Messerlänge, Kumpel. Beschädigte Ware.«

»Wir alle sind beschädigte Ware. Das solltest du doch wissen. Und ich weiß auch gar nicht, von wem du redest.«

»Natürlich nicht.« Alicia leerte den Rest ihres Glases auf einen Schluck. »Vielleicht sollten wir Belmonte fragen. Er kennt sie ganz gut, soweit ich weiß.«

»Leck mich.« Kinimaka wollte aufstehen.

Alicia legte eine Hand auf seinen Arm. »Bleib. Bitte.« Als Kinimaka sich zögernd wieder hinsetzte, fuhr sie fort: »Ich bin eine gemeine Schlampe, ich weiß. Ich nehme eben kein Blatt vor den Mund.«

»Ich verstehe nicht, wieso Drake dich immer noch in seinem Team haben will, um ehrlich zu sein.«

»Drake? Nun, weil er weiß, was er an mir hat. Die anderen – Mai, Gates, vielleicht sogar Dahl – haben alle ihre eigene selbstgerechte Agenda. Ich meine, sieh dir Mai an, die den Apparat gegen ihre Schwester getauscht hat. Aber bei mir …«

Sie machte eine Geste mit der Hand und zeigte vom Kopf bis zu den Füßen. »Bekommt man, was man sieht. Und ich sage genau das, was ich denke. Keine Geheimnisse, keine Mauscheleien.«

Kinimaka bat den Barkeeper, die Flasche hierzulassen. Er stellte sie behutsam zwischen sie. »Hayden ist meine Chefin. Es darf nichts zwischen uns geben.«

»Schwachsinn. Alles verändert sich mit der Zeit. Ich hab mit den meisten meiner Vorgesetzten geschlafen.«

Kinimaka schüttelte den Kopf, aber musste trotzdem lachen. Er bebte vor Lachen und schnaubte. Er hielt ein Schnapsglas hoch, stieß mit Alicia an und leerte es in einem Zug.

Der Bartender brachte sicherheitshalber schon mal eine neue Flasche.

Torsten Dahl tigerte durch den Raum, der zu so etwas wie einem temporären Hauptquartier geworden war. Die Männer vom SAS bewachten den Wikinger und Jonathan Gates nutzte das Telefon, um mit Fingerspitzengefühl die weniger vertrauenswürdigen Männer auszusortieren, bis er einen erreichte, dem er vertraute.

Kommandanten. Generäle. Frühere Führungspersönlichkeiten. Die aufrechten Befehlshaber unbekannter Männer; Männer, die nicht ihre Ehre suchten, sondern sie jeden Tag verdienten. Sie brauchten jeden verfügbaren Mann als Verstärkung. Wie üblich hatten sie Pech und die meisten waren mehr als eine Tagesreise von der Tschechischen Republik entfernt, aber er hätte mit jedem im Weißen Haus um ein Mittagessen gewettet, dass er mehr als nur eine Handvoll aufgetrieben hatte.

Es war noch zu früh, um herauszufinden, wer zum Verschwörerring rund um die Schattenelite gehörte und wer nicht. Die begrenzten Ressourcen setzten sie im Moment am besten ein, um die acht Teile Odins zurückzuerlangen.

Sam, der Anführer des SAS-Teams, hatte zwei weitere Teams in Europa kontaktiert, die beide bereit waren, sich auf den Weg zu machen. Jetzt ging Dahl hin und her und versuchte, sich an jeden Gefallen zu erinnern, den er sich in seiner langen Karriere verdient hatte. Sein *Staatsminister* tat das Gleiche. Die Tschechische Republik war von Schweden aus mit dem Flugzeug schnell zu erreichen.

Schließlich klappte Dahl sein Handy zusammen. »Morgen«, verkündete er den anderen, »werden wir eine kleine Armee auf unserer Seite haben.«

»Die Tschechen sind vielleicht nicht allzu glücklich, wenn sie all die ausländischen Soldaten sehen, die in ihr Land einfallen«, platzte der Wikinger von seiner Ecke des Zimmers dazwischen.

»Dann sollten sie vielleicht nicht Terroristen gestatten, in ihrem Land einen Waffenbasar abzuhalten, oder?«

Dahls Blick schien wie in die Ferne gerichtet und ein schmales Lächeln formte sich auf seinen Lippen. Er überlegte, wie spät es gerade in seinem Heimatland war. Ein weiteres Mal inspizierte er den Raum und die Sicherheitsvorkehrungen.

Einen Augenblick, dachte er. *Nur einen kurzen Augenblick.* In dieser Nacht der Nächte hatte er es sich verdient.

Er trat in den Korridor, ging zum Treppenhaus und setzte sich auf die oberste Stufe. Schnell wählte er eine Nummer. Zu seiner Rechten führte ein rechteckiges Fenster auf die nächtliche Straße, auf der die Lichter glitzerten, als seien sie dem Zauberstab einer Fee entsprungen.

Der Anruf wurde sofort angenommen. Die Stimme einer Frau. »Hallå?«

»Ich bin es.«

»Torsten. Es tut so gut, deine Stimme zu hören. Kommst du nach Hause?«

Sie klang so hoffnungsvoll, so sicher. Dahl versuchte, neutral zu klingen. »Noch nicht.«

Aber sie war seine Frau, seine lebenslange Gefährtin und er konnte ihr nichts verheimlichen. »Komm nach Hause«, sagte sie. »Tu das nicht. Hörst du mich?«

Dahl schwieg einen Moment. Seine Frau musste es eigentlich besser wissen. »Sind sie immer noch wach? Sind sie da?« Er redete leise, damit seine Stimme nicht brach.

Am anderen Ende der Leitung wurde das Telefon hingelegt, dann hörte er das Quietschen zweier Stimmen, das Klatschen nackter Füße in vollem Tempo und dann waren seine zwei kleinen Kinder am Telefon, verhaspelten sich, weil sie ihm unbedingt etwas erzählen mussten.

Er ließ sie reden, erfreute sich am Wunder, das sie waren; erfreute sich daran, wie sehr sie sich am Leben erfreuten und wünschte sich, dass es immer so bleiben würde. Die Kindheit war in einem Wimpernschlag vergangen und jeder Augenblick davon, den er mit ihnen teilte, ließ ihn nach mehr verlangen. Aber gleichzeitig verspürte er das unbändige Verlangen, sie mit aller Kraft zu beschützen und sie würden nie davon erfahren. Ein Kind sieht die Welt durch die Augen seiner Eltern, also sollten von Stolz und Glück erfüllt sein, nicht Leid, Bedauern oder Wut.

Er saß auf der Treppe, ein mächtiger Soldat mit Augen voller Tränen, und lauschte der Fröhlichkeit seiner Kinder.

Karin stieg aus dem Bett, schlüpfte in den luxuriösen Bademantel, während sie zum Fenster ging. »Ich habe mich noch nie wirklich für was Besonderes gehalten«, sagte sie und sah Komodo nicht an. »Aber auch, wenn ich mich noch an die Dunkelheit in meiner Vergangenheit erinnere, fühle ich mich mit dir wunderschön.«

Komodo kannte sie mittlerweile, wusste von dem niederschmetternden Ereignis in ihrer Kindheit, das sie zu dem gemacht hatte, was sie als Erwachsene war. »Du hast deinen Glauben verloren«, sagte er. »Du hast dieses Gefühl des Verlustes genährt und am Leben erhalten. Das musst du nie wieder tun.«

Karin drehte sich rasch um und zog eine Augenbraue hoch. »Was bist du, Trevor? Ein Psychiater oder ein Guru?«

Er sprang vom Bett und umarmte sie. »Ein wenig von beidem.«

Karin hielt ihn eng umschlungen, den Blick über seine Schulter ins Leere gerichtet. »Und was ist mit morgen?«

Sie spürte, wie er mit den Achseln zuckte. »Ich werde dir beweisen, dass man auch Menschen außerhalb der eigenen Familie vertrauen kann. Du kannst dir was ausdenken, damit ich hier im Bett bleibe.«

»Damit du bei *mir* bleibst. Irgendwie.«

»Ja. Aber fürs Erste …« Er löste sich sanft von ihr und suchte nach seinem Handy. »Muss ich eine Armee zusammenstellen.«

Er suchte in seinen Kontakten nach Kameraden, die in der Nähe waren.

Alicia zögerte nicht, als Belmonte sich in der Bar sehen ließ. Sie lud ihn ein, sich dazuzusetzen. Und Kinimaka, der Meisterdieb und sie selbst verbrachten den Abend damit, zu viel zu trinken, zu viel zu reden und die verstohlenen Blicke der wohlhabenden Gäste niederzustarren, die sich selbst wohl gern zu einer Elite gezählt hätten. Alicia lockte beide aus der Reserve und brachte sie dazu, sich zu öffnen und zu reden – Kinimaka über Hayden und Belmonte über Emma. Der Hawaiianer war zögerlich und wartete auf den richtigen Moment, bei seiner Chefin zu landen – ein Moment, der niemals kommen würde. Belmonte hatte tatsächlich Emma aufgezogen und ausgebildet, damit sie ihn immer begleitete und seine Nachfolge antrat, aber irgendwann während der wilden Zeit, in der er sie ausbildete, war er ihrer Intelligenz, Schönheit und Furchtlosigkeit verfallen. Er war verloren ohne sie.

»Sie war ein Engel und unglaublich geschickt, mutig und holte sich gern eine blutige Nase.« So beschrieb er sie und Alicia wünschte sich, sie hätte die Assistentin des Meisterdiebs besser kennengelernt. Vielleicht wären sie Freunde geworden.

Alicia bekannte, dass sie Gesellschaft brauchte. Sie konnte es nicht ertragen, mit ihren Gedanken allein zu bleiben. Die Schrecken der Nacht überwältigten sie.

Sie zogen sich in eine schummrige Ecke zurück, tranken weiter und redeten Unsinn, wurden zu mehr als nur Kollegen, plauderten, bis die Nacht schwand und all die Ängste, die sie bereithielt, begrüßten die Dämmerung, die den neuen Tag ankündigte, Kameraden im Kampf und im Geist.

Gemeinsam waren sie furchtlos.

Matt Drake sah zu, wie die Skyline von Wien heller wurde. Die Dämmerung zog schnell herauf – der Beginn eines brandneuen Tages, der vielleicht damit endete, dass die Welt ein erschreckend anderer Ort wurde.

»Die Regierungen aller zivilisierten Länder sollten hinter uns stehen«, sagte er und konnte seine Frustration kaum verbergen. »Aber weil die Schattenelite ihre Klauen überall drin hatte, können wir uns auf *niemanden* verlassen. Alles schien so viel einfacher, als ich noch im Regiment war, Mai.«

»Du warst nur eine Schachfigur, ein Bauer, ein Roboter, der darauf programmiert war, Befehle zu befolgen. Jetzt bist du ein Mann, der gegen eine wild gewordene Maschine kämpft. Das ist ein viel härterer Kampf.«

»Ich muss schlafen.«

Er trat vom Fenster weg.

Mai beobachtete ihn von dem Platz, auf dem sie die Nacht verbracht hatte, gemütlich in einen dick gepolsterten Lehnstuhl gekuschelt. »Du schläfst, wenn du tot bist, genau wie ich, Matt.«

Das entlockte ihm ein müdes Lächeln. »Bon Jovi? Manchmal vergesse ich, dass du und ich Dinorock erfunden haben.«

»Und wie du und ich und die Dinosaurier scheinen wir alle auszusterben. Heute ist alles Gangnam Style.«

Ein weiteres Lächeln. »Wir werden heute nicht sterben. Keiner von uns. Wir werden ihre Armee besiegen und die acht Artefakte aus ihren zerschmetterten Fingern reißen. Und das auch noch im *Yorkshire-Style*.«

»Oder in Alicias Fall – *Doggy* …«

»Wow. Diese kleine Fehde zwischen euch beiden? Das muss aufhören. Langsam fängt es an, zu nerven. Wir drei arbeiten eigentlich ziemlich gut zusammen.«

Mai zuckte mit den Achseln. »Vielleicht. Aber wie immer auch der heutige Tag abläuft, es ist fast vorbei. Wir haben bereits die Schattenelite neutralisiert. Wenn die acht Teile in Sicherheit sind, endet all das und diejenigen von uns, die überleben … wir werden endlich etwas Ruhe finden.«

Drake sah sie lange an und ihm wurde klar, dass sie recht hatte. Seitdem sie mit der Suche nach Odins Knochen begonnen hatten, glich ihr Leben der Fahrt auf einer höllischen Achterbahn, die vom Teufel entworfen wurde und von seinen Dämonen betrieben wird. Sich vorzustellen, dass all das in einem oder zwei Tagen vorbei sein könnte …

Die acht Teile sicher. Die Schattenelite vernichtet. Wells kein Teil der Geschichte mehr. Der Blutkönig hinter Gittern, die offiziell gar nicht existierten.

Damit blieb nur noch eine Person übrig – ein Attentäter namens Coyote.

Aber immer schön eines nach dem anderen.

»Wir sollten ausrücken«, sagte er.

KAPITEL 31

Die viermotorige Boeing C17 Globemaster, ein Frachtflugzeug, setzte hart auf und fuhr langsam über die unebene, mit Schlaglöchern übersäte Rollbahn in einem entlegenen Winkel im Westen der Tschechischen Republik. Das Transportflugzeug war in der Nähe des Ortes gelandet, in dem der Basar stattfand, um keine Aufmerksamkeit zu erregen, aber die Soldaten an Bord hatten noch einen strammen Fußmarsch von einer Stunde vor sich, um rechtzeitig das Zielgebiet zu erreichen.

Dahl und Gates hatten das große Flugzeug organisieren können – es gehörte im Moment einer kommerziellen und zivilen Fluggesellschaft, die vom Wiener Internationalen Flughafen aus operierte. Das Geld, das sie und ihre Regierungen geboten hatten, hatte dafür gesorgt, dass die Crew des Flugzeugs schnell und qualifiziert reagiert hatte.

Insgesamt waren etwa 60 Passagiere an Bord, die meisten davon Armeeangestellte. Nicht annähernd so viele, wie Drake sich gewünscht hätte, aber bedeutend mehr, als es gestern noch gewesen waren. Darunter waren elf Mitglieder des SAS, eine Gruppe Delta-Soldaten, Mitglieder von Torsten Dahls SSG und ein paar alte Freunde, die Gates aufgetrieben hatte.

Die Männer waren von verschiedenen Einsätzen abgezogen worden. Einige hatten an Spezialübungen teilgenommen, andere zivile Auftraggeber bewacht. Ein Team hatte eine Gruppe Wissenschaftler bewacht, die Experimente durchgeführt hatten. Andere waren auf langfristige Beobachtungsposten eingeteilt gewesen.

Sie hatten sofort auf den verzweifelten Hilferuf der Männer reagiert, die sie am meisten respektierten.

Aber sie brauchten immer noch einen Anführer. Die meisten hatten Dahl im Auge gehabt, aber Dahl hatte Drake angesehen.

Der Engländer hatte Mühe zu verbergen, wie schockiert er von der Idee war, der Anführer zu sein. »Such dir jemand anderen aus, du Spinner.«

»Das ist deine Mission, Drake. Schon immer gewesen.«

Es verging kaum eine Sekunde, bevor er antwortete. Der Plan hatte sich schon die ganze Zeit in seinem Geist entwickelt, wie bei jeder Mission, stets im Fluss. Als er mit seinem Vortrag fertig war, sah das Team zufrieden, wenn auch immer noch etwas besorgt aus.

Drake fand, er hatte Glück gehabt. Die Probleme bei dieser Mission waren gewaltig. Sie hatten keine Luftaufnahmen des Gebiets. Sie wussten nicht, wie viele Männer sie erwarteten. Sie wussten nicht, wo die Artefakte aufbewahrt wurden. Die Bewaffnung ihrer Gegner war ihnen unbekannt. Ein Terrorist war schon an einem guten Tag eine unbekannte Größe, aber das hier … die Liste war endlos.

Drake hatte schon seit York stets nur improvisiert, als ein Apache-Helikopter eine Modenschau unterbrochen hatte. Das schien eine Ewigkeit her, tatsächlich waren es aber nur ein paar Monate. Für ihn war es langsam Zeit, mit Odin und seinen verfluchten Knochen ein für alle Mal abzuschließen.

Das Flugzeug rollte langsam aus. Als es zum Stehen kam, ging ein grünes Licht an und die hintere Ladeluke senkte sich langsam. Männer rannten hinab in die Kälte und sicherten die Gegend. Die Anführer der verschiedenen Teams sahen auf ihre Kompasse, um ihre Position zu bestimmen. Drake folgte Mai und Alicia aus dem Flugzeug, gefolgt vom Rest des Teams, inklusive all der Zivilisten. Alle kamen mit, sie konnten jede helfende Hand brauchen.

Die eiskalte Luft traf Drakes Gesicht. Er richtete schnell den Kragen seiner Jacke auf, überprüfte seinen kleinen Rucksack und die Waffen, und sah zu, wie alle anderen das Gleiche taten. Gates und Hayden hatten sich am Wiener Flughafen von einer Einrichtung der CIA einige Waffen geben lassen sowie weitere wichtige Gegenstände – Granaten, Raketenwerfer, Kevlarwesten, Funkgeräte, Wasser und sogar ein paar Feldrationen.

Hayden ging neben Drake her, als sie das Flugzeug verließen. »Du weißt, dass eigentlich ich die Befehlsgewalt habe, oder?«

Drake sah, dass die Amerikanerin grinste. »Oh, aye. Wie geht es der Verletzung?«

»Perfekt. Wenn ich noch ein paar Schmerztabletten nehme, sehe ich den Weihnachtsmann und seine beschissenen Rentiere hinter uns herfliegen.«

»Könnte zur Verstärkung ganz nützlich sein«, meinte Alicia hinter ihnen. »Ist aber vermutlich trotzdem besser, sich diesmal nicht abstechen zu lassen.«

Drake führte sie einen steilen Grashügel hinauf zum Rand eines kleinen Wäldchens. »Wir gehen hier durch, dann haben wir Deckung«, sagte er und drückte den Knopf an seinem Mikrofon. »Alle bereit?«

Alle antworteten, untermalt von lautem, statischem Knistern.

»Gut«, sagte er. »Ziehen wir los.«

Die Teams trennten sich, während sie durch den spärlichen Wald liefen. Es erforderte außergewöhnliche Umstände und noch außergewöhnlichere Männer, um rivalisierende Teams wie diese zusammenzubringen, und Drake war froh, dass diese Männer auf seiner Seite waren. Er war allerdings weniger zufrieden, unter welchen Umständen es geschah. Er warf einen raschen Blick nach hinten, um zu sehen, wo der Wikinger war, der von zwei SAS-Wachen begleitet wurde. Auch wenn der Mann durch Holgates Verrat und das Massaker an seinen Leuten aufrichtig geschockt war, würde er sicher immer noch versuchen, seinen Kopf aus der Schlinge zu ziehen.

Sie eilten eine Weile im Laufschritt dahin, achteten dabei genau auf ihre Umgebung. Drakes Aufmerksamkeit richtete sich zunehmend auf die eigenen Gedanken. Die Verantwortung für seine Freunde und sein Team lag wie ein schweres Gewicht auf seinen Schultern, aber kein Terrorist durfte jemals eine solch schreckliche Waffe besitzen, wie sie Odin und seine Mitgötter erdacht hatten. Es war verrückt, wenn er sich vorstellte, dass die Suche nach den Gräbern, die verrückte Jagd nach dem Blutkönig; der Versuch, Wells' Geheimnisse zu lüften, ihn letztlich hierhin geführt hatten – auf eine Wanderung durch die beißende Kälte in einer abgelegenen ländlichen Gegend Tschechiens, die dunklen

Schatten der Berge weit vor ihnen waren nicht weniger als die Grenze zu Transsilvanien.

Sein Headset gab ein Piepsen von sich. Er drückte auf den Knopf des Mikros vor der Brust. »Ja?«

»Hinter dem Wald geht es bergauf«, berichtete eine verzerrt klingende Stimme. »Da sind Häuser oben auf einem Hügel.«

»Das Dorf?«

»Wenn die Koordinaten stimmen – ja.«

»Sie stimmen.« Drake dachte daran, wie entsetzt Holgate zum Schluss gewesen war. »Stehen die Häuser dicht zusammen?«

»Ja. Und das Dorf scheint verlassen zu sein.«

»Gut. Wartet auf uns.«

In Drake machten sich Hoffnungslosigkeit und Verzweiflung breit, als er sah, was hinter dem Waldrand lag. Totes Gras bedeckte den kleinen Hügel. Auf der Hügelkuppe standen baufällige Häuser, heruntergekommen und verfallen. Stücke fehlten in den Mauern, als wären große transsylvanische Monster hier hindurchgezogen, und hätten alles in Sichtweite zerstört.

Und so ähnlich war es auch. Die Zivilisten – die Frauen und die Kinder – waren lang weg; einem unbekannten Schicksal zum Opfer gefallen. Die bösen Menschen, die ihr Dorf ausgelöscht hatten, hatten ihr Zeichen hinterlassen und waren einfach zum nächsten gezogen, ohne einen Blick zurück. Männer wie diese würden niemals Reue zeigen.

Drake dachte an die Männer, die sich nun hinter der Hügelkuppe versammelten. Fanatiker, aber noch schlimmer als das – Fanatiker, die gut organisiert waren und die Taschen voller Geld hatten. Er drückte den Schalter an seinem Mikro. »Ausrücken.«

Das SAS-Team hatte die Spitze übernommen und erreichte die Hügelkuppe zuerst. Drake sah, wie einer von ihnen plötzlich jemanden attackierte. Als er ein Stück weiter oben war, erblickte er einen einzelnen Terroristen, der mit gebrochenem Genick auf dem Boden lag. Das Team verschwand zwischen den Gebäuden.

Drake erreichte die grasbewachsene Hügelkuppe und drückte sich gegen eine kalte Betonwand. Der Rand war scharfkantig abgebrochen, dort war eine Granate eingeschlagen und die Oberfläche war pockennarbig von Kugeln, die hier vor Jahren eingeschlagen waren. Während er kurz stehen blieb, lauschte er und hörte Unterhaltungen und Gelächter irgendwo ein Stück vor sich.

Mai tippte ihm auf die Schulter. »Nach oben.« Sie verschränkte die Hände und Drake nutzte sie als Trittleiter und wartete, dass sie ihn anschob. Er sprang nach oben und über die Kante des Flachdachs, landete auf dem Bauch und blieb eine Minute regungslos liegen. Links von ihm, rechts und vor ihm taten es ihm die anderen gleich. Kleine Stücken Split und Steinchen stachen in seine Hände, als er vorsichtig nach vorn kroch, den Kopf so niedrig, dass seine Nase fast über den Boden geschleift und aufgeschlitzt worden wäre.

Er erreichte die Dachkante, sah Richtung Westen und hob vorsichtig den Kopf über die Betonkante des Daches. Direkt unter sich sah er einen weiteren SAS-Soldaten, der einen zweiten, umherwandernden Wachmann ausschaltete.

Die Terroristen hatten nicht viele Wachen platziert, um das Areal zu schützen, aber es würde nicht lang dauern, bevor jemand ein Geräusch verursachte, das die anderen hören konnten.

Vor ihnen hinter den Häusern ging es bergab ins Dorfzentrum. Dort befand sich ein gepflasterter Dorfplatz. Er war einst Treffpunkt der Dorfbewohner gewesen, aber nun der Handelsplatz der Extremisten. Drake nahm sich Zeit, ein kompaktes Steiner ›Rangefinder‹-Fernglas an die Augen zu heben und nicht nur die versammelten Feinde genauer zu betrachten, sondern auch den eingebauten Laser zu nutzen, um die Distanz zu den verschiedenen Dingen zu ermitteln, die er sehen konnte.

Mehrere Grüppchen Männer standen ins Gespräch vertieft herum oder schlenderten über den Marktplatz. Sie schienen sich über Dutzende verschiedene interessante Handelsobjekte zu unterhalten. Drake stellte das Fernglas neu ein und erkannte zwischen den Gestalten einige gestapelte Kisten, auf denen der Aufdruck *DBA Kinetics* angebracht war und auf einer anderen einfach nur: *Kord.*

Es waren Unternehmen, die High-End-Maschinengewehre herstellten. Zahllose Kisten waren bis zum Rand gefüllt. Ausreichend Waffen, um einen kleinen Krieg zu beginnen und auch zu beenden.

Er verstellte den Fokus und betrachtete eine Ladung Granatwerfer von *Vektor*. An anderer Stelle herrschte eine Menge Aufregung um einen Stapel Luftabwehrraketen. Jeder Verkaufsstand war nummeriert. Drake schwenkte das Fernglas ein wenig und betrachtete das Gelände hinter dem

Marktplatz. Der Boden war abschüssig bis zu einer Ebene. Eine breite, asphaltierte Straße schnitt einen hässlichen Pfad hindurch bis hinab zum Handelsplatz der Terroristen.

Dort standen, soweit Drake es sehen konnte, schwer bewacht einige Helikopter, mehrere Lastwagen und große Fässer, die vermutlich Öl enthielten. Einige andere Fahrzeuge – einige Luxuslimousinen, ein Militär-Humvee – und ein großes Zelt, in dem wahrscheinlich die Auktion stattfand.

Er sah keine Spur der acht Artefakte Odins. Sicher mussten sie in dem Zelt sein. Aber er konnte es unmöglich mit Sicherheit sagen. Und die große Zahl an Männern, die auf dem Hang und zwischen den Helikoptern versammelt waren, schien selbst für ihn eine Herausforderung zu sein.

Mehrere Reihen großer Container waren auf dem Hügel zu seiner Rechten aufgereiht, an der Stelle, an der keine Häuser mehr standen. Die Terroristen konnten die Container nicht mitgebracht haben, also schloss er, dass sie etwas mit dem alten Dorf zu tun hatten oder mit dem, der es hinterher bewohnte und seitdem verschwunden war.

Langsam kroch er zurück und ließ sich wieder auf den Boden sinken. Dahl, Hayden und Sam kamen zu ihm. »Gar nicht gut«, berichtete Hayden, ihre Stimme höher als gewöhnlich, vermutlich aufgrund der Schmerzmittel. »Der Marktplatz ist nicht schwer bewacht, aber der Weg dorthin – so gut wie unmöglich.«

»Mehr als hundert Männer dort unten«, stimmte Dahl zu. »Das ist ihre Fluchtroute und die Auktion findet dort statt. Die Anführer machen vermutlich ihre Deals auf dem

Marktplatz. Niemand will einen Wachmann neben sich stehen haben, der einen belauscht und hinterher nicht den Mund hält, oder?«

Sam sah besorgt aus. »Matt, selbst unser Team wird Schwierigkeiten haben, in die Nähe des Zelts zu kommen.«

»Sehen wir es mal aus einer anderen Perspektive.« Drake zuckte mit den Achseln. »Die Bastarde sind sicher völlig von sich eingenommen, selbstsicher und stolz, wie es Terroristenführer oft sind. Das ist unser Vorteil.«

»Das kann sein«, sagte Dahl. »Aber das wird uns nicht dabei helfen, an hundert gut platzierten Wachen vorbeizuschleichen.«

Drake sah dem Schweden in die Augen. »Wer hat was von ›schleichen‹ gesagt?«

Dahl brauchte einen Moment, um zu verstehen, worauf Drake hinauswollte. »Verflucht noch mal, du hast aber dicke Eier in der Hose, Kumpel, das muss man dir ja lassen.«

»Beängstigend groß«, stimmte Drake zu.

»Wartet mal, *hoaloha*.« Kinimaka war vor Überraschung etwas neben der Kappe. »Du meinst, sie angreifen? *Die da unten*?« Er deutete grob in Richtung des Zelts.

»Nicht wirklich angreifen«, sagte Drake leise. »Eher *stürmen*.«

»Bist du durchgedreht, weil dir deine tägliche Portion *Fish & Chips* fehlt?«, platzte Kinimaka heraus. »Wir können doch nicht …«

Hayden trat neben ihn und brachte ihn zum Verstummen, indem sie ihm sanft die Hand auf die Schulter legte. Der Hawaiianer zuckte erschrocken zusammen und starrte mit großen Augen seine Chefin an.

»Passt schon, Mano«, sagte sie leise. »Hör auf ihn. Er ist unser Anführer.«

Drake ging in die Hocke, den Rücken gegen die Wand gelehnt, und sah nach oben. Es war emotional aufwühlend, die Menschen in diesem letzten Moment versammelt zu sehen, die er als sein »Team« betrachtete. Mai und Alicia setzten sich neben ihn. Hayden und Kinimaka gingen in die Knie, um zuzuhören. Ben, Karin und Belmonte, immer noch heimgesucht von der jüngsten Vergangenheit, gesellten sich auf die andere Seite. Komodo – der Soldat, der mit ihm gemeinsam den Blutkönig gejagt hatte – setzte sich neben Karin. Jonathan Gates stand hinter Komodo, wilde Entschlossenheit sprach aus seiner Haltung, seinem Gesicht und seinem Blick.

Und Torsten Dahl, der verrückte Schwede, sah ihn respektvoll an, einen Respekt, den man nicht leicht von einem Kämpfer erhielt, besonders nicht von einem, der ein solcher Meister seines Fachs war wie Dahl.

Drake hielt ein imaginäres Glas hoch. »Wir könnten einfach jetzt nach Hause gehen«, sagte er. »Den Terroristen wäre es egal. Die Welt würde es nie erfahren. Oder, wir bleiben hier und weichen keinen Schritt. Hebt das Glas für die Freiheit und lassen wir diese Bastarde mal spüren, aus welchem Holz wir geschnitzt sind. Wir haben bis hierher zusammengehalten …«

Drake sah jedem in die Augen, sah jedes besorgte Blinzeln.

»Wenn unsere Träume sterben …« Er hatte Alyson und Kennedy vor Augen, aber vor allem sah er die Person, die er am liebsten kennengelernt hätte, aber niemals gekannt hatte.

Die Person, die zwar gelebt, aber nie das Leben kennengelernt hatte – sein ungeborenes Kind, Emily. »Wir wollen sterben. Oder uns betrinken. Wir erkennen, dass es Dinge gibt, die schlimmer sind als die Hölle. Aber ich bin noch hier – und ich sage euch, die letzten paar Monate waren nicht nur schmerzlich, sie haben uns ordentlich in den Arsch getreten, aber uns auch *hierher* gebracht. Gemeinsam. Hier, in diesem Moment, und die Doomsday-Waffe ist weniger als eine Meile entfernt.« Er stand auf, nahm das Gewehr in die Hand. »Also zeigen wir diesen Terroristenclowns mal, was es wirklich bedeutet, *alles zu geben.*«

TEIL 4

DRAKES LETZTES GEFECHT

›… und ins Tal des Todes ritten die Sechshundert …‹

›Eine Kanone rechts,
eine Kanone links,
eine Kanone hinter ihnen
Schießend und donnernd;
Stürmend gegen Schuss und Granate,
Während Pferd und Reiter fielen,
Sie, die so wacker gekämpft,
Hindurch, durch die Kiefern des Todes,
Zurück aus dem Rachen der Hölle,
Alle, die noch übrig waren.‹

AUSZUG AUS: »DER STURM DER LEICHTEN BRIGADE«
VON ALFRED TENNYSON.

KAPITEL 32

Das Team schlich durch die verlassenen Häuser, wartete nur auf den richtigen Moment – der Schritt, der sich als der eine erwies, den sie zu weit gegangen war. Er kam schnell. Sie schafften es, noch drei weitere Wachen leise auszuschalten, bis es passierte, aber der Abzugsfinger der vierten Wache löste reflexartig den Schuss aus, als er starb.

Schüsse hallten durch die Luft, furchtbar laut zwischen den trostlosen Betonwänden. Drake sah eine Gestalt weiter vorn auf und ab springen, er schoss und ein Teil der Mauer zerplatzte zu spitzen, umherfliegenden Splittern. Einer der Männer des SAS-Teams war auf die Dächer geklettert und rückte nach vorn, hielt das gleiche Tempo wie Drake. Jede Ecke, um die sie kamen, stellte sie vor neue Probleme. Jedes Mal, wenn sie abbogen, taten sich neue Schatten und potenzielle Verstecke für Gegner vor ihnen auf.

Drake rückte unaufhaltsam in das Dorf vor. Mai und Alicia – die beiden Menschen, die er in dieser Situation am liebsten an seiner Seite gehabt hätte – waren in der Nähe. Alle paar Sekunden waren Schüsse zu hören. Er konnte sich nur vorstellen, welche Panik auf dem Marktplatz ausgebrochen war. Waffen wurden verstaut, Helikopter starteten die Turbinen. Er aktivierte mit einer schnellen Bewegung das Mikrofon auf seiner Brust. »Sorgt dafür, dass der Wikinger in der Nähe ist. Wenn irgendjemand weiß, wo die Artefakte sind, dann er.«

Er wusste, die Chancen standen schlecht, dass der Wikinger eine Ahnung hatte, wo sie waren, aber sie durften sich heute nicht die kleinste Möglichkeit verbauen.

»Das hat mir gefehlt«, sagte Alicia fröhlich neben ihm. »Spät ins Bett und am nächsten Tag eine Schlacht. So mag ich's am liebsten.« Sie eröffnete das Feuer, als ein Mann vor ihr um eine Häuserecke spähte und schoss ihm einen Teil des Schädels weg.

Weitere Straßen und die Angreifer schwärmten aus, bis ihre Reihen gefährlich durchlässig geworden waren. Drake sah vor sich die letzten Häuser, von denen es ein Stück den Hügel hinab zum Marktplatz ging, und er hastete vorwärts.

Sein Mikrofon krächzte. »*Problem.*«

»Was?«

Er erreichte die Hügelkuppe und warf einen Blick nach unten. Eine große Zahl von Wachen, die entweder Kaftane oder Anzüge trugen, rannten zusammen mit anscheinend angeheuerten Söldnern in Kampfanzügen auf sie zu. Sie blieben gebückt und feuerten nacheinander, um den Beschuss konstant aufrechtzuerhalten. Eine gut organisierte Kampftruppe.

Drake sah sich hastig um. Die Container waren nur wenige hundert Meter rechts von ihm. Dahinter hätten sie Deckung und konnten unbemerkt vorrücken. Er drückte auf das Mikro. »Nach rechts.«

Sie eilten seitwärts, zurück zu den Häusern, feuerten unablässig und warfen Dutzende Granaten. Kugeln schossen in alle Richtungen, hämmerten gegen Häuserwände wie Donner, ließen den Staub neben den Füßen der vorrückenden

Terroristen aufwirbeln. Einige wurden getroffen und herumgedreht, rissen andere mit sich den blutigen Abhang hinab. Explosionen zerfetzten Fels und Erde, Fleisch und Knochen. Das verzweifelte Gefecht, das Tod und Zerstörung mit sich brachte, ließ Drakes gesamtes Team Position hinter den hohen Stahlcontainern beziehen. Drake warf sich auf den harten Erdboden, Staub und Steinchen wurden aufgewirbelt. Er verschwendete keine Zeit und nahm die Angreifer unter sich ins Visier, ließ einen Bleihagel auf sie niedergehen.

Die Gegner erstiegen den Hügel und schossen weiterhin. Drake gab zwei Schüsse ab, lag immer noch auf dem Boden, schaltete zwei Männer aus, erhob sich dann und stellte sich dem Nahkampf. Er knallte einem Mann den Kolben des Gewehrs in die Zähne. Blut spritzte. Er hob die Waffe und hämmerte sie von oben dem Angreifer auf den Kopf. Er stürzte auf die Knie. Drake zog das Messer mit der anderen Hand und gab ihm den Rest. Ein weiterer Mann kam auf den Engländer zugestürmt. Drake blieb einfach stehen und verpasste ihm einen harten Kopfstoß ins Gesicht. Ohne ein weiteres Geräusch von sich zu geben oder sich zu bewegen, brach der Mann zu einem Häufchen zusammen.

Mai wurde von einem Ellbogen ins Gesicht überrascht. Sie taumelte rückwärts gegen eine Blechwand, ließ die Waffe fallen. Drake war fast zu geschockt, um zu reagieren, aber noch bevor er sich in Bewegung setzen konnte, zog Alicia die Pistole, wirbelte herum und erschoss den Angreifer so rasch, dass Drake in der Zwischenzeit nicht einmal Luft geholt hatte.

Mai zwinkerte ihr zu. »Danke.«

Alicia zwinkerte ebenfalls, bevor sie ihre Aufmerksamkeit wieder dem Mann zuwandte, den sie gerade am Kragen gepackt hatte.

Drake schüttelte den Kopf. »Das ist nur Verzögerungstaktik.« Er konnte den Marktplatz unter sich sehen. Die Terroristenführer beendeten ihre Geschäfte, als wären sie auf dem örtlichen Fleischmarkt. Sie beeilten sich nicht. Kaum einer warf einen Blick zum Hügel, auf dem Männer auf ihren Befehl hin kämpften und starben.

»Verflucht, sind die arrogant«, flüsterte er erzürnt. »Aber das wird sie teuer zu stehen kommen.«

Als der Ansturm nachließ, rückte Drake vor. Er sah sich schnell um, zog Bilanz. Er sah zwar nicht alle, aber es hatte offenbar keine Opfer auf ihrer Seite gegeben.

»Mir nach«, sagte er ins Mikro. »Zum Marktplatz.«

Männer kamen zwischen den Containern hervor, die Waffen im Anschlag. Sie rannten den Hügel hinab, erschossen alles, was sich bewegte. Die Terroristen und Waffenhändler flohen, so schnell es ging, ließen Bodyguards sowie Kisten und Boxen voller Waffen und Raketen zurück.

Hinter dem Marktplatz erblickte Drake die Helikopter, deren Rotorblätter bereits in Bewegung waren. Ein Großteil der Security-Mannschaft der Terroristen hatte sich auf strategische Positionen zurückgezogen. Das riesige Zelt war leer, die Seitenplanen flatterten in der Brise, eine Oase der Ruhe im Sturm.

Links von Drake tauchte Hayden auf, mit Kinimaka an ihrer Seite. Der Hawaiianer schien noch besorgter als üblich, seine Vorgesetzte zu beschützen. Hayden hielt sich vielleicht aufgrund der Schmerzmittel für nahezu unverwundbar. Drake schoss auf etwas, das vor ihm in Bewegung war, und wünschte sich, er fühle sich genauso. Weiteres Gewehrfeuer und ein Querschläger traf eine Kiste mit Raketen. Die gewaltige Explosion wirkte wie ein Silvesterfeuerwerk.

Aber das waren tödliche Raketen, die detonierende Fragmente und kleine, tödliche Gefechtsköpfe in alle Richtungen schossen. Drake und sein Team warfen sich geschlossen auf den Boden und hielten die Köpfe unten. Als er hochsah, erblickte Drake einen Feuerball, der in den Himmel stieg. Dicker, schwarzer Rauch wirbelte herum. Er mühte sich auf die Beine. Gefallene Gegner, verbogene Metallstücke und rauchende Holztrümmer bedeckten den Marktplatz.

Drake rückte auf dem unebenen Pflaster vor, gab ab und zu einen Schuss ab, wenn sich etwas bewegte. Ein Mann rannte von hinter einem brennenden Haufen Holztrümmer auf ihn zu, aber Dahl fing ihn ab und der Mann brach tödlich getroffen zusammen.

Das Team lief über den Platz, umgeben von Flammen und Zerstörung, suchte nach jeglichem Lebenszeichen oder feindlichen Scharfschützen. Dahl entdeckte eine Kiste mit Raketenwerfern, die heil geblieben war und verteilte sie schnell an die anderen. Drake sah, wie Ben, Karin und Gates hinter ihnen den Hügel hinab liefen. Belmonte war zu Drakes Überraschung ein Teil des Angriffsteams und hielt eine leichte Maschinenpistole in der einen und eine Pistole in der anderen Hand.

So weit, so gut. Er dachte an die acht Artefakte und eine neue Welle der Angst überschwemmte ihn. Was, wenn Holgate selbst in seinem Extremzustand des Bedauerns und unter Zwang gelogen hatte? Was, wenn die Teile bereits verschwunden oder auf ihrem Weg nach Singen waren?

Gott stehe ihnen bei.

Dann erreichte er die letzte Hügelkuppe und erhaschte einen ersten Blick auf das Tal darunter. *Ein Tal des Todes*, dachte er. Auf der Ebene vor ihm stand mehr als ein Dutzend Helikopter bereit oder Leute stiegen bereits ein. Einer hob gerade ab. Der Hang, der in das Tal hinabführte, war auf beiden Seiten der Straße von Grüppchen von Männern bewacht, die jede erdenkliche Waffe in Händen hielten.

Sie hatten sich verschanzt und warteten. Ihnen war klar, wenn Drakes Team weiter vorrücken wollte, würde es an ihnen vorbeikommen müssen.

Drakes gesamtes Team stand in zwei Reihen in loser Formation nebeneinander am Rand des Tals. In diesem Moment wurden die Seitenplanen des Zelts aufgeschoben und heraus kam eine kleine Truppe wild aussehender Männer gerannt, die alle in *Thawbs* – lange Roben – und *Kefije* genannte Kopftücher gekleidet waren. Hinter ihnen kamen Soldaten, die Maschinengewehre trugen, in Jeans und Jacken, dahinter die letzte Gruppe – mehrere europäisch wirkende Männer – vermutlich Söldner –, die die acht Teile Odins trugen.

Der Verkauf war abgeschlossen worden. Die Helikopter waren bereits warmgelaufen und bereit, abzuheben.

Drake sah keinen anderen Ausweg. Er warf Dahl und Sam und seinen Männern einen Blick zu, dachte an die Zukunft der Welt oder die ihrer Kinder. *Für die Kinder*, dachte er. »Für unsere Zukunft!«, schrie er laut.

Der Sturm der leichten Brigade hatte begonnen.

Sie rasten den steilen Abhang hinab, ihre Füße hasteten durch blutige Klumpen toten Grases, die Waffen eng an die Schultern gepresst, erwiderten sie Kugel mit Kugel, Kampfschrei mit Kriegsgetöse. Und Tod erfüllte die Luft. Helikopter stiegen wie schwarze Raubvögel in den Himmel, nur, um von präzise feuernden Raketenwerfern wieder auf den Boden geholt zu werden. Feuer regnete vom Firmament. Eine Reihe von Explosionen und eine tödliche Breitseite aus Blei erwartete die sechzig, fetzte zwischen ihnen hindurch, den unbesungenen Helden, denjenigen, die von der Angst verzehrt wurden, aber dennoch weiter voranstürmten. Und selbst als sie fielen, feuerten sie weiter. Selbst als ihre sterbenden Körper auf den Boden trafen, warfen sie eine letzte Granate oder fingen eine weitere Kugel ab, für diejenigen, die noch lebten und weiter ins Angesicht des Todes stürmten.

Drakes Team hatte sich über den gesamten Hügel verteilt, sprintete hinab auf die Gewehre zu. Nicht einer von ihnen zögerte, sondern sie bekämpften Feuer mit Feuer und stürmten durch den tödlichen Kugelhagel wie eine Welle, die über eine Klippe hinweg spült.

Drake spürte mehr als einmal eine Kugel an seinem Gesicht vorbeizischen. Eine große feurige Explosion erhellte den Hügel vor ihm, aber er umrundete sie. Sein Ohr wurde von etwas getroffen, vermutlich Schrapnell, aber er spürte es kaum. Jeder ausladende Schritt brachte den Feind näher heran. Mit jedem Schritt kam er den Artefakten Odins näher, um sie in Sicherheit zu bringen. Er schoss präzise, wechselte gekonnt die Magazine und pumpte Kugel um Kugel in ihre Gegner. Ein Helikopter stürzte direkt zwischen die Verteidigungslinie der Terroristen, zerbarst beim Aufprall und wirbelte Metalltrümmer, Männer und schreckliche Feuerzungen in alle Richtungen. Ein grausames Chaos war die Folge.

Dieselbe Detonation zerstörte weitere Verteidigungsbefestigungen der Gegner hinter den feindlichen Linien. Drakes Team hatte sie erreicht, bereit für Blutvergießen und Kampf ohne Gnade. Drake sprang über einen Erdhügel, landete mitten zwischen einer Gruppe Gegner und feuerte dreimal in drei verschiedene Richtungen, traf jeden in die Brust. Sie stürzten heftig rückwärts auf den Boden. Mai landete neben ihm. Belmonte kam auf der anderen Seite auf. Der Meisterdieb schoss auf einen maskierten Mann, der aus dem Rauch weiter hügelabwärts hervorstürmte. Drake hob den Kopf.

»Weiter.« Er drückte auf den Knopf an seinem Mikro. »Wir sind im Vorteil. Jetzt nur nicht nachlassen!«

Aber in diesem Moment erklang das schreckliche Geräusch von schwerem Beschuss, die Art von Lärm, die von einer Waffe im Kaliber .50 verursacht wurde und wie ein Donnern aus dem Bauch der Hölle klang. Sie warfen sich zu Boden. Die gewaltigen Projektile rissen Erdbrocken aus dem Boden, die in die Luft gewirbelt wurden.

»Leck mich!«, schrie Mai. »Was ist *das* denn?«

»Irgendein schweres Maschinengewehr«, schrie Drake zurück. »Verflucht, die haben unsere Position. Wir sitzen fest.«

»Keine Zeit!«, rief Mai, aber in diesem Moment donnerte die schwere Waffe erneut los und ein Geschoss detonierte neben ihr, warf sie quer durch die flache Erdkuhle.

»*Mai!*«, brüllte Drake.

Belmonte krabbelte zu ihr hinüber. Plötzlich wurde die Sonne von einem Schatten verdeckt und Drake sah in dem Moment hoch, als vier feindliche Soldaten auf ihn zusprangen.

Die großkalibrige Waffe war nur eine Ablenkung gewesen.

Nun war Drake auf sich gestellt, rollte sich zur Seite und landete auf den Knien, erschoss einen der Männer. Aber die anderen waren schon zu nahe. Einer schlug ihm die Waffe weg. Ein anderer griff nach seiner Kehle, aber er war zu langsam. Drake packte den Arm und drehte ihn weg, brach ihn am Ellbogen, riss ihn dann wieder nach oben, sodass der Mann gegen seine Kameraden geschleudert wurde. Ein weiterer kam von der Seite auf ihn zu. Drake ließ sich nach hinten fallen, als ein Kampfmesser einen Millimeter über seiner Nase durch die Luft zischte. Er duckte sich um seinen Angreifer herum, bis er hinter ihm war. Dann zog er sein eigenes Messer und stach es dem Mann tief ins Genick.

Eine Kugel knallte zwischen seinen Beinen hindurch. Er sah hoch. Ein massiger Soldat stand vor ihm, grinste, die Waffe fest auf ihn gerichtet, das Blut anderer guter Männer tropfte von seinem Gesicht.

Drake sah keinen Ausweg. Eine Sekunde verspürte er Bedauern …

… die Waffe feuerte, aber der Schuss ging daneben. Ein SAS-Soldat hatte eine verzweifelte Attacke unternommen, sprang den Hünen an und traf ihn an der Hüfte. Der Soldat prallte einfach ab. Die gigantische, über zwei Meter hohe Mischung aus Muskeln und reinem Kampfesmut stand wie ein Fels. Er zielte einfach erneut und beendete das Leben des anderen Mannes. Aber nun war Drake wieder auf den Beinen und Mai schüttelte den Kopf, war bereit zum Angriff und stürmte von der anderen Seite auf ihn los.

Drake schlug von vorn zu, drei Schläge und ein Tritt in blitzartiger Geschwindigkeit. Der Hüne steckte alles ein, ohne zu zucken, als er sich auf Mai konzentrierte und vor ihren tödlichen Schlägen zurückwich, die er jedoch zugleich abwehrte.

Drake schlug erneut zu. »Dieses Mal spürst du es, du Mistkerl!«

Der Riese grunzte nur. »Ich glaube, du brauchst größere Hände, kleiner Mann.« Er trat Drake mit der Wucht eines Elefanten gegen die Brust und er wurde zurückgeschleudert, war benommen und die Luft wurde aus seiner Lunge gepresst. Mai stürzte wieder auf den Gegner los, brach ihm den Arm, aber sie war noch nicht voll wieder da und landete nach einem Schlag auf dem Boden zu Füßen des Hünen.

Der Kampf kam einen Moment ins Stocken, als der Soldat verwirrt auf seinen herabbaumelnden Arm blickte. »Kein Problem«, knurrte er, und verzog keine Miene, als der den herausragenden Knochen wieder ins Fleisch schob. »Darum kümmere ich mich später.«

Der riesige Mann hielt immer noch eine Pistole in der Hand. Sein irres und vergnügtes Kichern zerriss die vom Tod erfüllte Luft mit purer Bosheit.

Zum zweiten Mal in etwa ebenso vielen Minuten starrte Drake über das Visier einer Waffe hinweg dem Tod ins Auge. Ohne Hoffnung mühte er sich in eine aufrechte Position. Aber der Hüne feuerte unvermittelt. Ein Schatten senkte sich zwischen Drake, Mai und den sofortigen Tod. Der zerschmetterte Körper von Daniel Belmonte landete neben ihnen, heftig blutend aus einer Wunde zwischen Hals und Schlüsselbein, der Blick hoffnungsvoll.

»Hab ich die Kartoffeln aus dem Feuer geholt?«

Er war high vom Adrenalin ... hatte noch nicht begriffen, dass seine Verletzung tödlich war.

Aber der Hüne schüttelte einfach nur den großen, zotteligen Kopf und hob erneut das Gewehr. Belmonte sah es und kam gegen jede Wahrscheinlichkeit auf die Beine, warf sich gegen den Mann und umklammerte ihn. Kugeln durchdrangen Belmontes Körper und er zuckte mit jedem Einschlag. Drake sah zu, wie der Meisterdieb seine letzte heldenmutige Tat im Leben vollbrachte – er schwang den Arm herum und bohrte das Messer, das er von Drake hatte, tief in den Hals des Hünen.

Beide Männer brachen zusammen. Drake und Mai brauchten fast eine Minute, um sich aufzurappeln. Beide hörten Belmontes letzte Worte, kaum mehr als ein Todesflüstern. »Sie wartet auf mich.«

Der Kampf hatte um sie herum weiter gewütet. Drake und Mai befühlten ihre Wunden, sammelten die verlorenen Waffen auf, nickten respektvoll Belmontes bereits erkaltender Leiche zu und hasteten weiter.

Hayden konzentrierte den Beschuss mithilfe von Kinimaka, Dahl und seinen schwedischen Kameraden auf eine Verteidigungslinie des Gegners. Die Kugeln vernichteten ihre Deckung und zerfetzten ihre Körper. Dahl warf eine Granate, um den Weg freizuräumen. Auf dem Boden der Senke, wo das große Zelt stand, hatten die Männer, die mit den acht Artefakten flohen, das Areal erreicht, auf dem die verschiedenen Helikopter standen. Hayden sah sich um. Rauch und Feuer nahmen ihr die Sicht. Sie konnte sich nicht darauf verlassen, dass ihr irgendjemand zur Hilfe eilte, also rannte sie los. Langsam spürte sie den brennenden Schmerz in ihrer Seite, als die Schmerzmittel nachließen.

»Lass mich die Führung übernehmen«, drängte Kinimaka.

Aber es war nicht der richtige Augenblick, um sich über ihre Schmerzen Gedanken zu machen. Kinimaka war neben ihr, wie immer, und Dahl hielt ebenso mit ihr Schritt. Sie schossen sich den restlichen Weg den Hang hinab frei. Nur kurz wurden sie gebremst, als sie von einigen Gegnern unter Feuer genommen wurden, die sich hinter einem Stapel Fässer verschanzt hatten. Dahl feuerte mit dem Raketenwerfer darauf und der Widerstand wurde durch Flammen vernichtet. Mit einem bedauernden Kopfschütteln warf er die Waffe von sich, denn er hatte keine Munition mehr.

Ihre Kleidung war zerrissen, ihre Haut blutig und ihr Gesichtsausdruck fest entschlossen. So rückte Haydens kleine Truppe weiter vor und erreichte schließlich den Boden des Tals, in der Nähe der Helikopter. Ihre Gegner hatten sich verschanzt und eröffneten bereits das Feuer.

»Seht mal!«, rief Dahl. Er deutete auf die große Gruppe, die versuchte, mit den Artefakten zu verschwinden. »Schnell, uns läuft die Zeit davon.«

Der Wikinger genoss die dicken Rauchschwaden, die den beißenden Geruch vergossenen Blutes und des Todes mit sich trugen. Als das SAS-Team, das ihn bewachte, auf schweren Widerstand traf und mühsam ums Überleben kämpfte, gelang es ihm, davonzukriechen und über die Erde und dann durch den Schlamm zu krabbeln, wie eine Giftschlange, die sich durch Schleim windet. Schließlich erreichte er die Flanke des Kampfgeschehens. Immer noch gebückt, schlich er bis zum Fuß des Hügels. Auf dem Weg gelang es ihm sogar, eine weggeworfene Waffe einzusammeln, eine vollgeladene Maschinenpistole. Ein dünnes Lächeln stahl sich auf seine blutleeren, melancholisch wirkenden Lippen. Das Glück war stets mit den Privilegierten und wer war privilegierter als er?

Er warf einen Blick den Hügel hinauf und sah, wie Belmonte, der Dieb, starb. Ohne eine Spur des Bedauerns drehte er sich um. Die Artefakte Odins waren immer noch in Reichweite und auch wenn der Plan sich geändert hatte, gab es noch einen Plan.

Der einzige Plan, der die Vorherrschaft des Überrests der Schattenelite sicherte.

Er würde dafür sorgen, dass Cayman die verfluchten Artefakte in die richtigen Löcher steckte und der Welt damit eine Warnung zukommen ließ. Wenn das zu etwas Chaos und Zerstörung führte, war ihm das egal. Sie würden den

Prozess nach ein paar Minuten stoppen, indem sie die Artefakte entfernten.

Aber was, wenn es nicht so einfach war?, fragte er sich. Was, wenn der Prozess nicht aufzuhalten war?

Dann geschah es eben. Die natürliche Ordnung der Welt sollte den Tod für alle bereithalten, wenn die Schattenelite unterging. Das wäre ein angemessenes und passendes Ende für diesen Planeten.

KAPITEL 33

Wie eine Einheit attackierte Drakes Team die Helikopter. Dahl feuerte im Rennen auf einen pechschwarz lackierten Bell 205, dessen Insassen verzweifelt versuchten, die Türen zu schließen und abzuheben. In wenigen Sekunden hatte er in vollem Lauf die Landekufen erreicht und katapultierte sich vorwärts, flog immer noch feuernd ins Cockpit. Die Windschutzscheibe und die Seitenfenster waren bereits zertrümmert. Eine Kugel schoss an seiner Wange vorbei. Dahl platzierte sich auf dem fetten Bauch eines Mannes, der in Todeszuckungen lag und bedeckte das restliche Cockpit mit Blei. Sekunden später herrschte Grabesstille.

Dahl sah durch eines der Seitenfenster, auf der Suche nach dem nächsten Ziel.

Mai und Alicia liefen im Zickzackkurs auf einen weiteren Hubschrauber zu, dieser war mit Bordwaffen ausgestattet und sah aus wie ein Apache, aber mit einigen Modifikationen. Als sie sich dem Helikopter näherten, hob er vom Boden ab, die Landekufen hoben sich in die Luft, die Rotoren liefen auf voller Leistung und generierten den erforderlichen Schub. Mai schlang das Gewehr über die Schulter, ohne langsamer zu werden, und sprang in Richtung der Landkufen, die langsam höher stiegen. Sie traf ihr Ziel und drehte akrobatisch den Körper herum, sodass sie auf den Füßen vor der immer noch offenen Cockpittür landete.

Alicia war eine Sekunde später neben ihr. Ein halbes Dutzend geschockter und entsetzter Gesichter begrüßten sie.

»Der Flug ist vorbei, Jungs.«

Alicia erschoss einen Wachmann, als der in dem beengten Raum versuchte, die Waffe zu heben. Mai zog das Messer und sprang auf den Schoß des nächsten Terroristen, stach die Klinge tief in seinen Hals und nahm sich den nächsten vor. Der Helikopter verlor an Höhe, als der Pilot in Todespanik schrie und aus der Tür sprang. Die Maschine krachte mit einem gewaltigen Knall zurück auf den Boden.

Zum Glück war er erst drei Meter hoch aufgestiegen. Alicia sprang mit einem großen Satz davon und rollte sich ab. Als sie wieder hochkam, hatte sie bereits das Gewehr im Anschlag auf den fliehenden Piloten. Ein Schuss und er wurde Kopf voran in einen Abwasserkanal geschleudert.

Mai sprang wenige Sekunden später aus dem Cockpit. »Guter Schuss.«

»Nette Messerarbeit. Also, sollen wir?«

Ihr nächstes Ziel, ein großer schwarzer Sikorsky-Hubschrauber, war bereits sieben Meter aufgestiegen und nahm gerade die nach vorn geneigte Flugposition ein.

Mai und Alicia nahmen die Rotoren ins Visier.

Drake beobachtete, wie Mai und Alicia gemeinsame Sache machten und die Terroristen ausschalteten, besser, als es jedes Team der Welt gekonnt hätte. Ein fliehender Helikopter, den sie anvisiert hatten, wirbelte plötzlich herum und stürzte vom Himmel. Ein gewaltiger Feuerball verschluckte ihn, als er aufschlug. Er fragte sich wirklich, wie zur Hölle

Mai das bewerkstelligte. Die japanische Agentin war bereits wieder an vorderster Front, während er noch herumstand, sich den Rücken massierte und versuchte, die Tränen und blauen Flecke zu ignorieren, die auf den Angriff des Hünen gefolgt waren, den Belmonte getötet hatte.

Belmonte. Der Meisterdieb war ehrenvoll von der Bühne abgetreten. Drake wusste, er würde nie die ganze Geschichte über Belmonte und Emma erfahren, aber er war es dem Mann schuldig, wenigstens zu versuchen, den Vater des Mädchens zu finden und ihm alles zu schildern. Ohne Belmontes Expertise und finanzielle Mittel wären sie niemals so weit gekommen.

Wenn er den heutigen Tag überlebte.

Überall um ihn herum hoben Helikopter vom Boden ab, während Allrad-Jeeps und andere, schnellere und schwerere Fahrzeuge über das platt gefahrene Gras holperten und in Höchsttempo auf die Straße zuhielten. Drakes Team ging auf die Knie, zielte und schoss. Helikopter gerieten ins Taumeln und stürzten ab. Große Mercedes und Audis überschlugen sich oder krachten ineinander, die Insassen stürzten heraus, pressten die Hände auf Wunden oder schrien. Es war absolutes Chaos. Ein Militär-Lkw erreichte die Straße und beschleunigte. Einen Augenblick später erklang das laute Zischen eines dahinrasenden Geschosses aus einem Raketenwerfer, das die Explosion ankündigte, die einen Sekundenbruchteil später erfolgte. Ein zerstörtes Wrack und brennender Gummi blockierten die Straße.

Drake suchte nervös zwischen den Helikoptern. Nach einigen Sekunden hatte er die Terroristenbande erspäht, die versuchte, die Artefakte aus dem Chaos zu schmuggeln. Es war eine große Gruppe, die auf dem Weg zu einem der wenigen Militärhelikopter waren. Er sprintete wie von Sinnen los, versuchte, den anderen ein Zeichen zu geben. Neben ihm röhrte ein kleiner Helikopter, als er abhob. Die Insassen lehnten sich aus dem Fenster und schrien aus vollem Hals, als sie ein paar Schüsse abgaben, die vor seinen Füßen einschlugen. Drake wurde nicht langsamer und erwiderte das Feuer nicht. Alles hing nun davon ab, die Artefakte zurückzuerlangen.

Zusammen mit dem SAS- und Delta-Team und den anderen Teams, die sich aus Dahls und Gates' Männern zusammensetzten, spurtete Drakes Team los, um die acht Teile Odins abzufangen. Jetzt ging es um alles. Das war der gesamte Sinn all der verrückten Schlachten, die sie in den letzten paar Monaten zu schlagen gehabt hatten. Die Artefakte zu retten und die Welt zu retten.

Hayden folgte humpelnd, so gut sie konnte, eine Hand auf ihre alte Wunde gepresst. Die andere hielt eine leichte Maschinenpistole, aber wie Drake versuchte sie, Munition zu sparen. Kinimaka joggte neben ihr her, das Gesicht schmutzig und blutig, die Haare vom Schweiß verklebt, aber der Blick so hart wie Granit. Sie rannten an einem leeren Helikopter vorbei und der Hawaiianer warf eine Granate hinein und rief den anderen eine Warnung zu. Ein gepanzerter Range Rover fuhr in hohem Tempo vor ihnen, seine getönten Scheiben verbargen die Passagiere. Kinimaka blieb einen Moment stehen, um einen Kugelhagel auf den Motor abzufeuern. Er lief erst weiter, als er die ersten Flammen hochschlagen sah. Je weniger Transportmittel diese Bastarde zur Verfügung hatten, desto weniger Chancen hatten sie, diesen Ort in einem Stück zu verlassen.

Hayden traf auf Drake, als sie langsamer wurden und parallel zu den fliehenden Terroristen liefen, entlang einer Gasse, die von einer Ansammlung an Lastwagen, Allradfahrzeugen und Helikoptern gebildet wurde. Sie wagte es, einen Blick zurück auf den Hügel zu werfen, aber sah keine Spur von Ben, seiner Schwester oder Jonathan Gates.

Sie sah, dass die Terroristen den Helikopter erreicht hatten und Odins Artefakte einluden, während Wachen ausschwärmten, um einen schützenden Halbkreis zu bilden.

Mit perfekter Waghalsigkeit sprang Drake durch eine Lücke zwischen dem Heck eines Land Rovers und der Motorhaube eines Dodge RAM und landete direkt zwischen den bösen Jungs auf dem Boden. Hayden jagte ihm hinterher, so gut sie konnte. Dann erschienen Alicia und Mai aus dem Nichts wie phantomhafte Attentäter und schnitten eine Schneise durch ihre Gegner wie eine Klinge, die durch Fleisch drang.

Als die Sonne hinter den Bergen in der Nähe unterging, erhellten Feuer, Hass, wilde Entschlossenheit, Kampfgeist und Heldenmut die aufziehende Dunkelheit mit all der Pracht eines kolossalen Feuerwerks.

KAPITEL 34

Drake schoss zweimal und trat dann seinem Gegner die Beine weg. Bevor der Mann auf dem Boden aufschlug, schaffte es Drake, noch einen weiteren Soldaten zu treffen, und sprang dann selbst wieder auf die Beine und rammte einem anderen Gegner die Finger in den Hals. Der zuckte und schoss ziellos in die Luft. Ein paar Meter weiter wurden die Teile Odins gerade hastig in den Helikopter geworfen. Der Pilot betätigte bereits das Höhenruder. Männer lehnten sich aus dem Helikopter, die Waffen im Anschlag.

Drake blieb geschockt stehen. Sie würden gleich wahllos alles erschießen, was sich bewegte, um ihre Flucht zu sichern.

Das sind Terroristen, dachte er. Er schrie: »Runter!«, und warf sich selbst auf den Boden, als sie das Feuer eröffneten.

Hayden hörte Drakes Warnung eine halbe Sekunde zu spät. Ihre Messerwunde brannte wie Feuer, als sie versuchte, sich schnell zur Seite zu drehen, und verlangsamte ihre Bewegungen gerade genug. Dieser Drecksack Boudreau war letztlich vielleicht doch noch ihr Tod. Das albtraumhafte Geräusch zerschnitt die Luft, und die Sense des Todes raste auf sie zu, aber so schnell wie ein Augenzwinkern, trat etwas von der Größe eines Bergs zwischen sie und den Untergang.

Kinimaka! Ihr Partner, mit dem sie drei Jahre zusammengearbeitet hatte, zuckte und zappelte, als die Kugeln ihn in die Brust trafen und gegen sie warfen. Sein Blut spritzte in einer schrecklichen Wolke über ihr Gesicht. Hayden fiel mit Kinimaka auf ihr zu Boden und schrie.

Drake blieb auf dem Boden, zielte und erwischte einige der Wachmänner der Terroristen. Dann sah er, wie der Rest von hinten getroffen wurde – Torsten Dahl war eingetroffen und teilte kräftig aus, warf die Männer mit dem Gesicht zuerst aus den offenen Türen oder mit knochenbrechender Wucht gegen die Kabinenwand. Der Helikopter war einen kurzen Moment später völlig leer bis auf den Piloten und Dahl gestikulierte ihm unmissverständlich, dass er die Maschine landen sollte.

Drake drehte sich in Richtung der Schreie, die eindeutig von Hayden kamen. Zuerst konnte er sie nicht sehen, aber dann entdeckte er Mai und Alicia, die neben einer massigen Gestalt in die Knie gingen, und ihm wurde flau im Magen.

Oh nein. Es war Mano. War Gates' Verbindungsoffizierin unter ihm? Hatte er sich eine Kugel für Hayden eingefangen?

Er raste hin, um zu helfen, und die Artefakte waren einen Moment vergessen, weil es um das Wohlergehen eines Freundes ging. Tote Terroristen lagen überall herum. Er ergriff Kinimaka gemeinsam mit Mai und Alicia und hievte ihn zur Seite. Drake sah das blutüberströmte Gesicht und die zerfetzte Flakweste des Hawaiianers, bevor sein Blick auf Hayden fiel.

Die CIA-Agentin hielt sich schmerzverzerrt die Seite, aber sie weinte nicht vor Schmerz, sondern vor Trauer. Rote Striemen verliefen über ihre Wangen. Blut.

»Er hat mich gerettet …«, schluchzte sie. »M-Mano hat mich gerettet …«

Alicia war als Erste auf den Knien im Schlamm und legte mitleidvoll und besänftigend eine Hand auf ihre Schulter. »Er hat dich geliebt«, sagte sie. »Das hat er mir gesagt. Dieser Mann hätte alles für dich getan.« Drake fragte sich, wieso ihm das nie aufgefallen war. Vermutlich war er in letzter Zeit mit seinen eigenen Sorgen beschäftigt gewesen und hatte wenig auf das Wohlergehen der Menschen um sich herum geachtet. Nun sah er über die Leiche von Mano Kinimaka hinweg in die Augen von Mai und versuchte, ihr wortlos mitzuteilen, dass sie einer Beziehung eine Chance geben sollten.

Die Japanerin wirkte erschöpft und ihr Blick schweifte über das Schlachtfeld.

Drake sah in dieselbe Richtung. Schwarze Rauchwolken stiegen in die Luft und markierten die Stellen, an denen die Helikopter niedergegangen waren oder Autos ausbrannten. Einige wenige Hubschrauber waren entkommen und rasten auf die letzten rot-goldenen Sonnenstrahlen zu. Die dunklen Umrisse vieler Männer lagen vereinzelt oder zu mehreren auf der Wiese, der Straße in der Nähe und dem blutdurchtränkten Hang, den hinab er den Angriff angeführt hatte, verteilt. Freund und Feind waren im Zwielicht nicht zu unterscheiden. Er erkannte den markanten Umriss von Sam und zwei seiner SAS-Kameraden, die neben ihm hertrotteten, die Waffen über die Schultern gelegt. Es schien, als sei die Schlacht gewonnen.

Die acht Artefakte waren aus den Händen der Gegner befreit worden.

Die Welt war sicher.

Alles war vorbei. Zwei Monate Blut und Hölle auf diesen einen Moment eingedampft – die Einsamkeit des Schlachtfelds, der Schrecken und Verlust, das bittersüße Glück, dass die meisten seiner Freunde überlebt hatten.

Wo war Ben? Wo waren Karin und Gates?

Er konnte sie nicht sehen. Aber dann erschienen ihre Umrisse aus dem Nebel, der um Sam und seine Männer herum waberte, zusammen mit mindestens einem weiteren halben Dutzend Männer.

Ein tiefes Husten aus der Nähe, so heiser, dass es sich für seine Ohren anhörte, als würde der Abzug einer Waffe gespannt. Er drehte sich hastig um, sah nur Dahl, der den Piloten anschrie, die Turbinen auszuschalten, und runzelte die Stirn. Woher war das Geräusch gekommen, das wie Husten geklungen hatte?

Und dann zitterte der Körper von Mano Kinimaka und der dicke Mann schlug die Augen auf, starrte Richtung Himmel und spuckte Blut aus. »Scheiße, Mann.« Er hustete. »Das hat sich angefühlt, als hätte mich ein Wildschwein getreten.«

Drake klappte vor Schreck der Unterkiefer herunter. Alicia war einen Herzschlag später neben ihm und riss dem Hawaiianer die Weste vom Leib.

»Das Kevlar hat es aufgehalten«, sagte sie in sachlichem Ton. »Er blutet nur aus ein paar kleinen Kratzern im Arm.« Sie hielt Kinimakas Gesicht zwischen ihren kleinen, aber tödlichen Händen. »Du dicker, glücklicher, wunderschöner Mistkerl, du! Ich glaube, ich habe noch nie gesehen, dass eine Kevlarweste so viele Schüsse abgehalten hat.«

Drake grinste und eilte zu Hayden – die vor Glück außer sich war, als sie die Stimme ihres Freundes hörte –, um ihr zu helfen, sich zu ihm zu schleppen. Es war schön, einen Moment zuzusehen, wie sie sich umarmten, und er setzte sich, seine Laune besserte sich etwas und er sah zu, wie der Mond hinter einer Wolke hervorkam.

Es war wenige Tage vor Weihnachten 2012.

Ben und Karin kamen schließlich an, der junge Mann starrte seine Freundin mit einem Blick an, der deutlich machte, dass er nicht die leiseste Ahnung hatte, was er tun sollte. »Ich wollte das ja nicht erwähnen«, sagte er schließlich, »aber heute ist der 21. Dezember 2012. Laut dem Maya-Kalender und einiger anderer Kulturen sollte heute die Welt enden.« Er zuckte mit den Achseln. »Aber was wissen die schon?«

Die Reaktion auf seine Worte war Schweigen, das nur unterbrochen wurde von Haydens leiser Unterhaltung mit Kinimaka und Alicias unablässigem Geplauder mit den Männern vom SAS.

Und dann erklang das furchtbare Rattern einer Maschinenpistole im Automatikmodus, das die Stille zerriss. Kugeln klirrten von Metall und Querschläger durchschnitten die Luft. Als Drake sich umdrehte, sah er gerade noch, wie Dahl vom Helikopter sprang. Er war unverletzt, aber benommen, als er landete. Dann sah er, wie eine Gestalt sich durch die Tür auf der anderen Seite zog und immer noch wahllos feuerte, während der Mann den Piloten anschrie.

»Heb ab oder ich schieße dir den verfluchten Schädel weg!«

Der Helikopter erhob sich schnell in die Luft, die Männer vom SAS reagierten am schnellsten, aber konnten ihn nicht abschießen, da er niedrig über sie hinweg raste und in den Wolken verschwand.

»Der Wikinger!«, rief Dahl. »Ich dachte, ihr bewacht ihn!«

Niemand antwortete. Drake schloss kurz die Augen und zwang dann seinen erschöpften Körper erneut auf die Beine.

»Ich weiß genau, wohin er fliegt.« Er hastete auf einen Raketenwerfer zu, der am Boden lag, aber Dahl warf ihm einen scharfen Blick zu, der ihn anhalten ließ.

»Was?«, fragte Drake. »Wir müssen ihn aufhalten und das schnell. Er hat Odins Artefakte an Bord.«

»Was wir machen müssen«, sagte Dahl und schritt mit einem eisernen Gesichtsausdruck an den anderen vorbei, »ist, ihm einen Apache-Kampfhubschrauber in den Arsch schieben.«

Der irre Schwede blieb stehen, um die Tür des erwähnten Hubschraubers zu öffnen und einzusteigen. »Und genau das werde ich tun.«

Der Wikinger versuchte, seinen Herzschlag zu beruhigen. Das Adrenalin, das durch seine Adern pumpte, sorgte dafür, dass er fast den Piloten in Stücke geschossen hätte, aber er beruhigte sich mit der Tatsache, dass er das später immer noch tun konnte. Fürs Erste würde ihn der Mann dahin bringen, wohin er wollte – und zwar direkt nach Singen, wo Cayman wartete.

»Gibt es hier ein Funkgerät?«, fragte er und gestikulierte mit der Maschinenpistole. Sein Finger krümmte sich instinktiv und beinahe hätte er abgedrückt. Der Arm eines toten Terroristen fiel gegen seinen Rücken und er bekam eine Gänsehaut. Eines der Artefakte Odins – eine Schnitzarbeit, die einen Speer darstellte – fiel mit einem Rumms auf den Boden. Die anderen kippten gefährlich zur Seite, als wollten sie seine Entschlusskraft herausfordern. Ein Zittern der Angst lief ihm das Rückgrat hinab.

Der Pilot gab ihm das Satellitentelefon. »Unerwartet«, sagte der Wikinger überrascht, »aber willkommen.« Er tippte schnell Caymans Nummer ein und wartete.

Russell Cayman hätte bei jeder anderen Mission bereits mehrmals alles unternommen, um seine merkwürdig abwesenden Bosse zu kontaktieren. Aber bei diesem Auftrag hatte er etwas völlig Unerwartetes verspürt und willkommen geheißen. Ein merkwürdiges Gefühl hatte sich in ihm ausgebreitet – die bisher völlig unbekannte Emotion, nach Hause zurückgekehrt zu sein. Nie hatte er sich so glücklich, so willkommen gefühlt oder, als wäre er endlich da angekommen, wo er sein sollte.

Für die anderen Männer war dieser Ort natürlich nur ein Grab, ein einsamer Ort, widerhallend von gruseligen Geräuschen und gefüllt mit alten Knochen und staubigen Särgen. Aber die Einsamkeit war schon immer Caymans beste Freundin gewesen, der Ort, an dem er glücklich war. Zu wissen, dass er sie nun mit den Leichen der verkommensten und mächtigsten Wesen teilte, die je existiert hatten – die ihm sehr ähnlich waren –, erfüllte Caymans leeres Herz mit etwas, das für ihn wohl Liebe und Zugehörigkeit am nächsten kam.

Wie er sich mittlerweile angewöhnt hatte, schickte er alle Männer aus dem Grab und stieg dann eilig in das Grab der

Göttin Kali, suchte sich seinen Platz zwischen ihren harten, übermenschlich großen Knochen und legte den Kopf dazwischen. Mit offenen Augen lag er da und stellte sich vor, wie sich im Dunklen ihre Hand um seine Hüfte legte, ihre klauengleichen Finger seinen Hals liebkosten und die verrotteten Lippen in sein Ohr flüsterten.

»Schlaf jetzt«, würde sie flüstern, »schlaf, mein Junge.«

Seine Brust füllte sich mit Liebe und er flüsterte nur zwei Worte in die Dunkelheit. »*Ja, Mami.*«

Die Brise, die an seinem Gesicht vorbeistrich, war ihr wunderbarer, stinkender Atem. Das Rascheln in der Dunkelheit ihre Knochen, die sich bewegten und anpassten. Das sachte Kitzeln von Spinnenfüßen auf seiner nach oben geneigten Wange war ihr üppiges Haar, das auf ihn fiel. Das ferne Quietschen der Ratten und anderer Nager war das eifersüchtige Gezänk der Götter, die ihren Platz an ihrer Brust einforderten.

Den sie aber nie bekamen. Cayman war Kalis Schatz, ihr Liebling, ihr guter Junge.

Aber Cayman war nicht so verrückt, zu glauben, dass seine Vorgesetzten im echten Leben ihn seinen wunderbaren Traum weiterträumen lassen würden – sie wollten ihn zertreten mit ihren teuren genagelten Stiefeln. Also ließ er sein Handy außerhalb der Nische und als es klingelte, just in dem Moment, in dem Kalis leises Flüstern ihn in den Schlaf wiegte, hob Cayman hastig den Kopf, wirkte schuldbewusst, erschrocken und trotzig zugleich.

Mistkerle! Dafür würden sie zahlen.

Er verließ rasch die Krypta und ging ans Telefon. »Ja?«

»Hier ist der Wikinger. Wo zur Hölle warst du?«

Jetzt wurde er also schon gescholten, obwohl er sich gezwungen hatte, den perfekten Traum hinter sich zu lassen und ans Telefon zu gehen. »Beschäftigt.«

»Wie bitte?«

»Ich bin so schnell ans Telefon gegangen, wie es ging.«

»Ist auch egal. Es ist eine Menge passiert. Die Schattenelite gibt es nicht mehr.«

Cayman war einen Augenblick überrascht und interessiert. »Und was ist mit dem Grab?«

»Es ist in Ordnung, wenn du deswegen niedergeschlagen bist, Cayman. Zeige ruhig deine Gefühle. Wir haben dich zu dem gemacht, der du heute bist. Ich könnte mir vorstellen, dadurch sind wir so etwas wie Elternfiguren für dich?«

»Ja, Sir, so ist es.« Cayman stellte sich vor, wie er dem Wikinger mit einem alten Stück Metall, das er in Kalis Grab gefunden hatte, die Haut vom Gesicht zog.

»Nun, es tut mir leid, dir zu sagen, dass ich der Letzte bin, der übrig ist. Unsere Freunde sind tot.«

Cayman gab einen Laut von sich, der sich, so hoffte er, wie ein bedauerndes Seufzen anhörte. »Wo sind Sie jetzt? Sollen wir das Grab für immer versiegeln?« Der Gedanke erfüllte ihn mit Freude.

»Mach dich nicht lächerlich. Ich bin im Moment mit den Artefakten auf dem Weg zu dir. Wir werden der Welt zeigen, dass wir es immer noch ernst meinen. *Das* werden wir tun.«

Cayman hatte den Eindruck, dass das noch nicht alles war. »Und?«

»Und dieser hartnäckige Mistkerl Drake ist mit seinen Kohorten nur wenige Minuten hinter mir. Du musst bereit sein, wenn ich komme, Cayman. Alle Männer in Alarmbereitschaft. Waffen bereit. Grab vorbereitet. Wir werden nicht lange Zeit haben, unseren Plan umzusetzen.«

Cayman lächelte, als er auf das Telefon blickte. »Okay, ich werde bereit sein, Sir.«

Drake saß gut gelaunt hinter Dahl, während der Schwede den großen Apache-Helikopter durch die dunstige Luft steuerte. Das Wummern der schweren Rotoren war wie Musik in Drakes Ohren. Dinorock hoch zehn. Das Armaturenbrett glitzerte und blinkte und versprach unbegrenzte Feuerkraft.

Dahl reichte Drake einen Gehörschutz.

»Was für ein Quatsch«, sagte Drake. »Ich genieße den Sound und jede Sekunde in dieser Maschine.« Er setzte ihn dennoch auf, um keinen Hörschaden zu erleiden.

Dahl lachte und betätigte einen Schalter, der seitlich an seinen eigenen Kopfhörern angebracht war. Er hatte einen Moment überlegt, bevor er sich entschloss, Olle Akerman zu kontaktieren.

»Ja?«

»Ich bin es wieder, Olle.«

»Ah. Schon wieder. Immer noch nicht tot? Ich habe ein Auge auf deine Frau geworfen, wie du weißt. Was für eine Schönheit.«

»Nein, noch nicht ganz tot. Wir jagen Odins Artefakte, mein Freund. Hast du irgendwas, das uns helfen könnte?«

»Ich würde sagen – mach schneller. Hilft das?«

»Olle …«

»Ja. Ja. Ich weiß. Verstehst du jetzt? Erinnerst du dich an das, was ich gesagt habe? ›Die Reihe der Ereignisse wird alle Geheimnisse Gottes offenbaren und die Entscheidung der Menschheit, sich zu retten oder zu zerstören‹. Odins viel gerühmter *Tag des Gerichts* ist gekommen.«

»Ragnarök.«

»Ja. Odin hat seine eigene Ragnarök verzögert, um sie in einer fernen Zukunft auszufechten. Jetzt musst du dafür sorgen, dass wir sie überstehen.«

»Irgendwas über die Artefakte?«, fragte Drake.

»Ich weiß nur so viel«, sagte Akerman. »Die Artefakte sind ein Schlüssel. Nicht ›der Schlüssel‹, sondern ›ein Schlüssel‹. Der Unterschied sollte klar sein.«

»Was soll das heißen?«

»Während ich versucht habe, das Alt-Akkadische zu übersetzen, die sogenannte Sprache der Götter, fragte ich mich, wieso einige der *Logogramme*, die sich auf das Wort ›Schlüssel‹ bezogen, nicht nur durch die acht Artefakte repräsentiert wurden, sondern auch durch Diagramme, die den Mittelpunkt einer großen Stadt zeigten. Ich glaube, es bedeutet, dass die Artefakte *der wichtigste Teil sind.* Wenn nur ein Teil gestohlen, zerstört oder beschädigt wird, funktioniert der Rest nicht mehr. Der Apparat wird nur mit allen Artefakten funktionsfähig sein.«

Dahl beschleunigte den Kampfhubschrauber mit den vier Rotorblättern und zwei Turbinen auf Höchsttempo. »Das wollte ich hören.«

Akermans letzte Worte gingen im statischen Rauschen unter. »Außer, wir entdecken eine andere Methode, um die Waffe in Betrieb zu setzen …«

Drake betrachtete den dahinrasenden Kampfhubschrauber, die blinkenden Schalter, sich drehenden Anzeigen, die Knöpfe, die von rotem und schwarzem Plastik eingerahmt waren. Dahl betätigte mehrere Schalter, um die Hellfire-Raketen mit dem Laser-Zielsystem scharfzumachen, aber die waren eigentlich nur Reserve. Das schwarze Biest hatte mehr Bewaffnung, als man zählen konnte. Was Dahl wirklich einsetzen wollte, war das IHADSS – das Integrated Helmet and Display Sighting System – das System, das die 30-mm-Minigun des Helikopters mit dem Helmdisplay verbinden konnte, wodurch die Waffe sich in die Richtung bewegte und feuerte, in die der Träger des Helms blickte.

Im Moment hatte Dahl den Blick auf den Helikopter gerichtet, in dem der Wikinger saß.

»Bereit, der Sache ein Ende zu machen?« Der Schwede lenkte den Apache mit dröhnenden Turbinen näher ans Ziel. Er sah aus wie eine riesige, tödliche Fliege, die »Augen« waren die Abdeckungen des Zielerfassungssystems, die »Füße«, die Stinger- und Sidewinder-Raketen.

Drake seufzte. »So bereit, wie es nur geht.«

Dahl drückte einen Knopf und der Helikopter des Wikingers explodierte in einem gewaltigen Feuerball. Metalltrümmer und Fragmente der uralten Artefakte, sowie Fetzen des Wikingers wurden in alle Richtungen davongeschleudert. Der Knall hallte von den Bergen wider und jagte der untergehenden Sonne hinterher zum silbernen Horizont.

KAPITEL 35

Russell Cayman hörte das laute statische Knistern in der Leitung, als er auflegen wollte. Er glaubte, eine Sekunde vorher den Wikinger schreien gehört zu haben.

Ein interessantes Geräusch.

Behutsam hielt er das Telefon ans Ohr. Er sagte ein paar Worte. Er wartete. Versuchte es erneut. Nach zehn Minuten legte er auf und wählte erneut.

Nichts als Leere. Caymans Lippen verzogen sich zu einem Lächeln. Der Wikinger war tot. Drake oder jemand anderer hatte den alten Bastard erledigt. Es war vorbei.

Cayman war frei!

Fürs Erste, dachte er. Wenn Drake tatsächlich die heutige Schlacht für sich entschieden hatte, würde er die Wölfe schicken, um das Grab zu plündern – und das bald. Cayman brauchte nur ein paar Minuten, um zu realisieren, dass er nichts daran ändern konnte. Nicht einmal, wenn er das Ableben der Schattenelite für sich behielt und den Männern sagte, sie sollten weiter kämpfen. Die Behörden und Geheimdienste würden sich irgendwann einschalten.

Der Nervenkitzel verlieh ihm Flügel. Er sah sich schnell um und entdeckte eine große Sporttasche, die in der Mitte des ersten Geschosses auf dem Boden lag. Rasch eilte er hinab und holte sie. Wenige Minuten später hatte er erneut die Stufen zu Kalis Grab erklommen und mühte sich mit aller Kraft, den gewaltigen Sarkophagdeckel zu öffnen. Die schwere Steinplatte knirschte, als würde die Erde gespalten, aber bevor ihm die Puste ausging, hatte er den Spalt ein Stück weiter geöffnet.

Wenige Minuten danach hatte er Kalis Knochen in die Sporttasche gepackt. Die größeren hatte er in der Mitte zerbrechen müssen, aber er war sicher, die Göttin würde es ihm nicht übel nehmen – sie war seit Ewigkeiten tot. Als er damit fertig war, trat er einen Schritt vom Grab zurück, betrachtete alles ein letztes Mal und spürte, wie ihm die Tränen kamen.

Es war das Zuhause, das er nie gehabt hatte.

Aber er war daran gewöhnt, einfach weiterzuziehen. Sein ganzes Leben war er von einem Zuhause zum nächsten geschickt worden, von Schule zu Schule, Geheimdienst zu Geheimdienst – er musste nur ein Schlachtfeld gegen ein anderes tauschen. Und er war stets zum Töten bereit gewesen, um den Ort zu schützen, an dem er temporär Zuflucht gefunden hatte. Er nahm Kalis Knochen und verließ das Grab der Götter ohne einen Blick zurück. Es war am besten, für eine Zeit unterzutauchen.

Ein neues Kapitel in seinem Leben begann.

KAPITEL 36

Mano Kinimaka hatte bereits vorgeschlagen, Weihnachten auf Hawaii zu verbringen, als der Hüne also beschloss, sich dort von seinen Verletzungen zu erholen, folgte ihm das gesamte Team. Nur wenige Tage, nachdem sie die Terroristen besiegt und den Wikinger im Kampf geschlagen hatten, fanden sie sich in einem schicken Hotel wieder, das den Strand von Waikiki überblickte, und in das sie die dankbare amerikanische Regierung einquartiert hatte.

In der harschen Realität mussten sie noch auf viele schwere Fragen die Antwort suchen, Verräter auf der ganzen Welt aufdecken, Beziehungen kitten auf Pfaden, die sich gekreuzt hatten, aber für wenigstens eine Nacht, verblasste diese Wirklichkeit und sie feierten.

Das Fest sollte um fünf Uhr nachmittags beginnen und Drake hatte sich ein paar Stunden in sein Hotelzimmer zurückgezogen, um nachzudenken. Von allem erdenklichen Luxus umgeben, ging er barfuß durchs Zimmer über einen Teppich, der so dick war, dass es sich anfühlte, als würde man auf Federn laufen. Die Vorhänge ließen sich mit einer Fernbedienung öffnen, die Klimaanlage per Stimmbefehl steuern. Er trat an das einen Spalt geöffnete Fenster und betrachtete eine Weile die Wellen, das glitzernde blaue Wasser und den goldenen Strand, versuchte, alle Gedanken aus seinem Verstand zu vertreiben.

Es funktionierte nicht.

Sein Leben war am Scheideweg. Wohin sollte er von hier aus gehen? Er konnte nicht weiter in einer WG wohnen und seine Karriere als Fotograf verfolgen. Wenn Kennedy noch am Leben wäre, hätte er sich mit ihr zusammen etwas aufgebaut. Hätte Ben nicht Hayden kennengelernt, dann hätten sie sich vielleicht etwas einfallen lassen können. Wenn Wells nicht den Tod seiner Frau angeordnet hätte, wäre ihm vielleicht etwas Frieden zuteilgeworden …

Sein Instinkt legte ihm nahe, wegzulaufen, sich so weit wie möglich von der Army und allem, was damit zu tun hatte, zu entfernen. Aber das hatte er bereits versucht – es hatte nicht funktioniert. Die Army, der SAS – das Regiment – lagen ihm im Blut, waren so sehr ein Teil von ihm wie die Erinnerung an seine Frau und sein ungeborenes Kind – Emily Drake.

Ein leises Klopfen an der Tür. Er wusste, wer es war und ging hinüber, um sie hereinzulassen. »Immer noch da?«, fragte er.

»Fürs Erste. Für heute Abend.«

»Und dann? Dann verschwindest du für immer? Zurück nach Japan und zurück zur Undercoverarbeit? Kannst du das noch, nach all dem hier? Wirst du für immer Soldatin bleiben?«

Mai zuckte mit den Achseln. »Welche Wahl hab ich denn? Um die Wogen bei meinen Vorgesetzten zu glätten, muss ich mich vermutlich für den schwersten Auftrag freiwillig melden, den sie auf Lager haben. Aber was ist mit dir? Kannst du denn alles hinter dir lassen?«

»Wenn ich etwas habe, wofür es sich zu kämpfen lohnt … glaube ich, ja.«

»Und wofür würdest du kämpfen?« Der Blick aus ihren Augen bohrte sich in die seinen wie eine Wärmesuchrakete.

»Wir haben gerade die Welt gerettet«, meinte Drake zu ihr. »Mehr als einmal.«

»Das war gestern.« Mai kickte die Schuhe von den Füßen und lief über den Teppich, folgte dabei unbewusst den Fußspuren, die Drake hinterlassen hatte. »Heute – sind wir Schnee von gestern, wie Odin.«

Drake ging ihr entgegen und legte die Arme um ihre Mitte. »Du kannst nicht einfach gehen«, sagte er zu ihr. »Oder wir werden es nie wissen. Kannst du dir nicht ein wenig Zeit nehmen?«

»Meine Regierung verlangt, dass ich morgen nach Hause komme«, sagte Mai mit trauriger Stimme. »Ich bin immer noch ihre Agentin. Außer, die geben mir einen guten Grund auszusteigen oder …«, sie drehte sich rasch um. »Die haben etwas von Gates und – einem Angebot erwähnt. Weißt du etwas darüber?«

Drake blinzelte verwirrt. »Nein.«

Als Ben Blake die Tür zu Haydens Zimmer mit einer zweiten Zimmerkarte öffnete, hörte er, dass die Dusche voll aufgedreht war. Seine Gedanken drehten sich um die Schrecken des Krieges und die Enttäuschung, dass er aus der Band geflogen war, die er selbst gegründet hatte und von einem weniger talentierten Frontmann ersetzt worden war.

Er hatte alles verpasst. Diese Odin-Geschichte hatte all seine Träume zerstört und nun musste er schon seine Freundin auf Vermittlung ihres Chefs aufsuchen, um die Risse in der Beziehung zu kitten. Aber es gab immer noch Hoffnung. Die Dusche verschaffte ihm eine nette Gelegenheit, um genau das zu tun.

Das Bett quietschte, als er herabsprang und ins Bad ging. Dampf und Wassertropfen bedeckten jede Oberfläche. Hayden war schon lange Zeit hier drin. Als er durch den Nebel etwas erkennen konnte, sah er, dass sie nackt in der Dusche kniete und in die Ecke sah. Ben blieb in der Tür stehen, bewunderte einen Moment den kurvigen, gebräunten Körper, der vom Wasser glänzte und ihr langes Haar, das den Rücken hinabfiel. Ein Lächeln breitete sich auf seinem Gesicht aus, aber dann hörte er über das Rauschen der Dusche hinweg ein zweites, lauteres Geräusch.

Hayden schluchzte laut und hemmungslos. Ihr gesamter Körper zitterte. Ben rannte zu ihr und bekam zum Dank einen Ellbogen aufs Ohr. Hayden wirbelte herum und stand über ihm, die Fäuste zum Schlag geballt.

»Oh, du bist es. Ben … wir müssen reden.«

Aber das brauchten sie nicht. Ben sah alles in ihrem Gesicht. Er musste sich dem stellen, musste sich dem Scheitern stellen, und das bedeutete, noch schneller erwachsen zu werden, als er es im Moment zustande brachte. Er sah ihre Zukunft. Und ihr Leben, so wie es im Moment war. Sie waren nicht einmal auf derselben Wellenlänge. Hayden half ihm auf die Beine.

»Ben, es tut mir leid.« Sie redete nicht von dem Schlag mit dem Ellbogen. Seine Kleidung war durchweicht, aber das war ihm egal. Ein letztes Mal zog er seine Freundin an sich. Er flüsterte ihr ins Ohr.

»Es tut mir auch leid, Hayden. Viel Glück.«

Ben drehte sich um und auch wenn er noch aufrecht ging, fühlte es sich an, als würde er aus der Dusche kriechen. Er versuchte, ihr Weinen zu ignorieren. Sicher lag es nur an der Dusche, dass ihm das Wasser hemmungslos aus den Augen schoss und über die Kleidung lief.

Alicia hörte zu, während Dahl mit seiner Familie telefonierte. Der Übergang vom Soldaten zum liebenden Ehemann war scheinbar nahtlos. Es erinnerte sie an etwas, das sie im Internet gesehen hatte, das Bild eines toughen Bikers mit dem Spruch darüber – *egal, wie groß oder tough du bist, wenn ein Kleinkind dir ein Spielzeugtelefon reicht, nimmst du den Hörer ab*.

Dahl war genau dieser Typ. Ein liebevoller Familienmensch, dem auf dem Schlachtfeld keiner das Wasser reichen konnte. Sie bewunderte ihn, auch wenn sie es nie laut aussprechen würde. Für sie war Respekt ein seltenes und fremdartiges Gefühl. Sie konnte die Menschen, die sie in dieser Welt bewunderte, an einer Hand abzählen.

Und inklusive Dahl waren drei von ihnen in diesem Hotel. Die dritte Person, Mai Kitano, hatte sie für sich eingenommen, obwohl es ihr zuerst heftig widerstrebt hatte. Alicia war immer noch nicht ganz überzeugt, aber zum Schluss gekommen, dass sie diesen speziellen Kampf verlieren würde.

Neben ihr auf der anderen Seite war Jonathan Gates mit einer Reihe endloser Telefonate beschäftigt. Seine Wortgewandtheit schien in den meisten Fällen überzeugend zu wirken. Als er bemerkte, dass sie ihn neugierig ansah, lächelte er und lehnte sich zu ihr herüber, als seien sie beide Teil einer Verschwörung. »Ich muss das Eisen schmieden, solang es heiß ist«, sagte er. »Im Moment verfüge ich über mehr Macht als der Präsident. Mein Team hat alle gerettet. Nicht nur das – wir haben die Schattenelite aufgedeckt und ihren Ränkespielen ein Ende bereitet. Die nächsten paar Wochen wird mir niemand einen Wunsch abschlagen, glauben Sie mir.«

Alicia nickte. »Verstanden. Also, was ist diese ›Geschäftsidee‹, die Sie anscheinend auf Lager haben? Hört sich mysteriös an?«

»Oh, das ist es auch.« Gates lächelte sie mit einem breiten, jungenhaften Grinsen an. »Ich habe sofort die nötigen Mittel dafür bekommen, nach allem, was in der letzten Zeit passiert ist. Der Rest liegt an Ihnen. An Ihnen allen.«

Karin und Komodo konnten sich erst voneinander losreißen, als es nur noch wenige Minuten bis zum Beginn der Party waren. Sie streiften schnell ein paar Klamotten über und eilten zum Aufzug. Karin keuchte und hatte noch ein leicht gerötetes Gesicht, als sie ihren Rock gerade strich.

»Fortsetzung folgt?« Sie zog neckisch die Augenbraue hoch.

»Versuch doch, mich davon abzuhalten.« Komodo grinste.

Karin legte sie eine hawaiianische *Lei*-Blumenkette um den Hals. »Okay so?«

»Noch etwas heißer und ich muss die Feuerwehr rufen.«

Karin verpasste ihm einen spielerischen Klaps. »Quatschkopf.«

Der Aufzug kam an und die Tür öffnete sich. Karin ging zuerst hinein und wartete, bis sich die Tür schloss und sie allein waren.

Sie sah ihn an. Komodo machte große Augen, aber sie schüttelte den Kopf. »Nein. Nicht hier. Na ja … vielleicht später. Aber …«

»Ich weiß, was du sagen willst.« Der Anführer des Delta-Teams ließ den Kopf hängen. »Wie geht es mit uns weiter? Ich kenne diesen Blick.«

»Nun, wie geht es denn weiter, Trevor?«

»Wir finden einen Weg. Im schlimmsten Fall könntest du in der Nähe des Stützpunkts wohnen. Es ist eine Garnisonsstadt.«

»Das will ich nicht.«

»Verstehe ich. Laut und deutlich. Ich habe noch keine Lösung, Baby. Ich weiß es einfach nicht.«

Karin sah ihn stirnrunzelnd an. »Baby?«

»Ist Amerikanisch für Schatz. Oder Liebste. Wie sagt man, wo du herkommst? *Ich habe noch keine Lösung, Liebste.*«

Karin knuffte ihn in die Schulter. »Du bist ein Blödi, das weißt du, oder? Also, jetzt sind wir erst mal hier. Also Arschbacken zusammenkneifen, Soldat.«

»Jawoll, Ma'am.«

Nach und nach trafen die anderen Teammitglieder ein und traten hinaus in die Nacht. Hawaiianische Musik gab den Takt vor für die Hula-Tänzerinnen, die auf der Bühne die Hüften wiegten. Flackernde, rauchende Fackeln umrahmten ihren privaten Partybereich, der mit Stellwänden abgegrenzt war. Man setzte sich entweder oder stand um das Büfett herum, genoss die Gesellschaft der anderen, zusammengeschweißt durch die Erfahrungen des Kampfes. Eine junge Frau mit einem Bastrock steckte den Gästen Blumen in die Haare oder hinters Ohr, als sie ankamen. Ein langer Tisch war beladen mit dem Besten, was ein »normales« hawaiianisches Büfett zu bieten hatte: Frische Ananas, Kokosnuss, Schweinefleisch und Schinken. Tropische Cocktails fanden reißenden Absatz, außer bei Drake. Ananaskuchen, frische Fruchtstücke und eine süße Soße dazu rundeten das Dessert ab.

Hulamädchen wiegten die Hüften. Ein Feuertanz mit Messern ließ selbst Mai den Atem stocken und die Männer ernteten anerkennende Pfiffe von Alicia. So viel Zeit zur Entspannung hatten sie lang nicht mehr gehabt, ohne, dass eine weitere gefährliche Mission auf sie wartete.

Drake saß eine Weile für sich, genoss das Ambiente und betrachtete seine Kollegen. Ben Blake, der Rocksänger und Computernerd, der ein unbeschriebenes Blatt gewesen war, als ihre Reise begann, hatte so viel gewonnen auf dem Weg und dann noch mehr wieder verloren. Karin, seine Schwester, hatte einen Zweck im Leben gefunden und verspürte keine Neigung mehr, ihr Leben wegzuwerfen. Komodo, der hart wirkende Anführer des Delta-Teams, der so respekt- und liebevoll mit Karin redete, dass Drake jedes Mal aufs Neue überrascht war. Mano Kinimaka, der im Moment bequem auf einem improvisierten Bett saß und sich anscheinend freute, dass alle Gäste auf seiner hawaiianischen Party waren. Er war von Hula-Tänzerinnen umgeben, aber ließ Hayden merken, dass er kein Interesse an einer anderen hatte. Und dann war da noch Hayden selbst, ausgelaugt, verwundet, zerbrechlich. Sie hatte die größte Schlacht ihres Lebens geschlagen und überlebt. Zwar hatte sie dunkle Ringe unter den Augen, aber sie wirkte entschlossen, erwartungsvoll und von Hoffnung erfüllt. Drake setzte sich neben Jonathan Gates. Er wusste wenig über dessen geschickte Winkelzüge, aber dennoch war sein Glauben an das politische System teilweise wiederhergestellt. Wenn jemand wie Gates ein künftiger Präsidentschaftskandidat sein konnte, war die Welt noch nicht verloren.

Dann waren da noch Mai und Alicia – zwei der schwierigsten, verrücktesten, aber auch fähigsten Personen, die er je gekannt hatte. Mai war ihm immer noch ein Rätsel, obwohl er sie am längsten kannte. Sie hielt mit ziemlicher Sicherheit den Schlüssel zu seiner Zukunft in Händen, aber er konnte sich nicht in einer einzigen Nacht entscheiden. Es waren noch zu viele Dinge ungeklärt.

Dann sah er Alicia, die junge Frau, die nie ein Blatt vor den Mund nahm, der nie die Sprüche ausgingen. Ihre spitze Zunge war ein Schutzmechanismus, aber sie war eine loyale Freundin, auch wenn sie gelegentlich vom rechten Weg abkam.

Schließlich warf er einen Blick zu Torsten Dahl und bemerkte, dass der Schwede ihn ebenfalls ansah. Dahl war sein Gewicht in Gold wert. Mehr musste man dazu nicht sagen.

Er kam zu ihm herübergeschlendert. »Als ich dich zum ersten Mal gesehen habe, Drake, damals in der Höhle des Weltenbaums, dachte ich, dass du bestenfalls ein Riesenarsch bist.«

»Danke, ebenso.«

»Möglicherweise lag ich damit daneben.«

Drake grinste und schob ein paar ungelöste Probleme und alte Erinnerungen, die ihm möglicherweise den Abend verdorben hätten, in einen Winkel seines Geistes. »Ebenso.«

Dahl streckte ihm die Hand hin. »Danke für die Hilfe.«

Drake schüttelte sie fest. »Jederzeit wieder, Kumpel.«

Der Abend verstrich. Hinter den von Fackeln beschienenen Stellwänden rauschte die Brandung an den Strand, an dem die Partygäste entlangschlenderten und die Zehen in die warme Gischt hielten. Das *Luau* neigte sich dem Ende zu und aus den Lautsprechern schallten einige softe Oldies. Gates schlug sacht mit einem Löffel gegen sein Glas, um die Aufmerksamkeit der Gäste zu erregen.

»Eure Länder danken euch«, sagte er, nachdem alle sich ihm zugewandt hatten. »Auch, wenn sie es vielleicht nie offen zeigen werden. Das wird meine offizielle Haltung sein, also hören Sie es nur einmal von mir.« Er unterbrach sich einen Moment. »Wir sind ja alle Freunde hier, oder? Also, scheiß drauf.«

Drake zog die Augenbrauen hoch. Gates machte sich immer beliebter.

»Ich will Ihnen Danke sagen, aus ganzem Herzen. Wenn Sie nicht gewesen wären – Sie alle –, wäre ich jetzt tot. Und wir wollen gar nicht davon reden, was mit dem Rest der Welt passiert wäre. Also, ich trinke auf Sie. Trotz all unserer Sünden – haben wir dennoch gewonnen.« Er hob das Glas. Alle tranken.

Dann wandte er sich an Ben Blake. »Können Sie sich erinnern, wo das alles seinen Anfang nahm?«

Ben nickte. »Für Sie? Ja, in der Kongressbibliothek.«

»Stimmt. Und dort, direkt in diesem Moment, erkannte ich sofort, dass wir das Potenzial für ein großartiges Team haben. Ich habe beobachtet, wie Sie alle zusammenarbeiten und ein paar Weichen gestellt, um zu sehen, wie weit wir damit kommen.«

»Sie haben den Weg geebnet, um uns an der Mission zu beteiligen.« Drake nickte. »Wir hätten niemals den Blutkönig ohne Ihre Hilfe finden können.«

»Ich habe getan, was nötig war«, sagte Gates mit Nachdruck. »Und Gott sei Dank hat es sich ausgezahlt. Meine Entscheidungen damals haben meine heutigen Karriereaussichten verbessert.« Er schwieg einen Moment. »Und jetzt ist es an der Zeit, etwas Neues auszuprobieren.«

»Damit hatte ich noch nie ein Problem«, versicherte ihm Alicia und hörte sich an, als wäre sie mehr als nur ein wenig angetrunken.

»Ich will Ihnen eine Idee vorlegen. Aber im Grunde ist es nichts Neues, Sie tun es bereits.«

»Nur zu«, sagte Mai leise. »Alles ist besser als das, was mich morgen erwartet.«

Gates breitete die Arme aus. »Eine einfache Sache – man hat mir bereits das Okay gegeben, ein Team von Spezialisten zusammenzustellen – also Militär- und IT-Spezialisten sowie ausländische und einheimische Geheimdienste und Verbindungsoffiziere der Regierung. Alle diese Leute sind heute Abend hier versammelt. Ich plane, eine neue

Geheimbehörde zu leiten, die Ihresgleichen sucht. Ein erstklassiges Team für extreme Aufgaben, und ich biete Ihnen allen einen Job an.«

Einen Moment herrschte absolute Stille, dann wollten es alle genauer wissen.

Drake stellte seine Frage zuerst. »Und was müssen wir in dem Job machen?«

»Hast du die Worte *extreme Aufgaben* nicht gehört?«, lallte Alicia.

»Wir legen unsere eigene Satzung fest«, sagte Gates. »Das ist das Schöne daran. Die Aufgaben suchen wir uns selbst aus.«

»Wir alle?«, fragte Komodo mit unverhohlener Begeisterung. »Ich auch? Und Karin?«

»Ich bin dabei.« Hayden nickte ihrem Boss zu. »Wenn Mano auch mitmacht.«

Kinimaka nickte so heftig, dass man Angst bekommen musste, sein Kopf würde abfallen. »Sicher.«

Drake beobachtete vorrangig, wie Mai reagierte. Er wusste sofort, dass ihr die Idee besser gefiel als die Vorstellung, nach Japan zurückzukehren und von ihren Vorgesetzten durch die Mangel gedreht zu werden. Er musste gar nicht lange nachdenken, mit ihr oder ohne sie. Der Unterschied zwischen Handeln und Nichthandeln war für ihn mehr als das Wort »Nicht«. Es war der Unterschied zwischen einem guten Leben oder einem langsamen Tod.

Damit waren noch zwei Unentschlossene übrig. Gates meldete sich zu Wort, als er merkte, dass Dahl zögerte. »Für Sie, Dahl, und auch für künftige Interessenten, biete ich ein Arbeitsverhältnis an, das weit besser sein wird als Ihr gegenwärtiges. Das bedeutet, Sie werden Ihre Familie öfter sehen.«

»Wie?« Der Schwede war nicht leicht umzustimmen.

»Sehen Sie sich um.« Gates grinste. »Schauen Sie sich an, von welchem Format diese Leute sind und andere, die Sie empfehlen können. Alle werden mehr Zeit für Erholung und für ihre Familien haben, denn wir werden weniger Aufgaben übernehmen als andere Geheimdienste. Wir überfordern uns nicht. Ich will, dass meine Leute immer Höchstleistungen bringen können. Und das erreicht man, wenn man Ihnen genug Zeit für Erholung gibt.«

Dahl schien unschlüssig.

»Denken Sie darüber nach«, sagte Gates mit Nachdruck. »Ich nehme nur diejenigen, die eine tragende Rolle in dieser neuen Initiative spielen wollen. Ich will nur die Besten, denn ich werde mit Zähnen und Klauen kämpfen müssen, dass Ihre bisherigen Vorgesetzten Sie ziehen lassen. Aber Sie sollten wissen – die Finanzierung steht bereits.«

»Das ging ja schnell«, sagte Alicia. »Das gefällt mir. Oh, und ich bin dabei.«

Drake sah Gates Angebot aus einem anderen Winkel. Für ihn bedeutete es, dass Haie und Schlangen sich bereits vor der Tür versammelten – die Haie, um sich vom Erfolg der Gruppe zu nähren und die Schlangen, um ihre Ränge zu infiltrieren.

Dann war Ben neben ihm, ein menschlicher Basset mit großen Augen und traurigem Gesicht. »Was denkst du?« Fast, als würde er um Erlaubnis bitten.

Drake schlug ihm auf den Rücken. »Ich denke, es ist verdammt noch mal besser, als in einer Band zu singen und mit Groupies zu schlafen, Kumpel.«

»Für die Regierung arbeiten?«

»Leben retten. Das Böse bekämpfen. Hey, vielleicht könntest du Taylor fragen, ob sie sich uns anschließt. Oder diese neue Band, die dir gefällt. Halestorm, oder so ähnlich.«

»Nein. Sind sie nicht mehr. Lizzy reagiert nicht auf meine Twitter-Posts.«

»Tatsächlich?« Drake versuchte, schockiert zu klingen. »Wie unangebracht.«

»Mir gefällt die Idee, mit diesem Team zu arbeiten«, sagte Ben. »Und Karin ist auch dabei.«

»Mach nicht nur mit, weil Karin mitmacht, Kumpel. Und erst recht nicht wegen Hayden.« Drake hatte aufgehört, Ben mit Samthandschuhen anzufassen, seit Kennedy gestorben war. Er würde sie jetzt nicht wieder anziehen. »Das wird kein Zuckerschlecken. Wir könnten ordentlich auf die Fresse bekommen. Wenn du dich anschließt, dann sollte es wegen des Teams sein.«

»Was ist unser erster Auftrag?«, fragte Ben neugierig.

Gates sah ihn an. »Glauben Sie, ich würde schon die Pointe verraten?«

Hayden lachte. »Würde mich überraschen, wenn nicht.«

»Nun … es *gibt* da eine interessante Sache.«

»Mal sehen, in welches Riesenschlamassel wir uns dieses Mal reinmanövrieren können.« Alicia schloss sich ihnen an. »Und, hey, wie ist das Hauptquartier so? Und vor allem die Waffenkammer? Kriegen wir einen eigenen Jet? Und, und dieses Überwachungssystem, mit dem man durch Wände sehen kann? Das wäre cool …«

Gates lachte. »Nun, ich bin mir noch nicht sicher, was den Jet angeht, aber innerhalb vernünftiger Grenzen sollten wir ziemlich gut ausgestattet sein.«

Alicia erwiderte das Lächeln. »Das wollte ich hören. Darauf stoßen wir an.«

Drake grinste und nickte, ohne groß zuzuhören. Er hatte sich bereits entschieden und schaltete einen Moment ab. Erinnerungen an Belmonte und Emma trieben aus dem Nebel seiner Erinnerung heran, um ihn an das Opfer zu erinnern, das sie gebracht hatten. Drake hatte sich selbst ein Versprechen gegeben – er würde Emmas Vater suchen und ihm erklären, was mit seiner Tochter geschehen war. Es gab keine schlimmere Folter, als wenn Eltern nicht über das Schicksal ihrer Kinder Bescheid wussten.

Und ein verabscheuungswürdiger Name blieb seinem Gehirn eingeprägt wie ein schmerzliches Brandzeichen, wie eine offene, eiternde Wunde. Der Name Coyote – Mann oder Frau, nah oder fern, Attentäter oder im offiziellen Auftrag …

… eines Tages würde Drake am richtigen Ort sein, um weit mehr als ein Pfund Fleisch von dieser Person zu fordern. Und wenn der Wahnsinn der Rache ihn hinterher in den Klauen hielt – dann sei es so.

–ENDE–

DANKSAGUNGEN

Ich will mir einige Minuten Zeit nehmen, um einigen fantastischen Menschen für die unschätzbar wertvolle Hilfe auf dieser actiongeladenen Reise zu danken:

Zuallererst meiner Frau Erica für ihr Verständnis und ihre Unterstützung.

Meinen Eltern für ihren Enthusiasmus und die Ermutigung.

Und jeder einzelnen Person, die ein Matt-Drake-Abenteuer gekauft und es geliebt hat – die Reise hat erst begonnen!

Ich möchte auch auf das klassische Gedicht, »The Charge of the Light Brigade« von Alfred Lord Tennyson hinweisen, das eine Inspiration für den Höhepunkt dieses Romans darstellte.

★★★★★

»Nicht vielen Autoren gelingt es, den Leser mit dem ersten Wort zu packen und die Spannung bis zum letzten Kapitel aufrecht zu erhalten. Diesem hier schon.«

AMAZON.COM

LUZIFER
VERLAG